KB010869

서문문고
186

한 중 록

혜경궁 홍씨 지음
전 규 태 옮김

해   제

全 圭 泰

《閑中錄》은 일종의 자서전적 회고록이다. 일명「閑中漫錄」,「恨中錄」이라고도 표기하는 이 작품은 원명(原名)이「한듕록」으로 되어 있고,「泣血錄」이라는 한문본(奎章閣本)도 있다.

이 작품의 작자인 惠慶宮 洪氏(1735~1815)는 영의정 홍봉한(洪鳳漢)의 딸로, 1744년(英祖 20년) 10세로 영조의 아들인 사도세자(思悼世子)의 빈(嬪)에 책봉되었고, 사도세자가 장조(莊祖)로 추존됨에 따라 경의왕후(敬懿王后)로 추존된 분으로, 정조(正祖)의 어머님이시다.

영조 38년(1762)에 남편이 처참한 죽음을 당한 후 혜빈(惠嬪)의 칭호를 받았지만, 81세의 한많은 생애를 마칠 때까지 쓸쓸하게 나날을 보냈다.

사도세자는 일명 뒤주 왕자라고도 불리어지고 있는데, 이는 세자가 부왕 영조의 노여움을 사서 9일 동안 뒤주 속에 갇히어 신음하다가 죽었기 때문이다.

사도세자는 정신적인 착란으로 그러한 변(變)을 당하게 된 것이라지만, 이것이 반대파에 의해서 조작된 것인지, 아니면 은밀한 시약(施藥)으로 그렇게 된 것인지는 분명치 않다.

아무튼 세자는 당시의 당파 싸움에 의해 희생된 비운(非運)의 주인공이었다.

이 작품은 이와 같은 비극을 궁중의 비사(秘史)와 함께 곁들인 실기적(實記的)인 수필이기는 하나 그 표현 형식이나 구성이 다분히 소설적인 데가 있기도 하다.

1776년, 아들 정조가 등극하자 궁호가 혜경(惠慶)으로 되었고, 정조 19년 즉 작자의 환갑 때 친정 조카의 요청으로 이 글을 쓰게 되었다. 그 후 순조(純祖) 원년 67세 때와 그 이듬해, 그리고 71세 때 각각 쓴 이본(異本)이 있다. 이 가운데 맨처음 쓴 글이 대체로 여유 있는 심경에서 집필한 것이고, 그 후의 것은 다분히 정치성을 띤 '목적 소설'로서의 성격을 지니고 있다.

이 작품은 자기 남편의 참사(慘事) 사건을 손수 서술한 글이기 때문에 더욱 절실하고 진지한 데가 있다.

영조와 사도세자, 즉 부자지간의 성격적인 특징의 부각은 매우 적나라하고 섬세하며, 또한 사실적(寫實的)이다. 사실의 배후에 자리하고 있는 이질적인 성격의 갈등의 표출 같은 것은 놀랄 만큼 예리한 데가 있다. 그리고 사도세자의 죽음을 둘러싸고 벌어진 궁중의 음모 등이 그대로 드러난 사실적 기록 문학의 일품(逸品)이다.

이 작품은 충격적이고 파란만장한 사건들이 얽혀 소설적 구성을 더해 주고 있으며 우아한 궁중 문체는 시종 독자를 매혹시키고도 남음이 있으리라고 믿는다. 그 밖에 작중 인물의 성격 분석, 당시의 궁중 생활의 구조적인 특성과 사색 당쟁으로 극심하게 분열된 지배 계급의 이면(裏面) 세계와 사회상 등에 대한 좋은 자료를 제공해 주리라고 믿는다.

이 작품은 모두 여섯 묶음으로 나뉘는데 제 1은 출생, 환경, 입궐

후의 궁중생활, 정조의 태어남과 가례(嘉禮), 임오화변(壬午禍變)
까지이고, 제 2는 경모궁(敬慕宮)의 어린 시절, 동궁의 책봉(册
封), 영조와 동궁과의 관계, 동궁의 병 앓음 등이고, 제 3은 동궁의
의대증·미행(微行)·화증(火症) 등을 다루었고, 제 4는 정처
(鄭妻)와 정후겸(鄭厚謙); 갑신처분(甲申處分), 선친(先親)과 친
정의 화 입음, 정조의 효성 등이 기록되었고, 제 5는 홍국영(洪國
榮)과 김학수(金鶴秀), 숙제(叔弟)의 화 입음, 선친의 폭백(暴
白), 제 6은 작자의 한탄어린 서술, 수원 능행(陵行) 등을 그리고 있
다.

　이 책의 저본은 일사문고(一簑文庫) 소장인《閑中漫錄》(一簑
本)으로 하되, 가람본과 나손본, 한문본을 아울러 참작하면서 일반
독자의 편의를 위하여 난삽한 대목을 약간 풀어 내려가면서 주석자의
임의대로 단락을 지었고, 맞춤법에 있어서는 출판사의 요청으로 되
도록 현대화했으나 가능한 한 고음(古音)을 살려 원형을 그대로 두
도록 애썼다.

차 례

제 1 부

내 유시(幼時)에 궐내에 들어와 서찰(書札) 왕복이 조석에 있으니, 내 집에 내 수적(手蹟)이 많이 있을 것이로되 입궐 후 선인(先人)께서 경계(儆戒)[1]하시되,

"외간 서찰이 궁중에 들어가 흘릴 것이 아니요, 문후(問候)한 이외에 사연(辭緣)[2]이 많기가 공경하는 도리에 가(可)치 아니하니 조석봉서(朝夕封書)[3] 회답에 소식만 알고 종이에 써 보내라."

하시니 선비(先妣)께서 아침 저녁 승후(承候)[4]하시는 봉서에 선인(先人) 경계대로 종이 머리에 써 보내옵고, 집에서도 또한 선인 경계를 받자와 다 모아 세초(洗草)[5]하므로 내 필적이 전함직한 것이 없는지라 백질(伯姪) 수영(守榮)이 매양,

"본집에 마누라 수적이 머문 것이 없으니 한 번 친히 무슨 글을 써 내려오셔 보장(寶藏)하여 집에 길이 전하면 미사(美事)가 되리

---

1) 잘못이 없도록 미리 조심함, 또는 조심하도록 충고함
2) 편지로 문안함
3) 봉서는 大殿에서 종친, 근친에게 내리는 私書 또는 內殿에서 그 본곁에 내리는 사서, 곧 혜경궁 홍씨가 아침 저녁으로 그 본집에 보내는 편지
4) 웃어른께 문안함
5) 웃어른의 글발을 물로 씻어 없애는 것

라."

하니 그 말이 옳아 써 주고자 하되 틈 없어 못 하였더니, 올해 내 회갑 해를 당하니 추모지통(追慕之痛)이 백 배 더하고 세월이 더하면 내 정신이 이때만도 못 할듯하기 내 흥감(興感)한 마음과 경력(經歷)[6]한 일을 생각하는 대로 기록하였으나 하나를 건지고 백을 빠치노라.

선왕조 을묘 유월 십팔일 오시(午時)에 선비(先妣)께서 나를 반송방 거평동(盤松坊居平洞) 외가에서 낳사오시니, 전일(前日) 일야(一夜)에 선인(先人)께서 흑룡이 선비(先妣) 계신 방 반자에 서림을 꿈에 보아 계시더니 내 나니 여자라 몽조(夢兆)에 합치 않음을 의심하시더라 하매, 조고(祖考) 정헌공(貞獻公)께서 친히 임하여 보시고,

"비록 여자나 범아(凡兒)와 다르다."

기애(奇愛)하시더라.

삼칠일 후 집으로 들어오니 증조모 이씨께서 보시고 기대하오셔,

"이 아이 다른 아이와 다르니 잘 기르라."

하오셔 유모를 친히 가리어 보내오시니 곧 내 아지[7]러라, 내 점점 자라매 조부께서 이상히 사랑하오셔 무릎 아래 떠나본 때가 드물고 매양 희롱같이 말씀하오시되,

"이 아이가 작은 어른이니 성인(成人)을 일찍 하리라."

하오시니, 내 어려서 듣자왔던 일이 궁금(宮禁)에 들어온 후 생각하니 내 평생에 당할 줄 즐겨 아니 한 일이로되 양대(兩代)의 귀중하오시던 말씀이 무슨 알음이 계신가 매양 생각이 있더라.

내 아시(兒時)에 형제 있어 부모께서 두 구슬로 아시더니 형이 조

---

6) 지내온 일들
7) 유모의 궁중어, 왕자나 왕비를 어릴 때 보육하던 보모의 별칭

요(早夭)하매 내 자애를 오로지 받자와 부모께 지자(至慈)를 입사옴이 천륜 밖에 자별하고, 부모께서 훈자(薰炙)[8]하심이 엄하오셔 큰 오라버님 교훈하오심이 극히 준엄하시되, 나는 여자라 그러하거니와, 선인께서 사랑하오심이 더 자별하오셔 내 매양 한때 이측(離側)하는 것을 어려이 여기고, 부모의 앞을 떠나지 아니하며 지각(知覺) 있음으로부터 부모 사랑하심을 능히 받자와 대소사(大小事)에 걱정시키옵는 일이 적은지라, 부모께서 더욱 사랑하오심이 과하시니 내 비록 몸이 여자라 부모의 은혜를 갚을 길이 없으나, 중심(中心)에 감격한 마음 어찌 간절치 않으리오. 우리 부모께서 이상히 편애하시던 일을 생각하니 불초한 몸이 궁금(宮禁)에 들려 하기 이리 편애를 입던가, 매양 생각하면 눈물이 흘러 마음이 아프더라.

정헌공(貞獻公)께서 영안위(永安尉) 증손이시고 정간공(貞簡公) 손자이시고 첨정공(僉正公) 사랑하시는 둘째 아드님으로, 안국동에 신제(新第)를 지으셔 석산(析産)[9]하시니 제택원림(第宅園林)은 비록 재상집 같으나 전재(錢財)를 나누옴이 바히 없어 정헌공께서 위포(韋布)[10]로부터 가계(家計) 간고(艱苦)함이 심하온지라, 백조(伯祖) 참판공께서 선인께 대하기를 출상(出常)하오셔 매양 선인 이마를 어루만지시며 웃어 가라사대,

"이 아이가 윤오음(尹梧陰) 팔자 같을지니 이 아이 비록 시방은 간고(艱苦)하나 장래는 팔자 세상에 드물 것이니 한갓 부요(富饒)함을 이르리오. 사람이 자고로 후복(後福)이 면원(綿遠)하려는 이는 옥전 간고를 겪음이 떳떳함이리라."

---

8) 가르침, 교훈
9) 分財함, 分家함
10) 韋帶布衣의 준말. 빈천한 복장, 즉 선비로 있을 때

하시고 재산을 많이 분석치 아니하오시니 뉘 흠탄치 않으리오마는, 우리 집 가계는 자연 간핍할 때 많아 정헌공께서 몸이 귀하오셔 작위 상서(尙書)에 이르시되 일심으로 청렴하오셔 산업(産業)을 다스리지 않으시고 문정(門庭)이 소연하여 한사(寒士) 같으신지라.

계조비(繼祖妣)께서 경학(經學)하는 선비의 따님으로 본디 배움이 남다르신지라, 성행(性行)이 현숙인자하오셔 정헌공 받드오시기를 엄한 손같이 하오시고 제가 주궤(齊家主饋)[11]하심이 정헌공 청덕(淸德)을 준수하여 일미(一味) 박소담박(樸素澹泊)하시니, 이런 고로 선비(先妣)께서 비록 재상가의 총부(冢婦)[12]시나 훼에 일습(一襲) 비단옷 걸림이 없으시고 상자에 수항주패(數項珠佩) 없사오실 뿐 아니라, 추신(抽身)하오실 절의복(節衣服)이 단건(單件)뿐이신지라, 때 묻으매 매양 밤에 손조 한탁(澣濯)하오시되 수고로움을 꺼리지 않으시고 방적침선(紡績針線)으로 주야로 친히 하오셔 밤을 새워 하오시니, 매양 아랫방에 불이 밝기까지 켜 있는 것을 늙은 종은 일컫고 젊은 종은 따라 말하는 줄 괴로워하서, 매양 밤에 침선하오실 때에 보(褓)로 창을 가리오셔 남이 부지런하다 칭찬하는 말을 싫게 여기시고, 추운 밤에 수고를 하셔 손이 다 닳아 계오시되 괴로워하시는 일이 없으시고, 또 의복지절과 자녀 입히오심이 지극히 검박하시되 또한 때에 맞게 하오시고 우리 남매 옷도 굵을지언정 매양 더럽지 아니하니 검박하심과 정결하심이 겸하오신 줄 이런 데도 아올 일이 있더라. 선비(先妣)께서 상시 희노가 경(輕)치 아니하시고, 기상이 화기(和氣)를 여오시나 엄숙하시니 일가(一家) 우러러 성덕(性德)을 일컫고 어려워하지 않는 이 없는지라.

---

11) 음식을 공궤하는 일. 여기서는 집안 살림을 다스리는 일
12) 宗婦, 맏며느리

우리 집이 도위(都尉) 후예로 잠영대족(簪纓大族)이요, 우리 외가 이씨 청백 문호(淸白門戶)요, 우리 백고모께서는 명관(名官)의 아내요, 중고모(仲姑母)께서는 현종(顯宗) 청릉군(靑陵君)의 며느리시요, 계고모(季姑母)께서는 이부상서(吏部尙書)의 며느리시고, 중모(仲母)께서는 이부시랑 따님이신지라, 일문(一門) 부녀의 내외 명벌(名閥)이 일세에 칭념(稱念)하되 일찍 세속 부녀의 교만한 빛과 사치한 일이 일호(一毫)도 방불함이 없고 시절지회(時節之會)에 선비(先妣)께서 상승하접(上承下接)하오셔 언소(言笑)가 간간(侃侃)하시고, 정의 관관(情誼款款)하오셔, 옥리 제사(屋裏第舍) 사이에 애연(靄然)한 화기(和氣) 일실(一室)에 가득하니, 내 비록 유충(幼冲)한 땐들 어찌 알음이 없으리오. 중모(仲母)께서 또 덕행이 남다르오셔 백사(百事) 받드오심이 존고(尊姑) 버금이 오시고, 기취(氣趣) 고결하시며 문식(文識)이 탁월하오셔 진실로 임하풍미(林下風味)요 여중(女中)의 선비시라, 나를 심히 사랑하오셔 언문을 가르치시고 범백(凡百)을 지도하오셔 자별히 구오시매, 내 또한 선비(先妣) 같잡게 받드오니 선비(先妣) 매양 웃어 가라사대,

"이 아이 그대 따름이 심하다."

하시더니라.

정헌공께서 경신(庚申)에 연관(捐館)하시니 선인께서 애통하심을 내 차마 우러러 뵈옵지 못하고 삼 년 안에 사우(祠宇)를 경기(經紀)[13]하오셔 주야심력을 쓰오셔 삼 년 후 즉시 뵈오니 내 비록 몽매하나 선인께서 위선(爲先)하오셔 사고(事考)하시는 효심을 감히 잊

---

13) 경영

잡지 못하오며 선인께서 행실이 남다르오셔 날마다 새벽이면 사우(祠宇)에 뵈옵사옵고, 아침이면 계모 부인께 절하오셔 뵈옵고, 화(和)한 말씀이며 부드러운 색(色)으로 섬기시니 조모께서 선인 사랑하오심과 기대(企待)하오심이 기출(己出)에 넘다 많이들 말씀이 있어, 보는 이와 듣는 이 감복 아니 할 이 없고, 선인께서 위로 두 자씨(姉氏) 섬기심이 자별하시고, 아래로 세 아우님 교훈하심이 극(極)하오셔, 일호도 아드님께서 더할지언정 덜함이 아니 계시고, 신유(辛酉) 백고모 여질(癘疾)[14]에 친족이 다 피하되 선인께서,

"동기의 병을 보지 않으면 이 어이 동기의 정이리오."

하셔 몸소 구호하오시고 상사(喪事) 후 상측(喪側)에 가까이 오셔 빈념지절(殯殮之節)을 극진히 하시고, 그 후 생질들이 혈혈무의(孑孑無依)하매 구제함을 못 미칠 듯이 하시고 생질녀 하나는 집에 데려와 혼례를 지내오시니 돈목(敦睦)하시는 후풍(厚風)이 뛰어나오시고 이진사댁 이남평댁(李南平宅) 두 고모를 집에 모셔 옴이 잦사오시니 효도 옮기오시는 지극하오신 마음을 이런 데 아올 일이요, 조모부인께 축양(畜養)을 받자와 계오시기 제사에 참사(參祀) 아니 하오실 적이 없으시고 애통하오심이 친기(親忌)나 다르지 아니하오시니, 이 다 내 집에 있을 제 우러러뵈온 일이요, 학업을 힘쓰셔 모든 이름난 선비와 글·접(接)을 매양 나누시고, 접(接)을 파하여 오시면 또 교친사우(交親師友)들이 따라와 심방치 아니하는 날이 없더라.

선비(先妣)께서 경신(庚申) 후 주궤(主饋)하오셔 삼 년 제전(祭奠)을 다 예법대로 손조차려 지내오시고, 몸 가지시기를 예로 하

---

14) 유행병

오셔 아침에 일찍이 소세(梳洗)하오시고, 존고(尊姑)께 뵈옵기를 때를 어기지 아니하오시고, 머리를 얹지 않고는 감히 뵈옵지 못하오시고 부 대작(大作) 저고리를 입지 않으실 때 없사오시고, 선인 받드오심과 돕사오시기 범속 부녀와 다르시니 선인께서 기대 존경하오시던 일이 감히 잊잡지 못하오며, 선비(先妣)께서 정미에 해영(海營)서 혼례를 행하시고 외조상사(外祖喪事)를 즉시 만나오셔 신행(新行)하오심을 예(禮)를 못 하여 이듬해에 지내시고, 무오년에 자친 상사를 만나오셔 애통이 심하시고 본집에 오래 머물지 못하오셔 구가(舅家)로 오실 적이면 매양 남매분이 오시고, 우리 외가가 청빈하기로 유명하나, 천생 우애 드물기 부녀도 화(和)하여, 외삼촌 홍부인이 소고(小姑)를 가신 때엔 대접함이 심히 후하시고 내구(內舅) 지례공(知禮公)이 나를 각별 사랑하시고 외종형 산중(山重) 씨네도 또한 그러하더니라.

선비 형제 세 분이신데, 김생원(金生員) 댁은 일찍 과거(寡居)하시니 선비께서 섬기심이 지극하시고, 상사 후 선비께서 이종(姨從)들을 차마 불쌍히 여기셔 애휼하심을 자식같이 하오셔 양식 의복을 이어 주오셔 이종형제 기한을 면하고, 나중 성취까지 선비 힘이시니 그 이종들이 매양 말하되,

"사람이 다 한 어미로되, 우리는 홀로 두 어미가 있노라."

하더니라.

이종 김이기(金履基) 씨는 신유 춘하간에 외가에서 지내니 선비께서도 본가에 가 계오시더니 이모 송참판(宋參判) 댁 장녀는 우리 계모(季母)시니, 아시(兒時)에 매양 외가에 가 한 가지로 노더니 계모께서는 김종 혼인에 자장을 빛나게 하고 참례하니, 내 나이 그때 복 입을 나이에 밎지 않았으되 순색을 입었더니, 선비 나더러

"아모는 저리 고이 입었는데, 너는 곱지 못하니, 저 아이와 같이 하자."

하오시니 내 대왈,

"나는 한아바님 복이 있으니 아모 씨와 같이 입지 못하리라."

하고, 선비를 모시어 지게 밖에 나지 아니하니, 내 어려 지각(知覺)이 없을 때로되, 그 대답을 능히 한 일을 생각하니 이도 부모 교훈이 어린 아이에게까지 미친 듯하니라.

계해 삼월 선인이 태학(太學) 장의(掌議)로 숭문당에 입시하시니, 그때 춘추 삼십일 세 신데 자질이 금옥 같으시고 의표(儀表)는 난봉 같으셔 여러 유생 중 뛰어나시고 응대하심과 절선하오심이 규구(規矩)에 맞으시니 성의 경향하오셔 알성(謁聖) 후 과거를 베푸오사, 유생들이 '다시 보라' 하니 성의 선인께 분명히 계오시다 하여 당숙까지 집에 오셔서 대방(待榜)하더니 못 하시고 돌아오시매, 내가 기다리다가 실망하여 울었더니라.

그해 가을에 의릉(懿陵) 참봉을 하시니 경신 후 집안에 관록 들음이 처음이니 합가(闔家)가 귀히 여기고 선비께서 녹(祿)을 일가에 나누시고 일승미(一升米)를 남겨 두지 아니하시더니라.

그해에 간택(揀擇) 단자(單子) 받는 명[15]이 내리니 혹(或)이 말하되,

"선비 자식이 간택에 참예(參預)치 않으나 해로움이 없을지니 단자를 말라, 빈가에 의상 차리는 폐를 덞이 마땅하다."

하니 선인이 가라사대,

"내 세록지신(世祿之臣)이요 딸이 재상의 손녀니 어찌 감히 기망하리오."

---

15) 처녀 집에서 하는 신고

하시고 단자를 하시나, 그때 내 집이 극히 빈곤하여 의상을 해 입을 길이 없으니 치마차는 선형 혼수에 쓸 것을 하고, 옷 안은 낡은 것을 넣어 입히시고, 다른 결속은 빚을 내어 선비께서 근로하시며 차리오시던 일이 눈에 암암하며, 구월 이십팔일 초간택이 되니 선대왕께서 용열한 재질을 천포(天褒)가 과히 융중하여 각별 어여삐 여기시고, 정성 왕후께서 가즉이 보시고 선희궁께서 간선하는 보계(補階)에 오르지 않으셔 먼저 불러 보시고 화기만안하여 사랑하오시고, 궁인들이 다투어 앉거늘 내 심히 괴로워하였더니 사물(賜物)을 내리오시니 선희궁께서와 화평 옹주께서 내 행례하는 거동을 보시고 예모(禮貌)를 가르치시거늘 그대로 하고 나와 선비 품에서 자더니, 조조(早朝)에 선인이 들어오셔서 선비께,

"이 아이 수망(首望)에 들었으니 이 어쩐 일인고."

하오시고 근심하시니, 선비 하시되,

"한미한 선비의 자식이니 들이지 말았더면……."

하시고, 양위 근심하시는 말씀을 잠결에 듣고 자다가 깨어 마음이 동하여 자리에서 많이 울고 궁중이 사랑하던 일이 생각이 나 놀라워 즐기지 아니하니 부모 도리어 위로하시고,

"아이가 무슨 일을 알리."

하시나, 내 초간택 후로 심히 슬퍼하기를 과히 하였으니 궁중에 들어와 억만창상(億萬滄桑)을 겪으려 마음이 스스로 그러하던가, 일변 고이하고 일변 인사가 흐리지 아니한 듯하더라.

간택 후, 일가가 찾는 이도 많고 문하 하인(門下下人) 적적하였던 것도 오는 이 많으니 인정과 세태를 가히 볼지라.

시월 이십 팔일 재간택이 되니 내 심사 자연 놀랍고 부모 근심하셔 들여보내시며 요행 빠지기를 죄여 보내시더니 궁중에 들어오니 궐내

서는 완정(完定)하여 계시던 양하여 의막을 가즉이 하고 접대하는
도리가 다르시니 더욱 심사 당황하더니, 어전에 올라가매 다른 처자
와 같게 아니 하사 염내로 들어오셔 선대왕이 어루만져 사랑하시고,

"내 아름다운 며느리를 얻었도다. 네 조부를 생각하노라."
하시고,

"네 아비를 내 보고 사람 얻은 줄을 기꺼하였더니 네 아모의 딸이
로다."
하오시며 기꺼하오시고, 정성 왕후께서와 선희궁께서 사랑하오며 기
꺼하오심이 과하오시고, 제 옹주 내 손 잡아 귀여워하고, 즉시 내보
내지 아니하고 경춘전(景春殿)이라 하는 집에 머무르고 위의(威
儀)를 차리러 갔던지 오래 머무니, 낮결을 보내오시고 나인이 견막
이를 벗겨 척수를 하려 하거늘 내 받지 아니하니 나인이 달래어 벗겨
척수를 하니 심사가 경황하여 눈물이 나되 참고 가마에 들어 울고 나
오니 가마를 액례(掖隷)들이 붙들어 내니, 그 놀랍기 비할 데 없더
라.

집에 오니 가마를 사랑문으로 들이고 선인이 발을 드시는데 도포를
입으시고 붙들어 내오시며 축척불안(踧踖不安)하오시고 내 부모를
붙들어 눈물이 절로 흐름을 금치 못하는지라 선비께서 복색을 고치시
고 상(床)에 붉은 보(褓)를 펴고 중궁전 글월은 사배(四拜)하여
받으시고, 선희궁 글월은 재배하여 받으시고 공구(恐懼)하심이 측
량없으시더라.

그날부터 부모께서 말씀을 고쳐 하시고 일가 어르신네 공경하여 대
접하오시니 내 불안코 슬픔이 형용치 못하고, 선인께서 우구하시며
경계하오시던 말씀이 천언만언이오시니 내 무슨 죄를 얻은 듯 몸둘
바를 몰라하는 중 부모 떠날 일이 서러워 어린 간장이 녹을 듯하니,

만사에 흥황이 없어 하는데 지친(至親)들과 원족까지라도 입궐 전 본다 하고 아니 와 보는 이 없으니, 원족은 밖으로서 대접하여 보내고, 양주(楊州) 증대부(曾大父) 이하로 뵈올 때 대부 한 분이 경계하시되,

"궁금(宮禁)이 지엄하니 들으신 후는 영결이로다."

하시고,

"공경하며 조심하여 지내소서."

하시고,

"이름이 거울 감자(鑑字)와 도울 보자(輔字)니 들으신 후 생각하소서."

하오시니 그 대부를 상시에 뵈온 일도 없으되, 그 말씀을 들으니 절로 슬프더라.

삼간(三揀)이 동짓달 열사흗날이니 남은 날이 점점 적으니 갑갑히 슬프고 서러워, 밤이면 선비 품에서 자고 두 고모와 중모께서 어루만져 떠나기를 슬퍼하시고 부모께서 주야에 어루만져 어여삐 하오시고 잔잉히 여기오셔 여러 날 잠을 못 자오시니 이제라도 생각하면 흉금이 막히더라.

재간 이튿날 보모(保姆) 최 상궁(崔尙宮)과 색장(色掌)[16] 김가 효덕(金哥孝德)이라 하는 나인이 나오니 그 상궁이 풍신이 크고 엄연하여 작은 궁희 모양이 아니요, 누대(屢代) 역사하와 예모도 알고 간대롭지 않은지라, 선비께서 맞아 치관(致款)하시고 대접하시고 옷 척수(尺數)해 가더니 삼간(三揀) 미처 최 상궁이 또 나오고, 색장은 문가 대복(文哥大福)이란 나인이 나오는데, 정성 왕후께서 하

---

16) 궁녀의 감독관

여 내리신 의복이니 초록(草綠) 도유단 당(唐)저고리, 송화색.포도
문단(葡萄紋緞) 저고리, 보라 도유단 저고리 한 짝이요, 진홍 오호
포 문단 치마와 저포(紵布)적삼이러라. 내 어려서 고이 입어 보지 못
하되 남이 가진 것을 입고 가지고자 함이 없을 뿐 아니라, 내 지친에
연기(年紀) 같은 여자 있어 그 집이 부요하여 귀한 딸로 의복 자장
(衣服資裝)이 갖지 않은 것이 없으되, 내 부러워한 배 없고, 일일은
그 아이가 다홍(多紅) 깨끼주 치마를 입고 오니 심히 고운지라 선비
보시고,

"네 입고 싶으냐?"

하시기 내 대하되,

"있으면 피하여 안 입을 묘리(妙理) 없으되 장만해 입기는 싫사
오이다."

하니 선비 차탄(嗟嘆)하셔,

"너는 빈가지녀(貧家之女)기 그러하니 네 성혼에 치마를 하여 주
어 네 오늘날 어른같이 말하던 것을 표하리라."

하시더니, 내 몸이 이리 되니 선비 눈물을 내오시고,

"고운 옷을 입히지 못하고 이 치마를 하여 주려 하였더니 궁금에
들으시니 사사의복을 못 입을 것이니 내 해 입히고 싶은 것을 이루리
라."

하시고, 재간 후 삼간택 밎지 아니한 즈음에 이 치마를 해 입히시고
슬퍼하시니 내 울고 입었더니라.

　내 생각하니 종가(宗家) 사우(祠宇)와 외조부모 사당에 하직해
야 마땅하거늘,

"가지라."

하니, 금성위(錦城尉) 백수(伯嫂)가 중고모(仲姑母) 소고(小姑)

러니 차차 전해 선희궁께 아뢰니 자상이 '가라' 하신다 하여 내 선비
를 모셔 한 가마에 들어 종가에 가니, 당숙 내외 딸 없는 고로 상시에
나를 데려다가 혹 머물러 보내고 사랑하시더니 위에서 아시고,

"대례를 한 가지로 살피라."

하오시는 상교가 계오셔 당숙은 국혼 정한 후로 집에 와 머무시거니
와 당숙모께서 날 보시고 반기시어 사당에 인도하여 허배(虛拜)시
키시니 종가 사우에 자손이 뜰에서 절하는 예로되 내 허배하기를 정
당(正堂)에 올라 하고 내려오니, 마음이 악연(愕然)하여 하더니
라.

그날 외가로 가니 외삼촌댁이 맞아 반기고 떠나기를 결연하여 하시
고 외종들이 내가 가면 업고 안아 친후(親厚)히 구더니, 그날은 멀리
앉고 경대하니 내 마음이 더욱 슬프고 외사촌 신씨부(申氏婦)와는
자별히 사랑하더니 떠나기 더 창결(悵缺)하더라.

두 분 이모를 뵈옵고 집으로 돌아왔더니 날수가 흘러 삼간날이 되
니 고모네께서,

"집이나 다 두루 살피라."

하셔, 십이일 밤에 데리고 다니시니, 월색이 명랑하고 눈 위에 바람
이 찬데, 손을 이끌고 다니니 눈물이 흐르더라. 방에 들어와 견디어
잠을 이루지 못하고 이튿날 일찍부터,

'입궐하라.'

재촉하니 궐내에서 삼간 미처 나온 의복을 입으니라. 원족 부녀들
이 그날 와 하직하고 가까운 친척은 별궁으로 간다 하고 모였더니 사
당에 올라 하직할세, 고유다례(告由茶禮)를 지내고 축문을 읽으니
선인께서는 눈물을 참사오시고 모두 차마 떠나기 어려워하던 정경이
야 어찌 다 이르리오.

궐내 들어와 경춘전에 쉬어 통명전(通明殿)에 올라가 삼전(三殿)께 뵈오니, 인원 왕후(仁元王后)께서 처음으로 감하오시고,

"아름답고 극진하니 나라의 복이라."

하오시고 선대왕께서 어루만져 과애(過愛)하오시고 '슬거운 며느리니 내 잘 가리었노라' 하오시고 정성 왕후께서 기꺼하오심과 선희궁께서 극진히 자애하오심이 이를 것이 없으니, 아이 적 마음이나 감은하여 우럴잡는 마음이 스스로 나는지라, 소세 고치고 원삼 입고 앉아 상 받고 날이 저물기 재촉하여 삼전께 사배하고, 별궁에 나오니 선대왕께서 덩 타는 곳에 친림하오셔 보시고 집수하오시며,

"조히 있다가 오라."

하오시고

"소학을 보낼 것이니 아비께 배우고 잘 지내다가 들어오라."

하오시며 권권연애(眷眷戀愛)하오심을 받잡고 나오니 날이 저물어 불을 밝혔더라.

궁인들이 좌우로 데리고 있으니, 내가 선비를 떠나 잘 일이 악연하여 잠을 못 자고 슬퍼하니 선비 마음이 또 어떠하시리오. 보모 최 상궁이 성이 엄하고 사정이 없어,

"나라 법이 그렇지 아니하니 내려가소서."

하여 모시고 자지 못하니 그런 박절한 인정이 없더니라.

이튿날 소학을 보내어 계시니 날마다 선인께 배우고 당숙도 한 가지로 들어오시고 중부(仲父)와 선형이 또 들어오시고 숙계부(叔季父)께서는 동몽(童蒙)으로 들어오시더니라.

선대왕께서 또 훈서를 보내오셔 소학 배운 여가에 보라 하시니 그 훈서는 효순 왕후 들어오신 후 지어 주신 어제(御製)러라. 별궁 배치한 집물(什物) 병장(屛帳) 자장(資粧) 중에 왜진주(倭眞珠) 큰

가자(茄子) 하나가 있으니 선희궁이 주신 것이라. 정명 공주(貞明
公主) 것으로 손자 조씨부 주신 것이더니 그 집이 팔았던지 선희궁
모신 궁인의 집으로 인연하여 사오신 것이러니, 내 공주 자손으로 들
어와 내 집 구물(舊物)을 가지니 우연치 않은 일이요, 정헌공(貞獻
公)께서 서화의 벽이 계오셔 네 폭 수병차가 있더니 경신 후 모셨던
하인이 가져가 판즉 공교히 선희궁 나인 친척에게로 말미암아 매득하
오셔 수병(繡屛) 사첩(四疊)을 장하여 침방에 치게 보내어 계오시
니 계고모가 능히 알아보시고,

"조부에게 있던 것이 금중에 들어와, 오늘날 손녀분 마누라 침방
에 치인 일이 이상하다."

일컬으시더니라. 또 선희궁의 8폭 수(繡) 놓은 용병이 나와 치었더
니 선인이 보시고,

"이 병풍 중 용빛이 의연히 을묘 유월 십칠일에 꿈꾼 용의 빛이니
그때 꿈꾼 후 생각이 및지 않았더니 이 병풍을 대하니 황연히 몽중의
용 같다."

하오시니 대저 수화의 재합함과 용병의 빛 방불함이 이상타고 일좌
차상하니 그 용빛인즉 검은 인갑(鱗甲)은 금사로 놓았으니 검은색
과 금색이 어리었으니 선인이,

"흑룡이 바로 아니로되 형상치 못할러니 의연히 흡사(恰似)타."

하시더라.

별궁에서 지내기를 오십여 일을 하니 삼전께서 안부 묻자오시는 상
궁이 자로 오면 본댁을 청하여 뵈옵고 관대(款待)하니 감축함을 어
찌 형용하리오.

상궁이 와 미처 오래지 않아 잔상(盞床)과 예관이 쫓아 들어오면
풍성하고 후하여 갑자 가례 때 장함을 궁중이 일컫더라.

별궁 머무는 사이 조모[17] 병환이 계오셔, 대혼[18]이 박두하고 증세는 가볍지 아니하시니, 부모께서 황망하심이 어이 측량하리오. 그때 정경이 집안이 편안하여도 성리가 어려우실 때 첩첩한 근심이 만단이시나, 별궁에 들어오셔는 화기를 잃지 아니하시더니 피우(避寓)[19]를 하시게 되니 선인이 친히 업으시고 가마에 들며 나시게 하오시니 이 소식을 궁인(宮人)들이 듣고, 칭송이 자자하고 궐내에 선인의 계모께 효성이 지극하오심을 높여 일컫더라. 천행으로 조모님 병환이 회복하오시니 집과 나라에 만행이 없으니, 지금 생각하여도 그때처럼 초조한 일이 없더라.

정월 초아흐렛날 책빈(冊嬪)하고, 열하룻날 가례[20]니 마침내 부모님 앞을 떠날 날이 박근하니 정리를 참지 못하고 종일 울음으로 보냈더니, 부모 역시 인정상 슬프셨으나 참으시고 선친께서,

"인신(人臣)의 집이 척리(戚里)되면, 영총(榮寵)이 따르고, 영총이 따르면 문벌이 성하고, 문벌이 성하면 재앙을 부르나니 내 집이 도위(都尉) 자손으로 국은을 세세로 망극히 입었으니, 나라를 위하여 끓는 물, 타는 불 속을 어이 사양하리오마는 백면 서생이 일조에 왕실에 척련(戚聯)하니, 이는 복의 징조가 아니요, 화의 기틀이니 오늘부터 두려워하여 죽을 곳을 모르노라."

하오시고 앉음새와 몸 가눔의 범절을 아니 가르치심이 없고,

"삼전 섬기옴을 삼가고 조심하여 효성을 힘쓰고, 동궁 섬기옴을 반드시 옳은 일로 돕삽고, 말씀을 더욱 삼가 집과 나라에 복을 닦으소

---

17) 洪鉉輔의 繼室 李氏
18) 王家의 혼인. 여기서는 사도세자의 혼례
19) 病者의 거처를 옮김
20) 於義洞 본궁에서 가례함

서."

하시던 말씀이 천언만어(千言萬語)이오시니 내 공경하여 듣다가 울음을 금치 못하니, 그때 심사야 목석인들 어찌 감동치 아니하리오. 초례(醮禮)하고 부모께 또 경계를 받자오니, 선친은 다홍 공복(公服)을 입고 복두(幞頭)[21]를 쓰고, 선비는 원삼을 입고 큰머리[22]를 쓰셨으며, 일가 친척이 다 배별하기로 모이고, 궁내 사람이 많이 나왔으나 우리 부모께서는 모든 행례가 조금도 절도에 어김없이 장엄 단중(端重)하오시니 보는 이가 모두

"나라가, 사돈을 잘 얻자오시다."

일컫더라.

초례 후에 궁중에 들어와서 대례 지내고, 십이일에 조현(朝見)하시오니 선대왕께서,

"네 폐백까지 받았으니 경계하노라. 세자 섬길제 부드럽게 하고 말과 얼굴빛을 가벼이 말고, 눈이 넓어도 모르는 척하고, 아는 색[23]을 뵈지 마라."

하오시는 경계를 공손히 받자왔노라.

그날 통명전에 양궁(兩宮)을 거느리시고 우리 선친을 인견하오셔 말씀이 간절하시고, 친히 술잔을 내리시니 선친이 받아 마시고 남은 술을 소매에 부으시고, 황감(黃柑) 씨를 품에 넣으시니, 선대왕께서 나를 가리켜 하교(下敎)하오시되,

"네 아비 예를 안다."

하오시니, 선친이 감읍하오셔 물러가서 집 사람에게 전하고,

---

21) 과거한 자가 쓰던 巾
22) 어여머리, 즉 예식 때 여인의 머리에 크게 틀어 얹은 가발
23) 말소리와 얼굴 색

"성은이 이 같으시니 오늘부터 죽기로써 갚으리라."
하시더라.

익일에 인정전(仁政殿)에서 백관의 조하를 받으실 때에 나를 소개하시고 말씀하시기를,

"본댁들을 굿 보게 하라."

하오시고 조하 끝난 뒤에 내가 대조전(大造殿)으로 문안 오르니, 정성 왕후께오서 우리 선비를 인견하시고 은전(恩典)이 정중하오셔 대접하는 모양이 여염집 부모들처럼 친밀히 하오시고,

"생녀를 아름답게 하여 나라에 경사를 보게 하였으니 공이 크도다."

하오시고 인원성모(仁元聖母)께서 상궁을 시켜 잘 대접하시고, 친히 인견을 아니 하시나, 은혜가 극진하오시니 영광이 측량 없고, 선희궁께서도 곧 서로 보시고 인친간의 사귀심이 사사 사돈간과 같이 화기애애하시더라. 선비께서는 화기 있는 말씀이 간략하신 중에 인후하고 공손하셨으므로 궁중에서 칭찬이 자자하였고, 그런 관계로 올해의 선비 상사 후에 자전(慈殿)[24]과 대전(大殿)[25]의 늙은 나인들이 슬퍼 울지 아니하는 이 없도록 인심을 얻으심이 이러하시더라.

통명전에서 사흘 밤을 지내고, 저승전(儲承殿)으로 드는 양[26] 내가 머무는 집 관희합(觀熙閤)으로 들어가는 것을 보시고 선비는 궁중에서 물러 나가셨는데, 그때의 내 정리는 간장이 볶는 듯하였으나, 모친은 놀라운 빛을 나타내시지 않고 태연히 작별하오시며 나에게 훈

---

24) 임금의 어머니
25) 임금
26) 들어가는 모양
27) 큰전, 즉 英祖大王

계하시되,

"삼전이 사랑하오시고 큰궁[27]이 딸같이 귀중히 여겨 주시니 갈수록 효도에 힘쓰시면, 우리 집과 나라의 복이니, 부모를 생각하시거든 이 말씀을 명심하소서."

하오시고, 가마에 오르시더라. 이때 눈물을 머금고 나인들에게 부탁하심이 간절하시니 궁녀들이 감탄하여,

"본댁 하시는 거동을 보오니 어찌 그 부탁을 저바리리오?"

십오일에 내가 선원전(璿源殿)의 역대 신위께 배례하고 십칠일에 종묘에 배례하였고, 이때, 내가 어린 나이로 대례를 이루고 큰머리 단장을 하고 실수하지 않음을 대왕께서 칭찬하시고, 희열하오시니 더욱 감격하더라.

선인께서 초하루 보름으로 궁중에 들어오시되, 분부가 계오셔 뵈옵는 고로 항상 오래 머물지 않으셔서,

"궁금(宮禁)이 지엄한데 궁 밖의 사람이 오래 있지 못하리라."

하오셔 즉시 나가시고, 들어오실 적마다 갸륵히 여기고 훈계하시던 말씀은 이루 다 쓸 수 없고, 들어오시면 동궁께 뵈옵고 권학(勸學)하시며, 옛글과 역사를 아시도록 지성으로 가르쳐 드렸으매, 경모궁(景慕宮)[28]께서 각별히 대접해 주시더라.

갑자 시월에 선친이 과거에 급제하오시니 동궁께서,

"장인이 과거하시다."

하오셔 매우 기뻐하시고, 내가 딴 집에 있더니 그곳까지 찾아오셔서 즐거워하시더라. 그 당시로는 경은국구(慶恩國舅) 댁에도 과거한 사람이 없었고, 왕후님 친정 달성(達城) 댁에는 더욱 현달한 사람이 없

---

28) 사도세자

었으니, 동궁은 나이 어렸으나 과거에 급제한 경사를 신기하게 여기고 장인의 과거를 그리 좋아하셨던가 싶더라. 창방(唱榜) 후에 들어와 뵈오니 동궁께서 선친의 사화(賜花)받은 꽃을 만지며 기뻐하시더라. 그리고 선대왕께서는 작년 계해 과거에 급제 못 시킨 것을 애닯아 하오시다가 이번에 급제된 것을 희열하오시고, 인원(仁元) 정성(貞聖) 두 성모(聖母)께서,

"사돈이 과거하니 나라에 다행이라."

하오셔 나를 불러 치하하오시고, 정성 왕후께서는 당신 본댁이 이 풍상을 겪었으므로 편론(偏論)하시는 것이 아니라, 노론파(老論派)를 친척같이 하시던 차라, 우리 집에 가례한 것을 기뻐하시더라. 이런 경우에 우리 선친이 큰 과거에 급제한 것을 눈물까지 흘리고 기뻐하셨으므로 하정의 감격이 더욱 측량치 못할러라.

선인께서 항상 세자의 학업을 도우셔 유익한 일과 옛 사람의 글도 써 드리시고, 글을 지어 보내시면 평론하여 드리시매, 시강원(侍講院) 학관에게 배우셨으나, 우리 선친께 배우시는 것이 많았고, 우리 선친께서는 사위 세자께서 천만의 태평 성군이 되시기를 크게 원하는 지성이 다른 어느 신하가 따르리오마는, 섧고 섧도다.

내 어려서 들어와 궁중 일을 뵈오니, 세자님 기풍이 영위(英偉)하시고 효성이 지극하오셔 대왕께 두려워하시는 중의 효성이 거룩하시고, 정성 왕후 받드시는 효성이 친히 낳으신 자모 이상이셨고, 사친 섬기는 일은 더욱 형언할 수 없이 극진하시더라. 선희궁께서는 천성이 인애하신 중 또 엄숙하오셔 당신 소생의 자녀도 사랑하시는 중에 교훈이 엄격하시와 두려워하였고, 당신 낳으신 아드님이 왕세자로 오르시매, 감히 자모로 처하지 아니하고, 지극히 존대해 하셨으나, 가르치심은 사랑과 함께 극진하셨고, 이에 대하는 아드님의 조심이

또한 극진하시더라. 또 선희궁께서는 나를 세자와 다름없이 사랑하셨으매, 천한 자부의 몸이 과분한 대접을 받을 때마다 마음이 매우 불안하더라.

내 궁중에 들어오며 문안하기를 감히 게을리 못 하여 인원·정성 두 성모께는 닷새 만에 한 번 문안 드리고, 선희궁께는 사흘 만에 한 번씩 문안 드리기로 되어 있으나, 거의 날마다 뵈올[29] 적이 잦으니, 그때는 궁중의 법이 엄하며 예복을 하지 아니하면 감히 뵈옵지 못 하고, 날이 늦은 뒤에는 못하고 새벽의 문안은 때를 어기지 아니하려 잠을 편하게 자지 못하였으니 내가 궁중에 들어올 적에 유모로 보모와 시비 하나를 데리고 왔는데, 시비의 이름은 복례(福禮)였고, 선인이 소과(小科)하신 후 증조모께서 특급하신 시비였으므로, 내가 어려서부터 이 시비와 친하게 놀고 떨어지지 않았는데, 천성이 민첩하고 충성심이 천한 사람 같지 않았고, 보모의 성품 또한 순직하고 근면하니, 나는 이 보모와 시비에게 엄하게 부탁하여 새벽에 깨우는 일을 큰 일처럼 하고 게을리 못 하게 하였고, 엄한의 겨울에도 성서(盛暑)의 여름에도, 풍우와 대설 중에도, 문안 갈 날에 한 번도 시간에 늦지 않은 것은 이 두 사람의 공이었도다.

그후 보모는 나의 여러 차례 해산 때에 시중을 들어 그 공이 적지를 않았으니, 그 자손이 후한 요포(料布)를 대대로 받았고, 팔십이 넘도록 장수를 누렸고, 복례는 나를 지극히 섬겨서 마치 수족같이 내 심중의 비환고락(悲患苦樂)을 제가 잘 알아서 오십 년 동안이나 허다한 경력을 나와 함께 하고, 경술 대경(大慶)[30]에 국밥을 대령하여, 상감께서 상궁을 시키셨고, 칠십이 넘어서도 근력이 좋아서 나에게

29) 뵈실
30) 순조 탄생한 일

마치 아이종같이 굴었으매, 이 보모와 복례는 나에게 잘 섬긴 덕으로
나중까지 일생을 잘 누린다고 싶더라.

옛날 궁중 법도가 어찌 그렇게 엄하였던지, 문 안팎 어려운 일이 많
되, 나는 괴롭게 여기지 않았는데, 이것 또한 옛 풍습에 익은 사람됨
이라 능히 감당하였던 모양이더라.

소고(小姑)[31] 여럿이 있어 나를 사랑하나, 지위가 달라 내가 대접
할지언정 한결같이 행실을 배우지 못하고, 효순 왕후(孝純王后)[32]
를 따라서 몸을 가지매, 나이의 차이가 있으나 서로 배우고 사랑함이
각별하였고, 여러 옹주(翁主)[33] 가운데, 화순(和順)은 온공하시고
화평(和平)은 유순하오셔 나를 대접함이 극진하고, 아래로 두 소고
는 나이가 서로 같고 귀한 아기네로 놀음하는 것이 모두 갖추어져 있
으나, 내가 따라서 놀지 아니하고, 주위에 유희거리가 많아도 좋아하
지 아니하므로 선희궁께서 항상 간곡히 훈계하시는 말씀이,

"심중은 유희하고 싶으련마는, 그것을 참고 하지 않으니 대견하
다. 대궐에 들어온 도리를 차려서 어린 시누이들과 함께 유희하고 그
리 마라."

하고, 일일이 간곡히 지도해 주시니 내 어찌 일시 잊으리오.

계해에 내가 대궐에 들어올 때, 중제(仲第)[34]는 다섯 살이요, 숙
제(叔第)는 세 살이었는데, 형제가 숙성하고 쌍둥이 같았으니, 선비
께서 나의 가례 후, 일 년에 한두 번 궁중에 들어오실 적이면 형제가
따라왔다. 그러면 선조(先祖) 영조 대왕께서 사랑하시고 나 있는 곳

---

31) 시누이
32) 眞宗의 妃
33) 後宮 소생의 王女
34) 洪樂信

에 오시면 형제를 앞에 세우고 다니셨는데, 부르시면 순령수(巡令守) 소리로 크고 길게 대답을 잘하여 귀여워하시더라. 후에 중제는 자라서 병술년에 등과(登科)하였을 때,

"순령수 대답 잘하던 아이가 급제하다."

하며 기꺼하오시고,

"영상(領相)[35]이 아들을 잘하였다."

하오시고, 유신(儒臣)들과 글을 읽으면 옥수를 두드려 '잘 읽는다' 칭찬하시더라. 특히 경모궁께서 우리 친정 동생 형제를 사랑하오셔, 궁중에 들어올 때에는 일시도 떠나지 못하게 하고 좌우에 세우고 다니셨으니, 한번은 중제(仲弟)가 아홉 살 적에, 경모궁께서 종묘에 배례하오시고 평천관(平天冠)이 옆에 놓여 있었으니 웃노라 하고,

"씌우랴?"

하셨으나, 중제가 두 손으로 머리를 붙드리고[36]

"신자는 못 쓰옵나이다."

하니, 능히 아는 줄을 기특히 여기오셔 중제는 황송해서 몸에 땀이 흘렀는지라.

요사이 아이들에게 비하면 얼마나 숙성치 아니리오. 궁중의 법이 열 살을 넘으면 사내 아이는 궐내에서는 잠을 자지 못하더니 하루는 경모궁께서 숙제(叔弟)를 여러 번 부르오셔, 내관들이 무슨 말을 함부로 하고 재촉하였는지, 숙제가 분하게 여기고 차비문(差備門)을 들어오지 아니하더라. 그러자 경모궁께서 차비문까지 나와 불러들이시고,

"네 이리 강직하니, 나를 어찌 도우랴?"

---

35) 영의정 洪鳳漢
36) 부둥켜 움켜쥐고

하오시고, 부채에 글을 써 주시던 일이 어제 같아서 그 성품이 공손하고 온화해졌으니 내 편애하더라.

선친이 등과하신 지 칠 년 만에 대장의 적임까지 하오셔 공명이 혁혁하시니 남들은,

'폐부지친(肺腑之親)37)으로 이렇다.' 하려니와 선희궁께서 나에게 조용한 때에 친히 말씀하시되,

"어장(御丈)께서 성균관 장의(掌議)로 숭문당(崇文堂) 입시적에, 상감께서 처음 보시고, 안에 듭시어서 하오시되 '오늘 크게 쓸 신하를 얻었으니 장인 홍 아무개가 그 사람이라' 하오시더라."
하시니 이를 미루어 보더라도 그때부터 선친을 대왕께서 사랑하셨던 것이며, 어찌 내 부친이라 해서 특별히 중용하셨으리오. 그 후에 전곡(錢穀), 갑병(甲兵)과 군국(軍國) 중사(重事)를 다 선친에게 맡기시고, 선친이 주야로 심신의 힘을 다하여 거의 침식을 폐할 듯이 사사를 잊고 나랏일에만 골몰하시더라. 나를 보시면 매양,

"성은이 지중하시니 도보무지(圖報無地)38) 하외라."
하시더니라.

내 일찍이 임신하여 경오(庚午)에 의소(懿昭)를 낳았더니 임신(壬申) 봄에 잃어 삼전(三殿)과 선희궁이 모두 너무 애통하셨고, 내 불효하여 참경을 뵈온 것이 죄스럽더니 그 해 구월에 하늘이 도우셔 주상39)이 나시니, 나의 미약한 복으로 이 해에 이런 경사가 있기는 뜻밖의 일이었고, 주상이 나시매 풍채가 영위하시고 골격이 기이하사 진실로 용봉(龍鳳)의 모습이시며, 하늘의 해와 같은 위풍이셨다. 대

---

37) 王室의 近親을 말함
38) 은혜를 갚을 바를 모른다는 뜻
39) 正祖大王

왕께서 보시고 크게 환희하시고 나더러 하교하시되,

"충자(沖子)의 의표(儀表) 너무 초범(超凡)하니 조종의 신령이 도우심이요, 종사(宗社)의 장래를 맡긴 경사라. 내가 노경에 오늘 이런 경사를 볼 줄 어찌 생각하였으랴. 네가 정명 공주 자손으로 나라의 빈(嬪)이 되어, 네 몸에서 이런 경사 있으니 나라에 대한 공이 측량 없다. 아이를 부디 잘 기르되, 의복을 검소히 하는 것이 복을 아끼는 도리라."

하고 훈계하셨으니, 내가 어찌 그 말씀을 지키지 않으리오.

내 먼젓번 생산에는 나이가 어려서 어미 도리를 못 하였으나, 금상(今上)[40] 낳은 후는 봄의 통석(痛惜) 뒤의 나라 경사가 다시 있으니, 육궁(六宮)의 기뻐하심이 처음의 백 배 더하더라. 선비는 내가 해산하기 전에 궁중에 들어와 보셨고, 선친은 직숙(直宿)하신 지 7·8일에 경사가 계오시고, 양친의 경축이 무궁하시더라. 아이께서 기이하심을 더 기뻐하시고 나에게 하례하시니, 내 이십 전의 나이로되 떳떳하고 기쁜 것이 인정에 당당한 일이겠지만 아들 나은 것이 신세의 의탁인 듯싶었고, 마음이 영(靈)하던가 싶더라.

신미 시월에 경모궁 꿈에 용이 침실에 들어와서 여의주(如意珠)를 희롱하는 것을 보시고 이상한 징조라 하오시고, 그 밤에 곧 흰 비단 한 폭에 꿈에 보시던 용을 그려서 벽에 걸으셨으매, 그때 춘추가 십칠 세이시니 이상한 꿈이라도 우연히 생각하실 때,

"아들 얻을 징조라."

하오시기, 노성(老成)한 어른 같자오시던 일 이상하고 화법(畵法)이 비상하시더니 과연 주상을 얻을 이몽(異夢)이런가 싶으며, 항상

---

40) 현재의 임금, 正祖大王

말이 없이 엄중하신 경모궁께서 어린 아이를 보시면 늘 웃으시고, 나에게 하례하시되,

"이런 아들을 두었으니 무슨 근심이 있으리오."

하시더니라.

그 해에 홍역이 크게 번져 옹주가 먼저 하니, 약원(藥院)이 청하여,

"동궁과 원손(元孫)[41]을 다른 곳으로 피병(避病)하라."

하니, 그래 아직 산 후 삼칠일 전이라 움직이기 중난(重難)하되, 상감 분부를 어기지 못하여, 경모궁께서는 양정합(養正閤)에 처하시고, 원손은 낙선당(樂善堂)에 옮기시니, 삼칠일의 아기로되 몸이 커서 먼 곳에 옮기는 데도 조금도 염려되지 아니하고, 아직 보모를 정하지 못하여 늙은 궁녀와 내 보모에게 맡기고, 곧 경모궁께서 홍역을 하오시고 나인들도 홍역을 하니 돌볼 사람이 없었으므로 선희궁께서 친히 오셔서 보시고, 밖으로는 선친이 직숙하며 보호하셔서 증세가 순조로웠으나, 열이 심하였으므로 선친이 옆에서 구호하셨는데, 그 정성이 극진하셨고, 병이 나으신 후에 선친이 글을 읽으라 하오셔 읽혀 들으시게 하면,

"글 읽는 소리 들으니 시원하다."

하시고, 주야에 선친의 가르쳐 주심을 들으시더라. 그때 선친이 읽으신 글을 다 생각하되 제갈량(諸葛亮)의 〈출사표(出師表)〉를 읽으시며,

"자고로 군신(君臣)의 만남이 한소열(漢昭烈) 제갈량 같은 이가 없으니, 신이 항상 이 글을 흠탄(欽嘆)하노이다."

---

41) 왕세자의 아들

하시고, 또 고석(古昔)의 현군(賢君)과 명신(名臣)의 말씀을 이야기로 아뢰오면, 비록 미령중(靡寧中)이시나 응대함이 각별하셨고, 왕세자의 홍역이 거의 다 나으신 후에, 내가 이어서 홍역을 하게 되었는데, 산후에 이런 병을 얻어서 증세가 무거웠고, 갓난아기가 또 발병하셨으므로, 그때 아직 석달 된 아기로되 증세가 큰 아기같이 순조로웠으나, 내가 큰 병 가운데 어떨가 염려하오시고 선희궁께서와 선친이 원손의 증세를 자세히 알려 주시지 아니하여 모르고 지내나, 선친이 나 있는 곳에 다니시고, 원손께도 주야로 왕래하셨는데, 하룻밤은 엎드려져서 걷지도 못하시더라 하니 그런 사정도 내 병이 거의 나았을 때 비로소 알고 선친의 수고와 염려에 불안하더니 주상께서 홍역을 순하게 하신 일은 진실로 신기하더니라.

주상이 홍역 후 잘 자라시고, 돌 즈음 글자를 능히 아셔서 보통 아이와 아주 다르시고, 계유 초가을에 대제학(大提學) 조관빈(趙觀彬)을 대왕께서 친히 문죄하실 적, 궁중이 모두 두려워하자, 당신도 손을 저어서 소리 지르지 말라 하였으니, 두 살에 어찌 이런 지각이 있었으리오. 세 살에 보양관(輔養官)을 정하고, 네 살에 효경(孝經)을 배우시되, 조금도 어린 아이 같지 아니하고 글을 좋아하시므로 가르치는 데 조금도 어려움이 없더라. 어른같이 일찍 소세하고 책을 놓고 읽으시었으니, 여섯 살에 유생이 전강(殿講)할 제 대왕께서 부르시어 용상(龍床) 머리에서 글을 읽히시며 글 읽는 소리가 맑고 잘 읽었으므로 보양관 남유용(南有容)이,

"선동이 하강하여 글 읽는 소리라."

아뢰니 대왕께서 기뻐하시니, 이처럼 숙성하신 이는 전고(前古)에 없었을 듯해서, 어리면서도 경모궁께 불언중의 효도로운 일이 많았고, 범백(凡百)이 하늘 사람이시지 예사 사람으로야 어찌 이러하리.

내 일찍이 이런 거룩하신 충자를 두었고, 갑술에 청연(淸衍)[42]을 낳고, 병자에 청선(淸璿)[43]을 얻으니, 청연은 기질이 유화관후(柔和寬厚)하고, 청선은 기도(氣度)가 온아개제(溫雅愷悌)하여 장중의 쌍옥이니 내 팔자를 누가 부러워하지 아니하리오. 친정의 부모가 착하오셔 공명과 영화가 빛나시고, 형제 또한 많아서 근심이 없더라.

선비께서 궁중 들어오시면 계매(季妹)와 계제(季弟)를 앞세우고 들어오셨고, 계제는 부모의 만생(晩生)으로 사랑이 지극하셨는데, 위인이 충후관홍(忠厚寬弘)하여 어린 아이라도 큰 그릇 될 기상이 있었으니 주상께서 데리고 노시며 심히 사랑하시니, 내 장래를 기대하는 마음이 적지 않았고, 계매는 내가 궐내로 들어온 후, 부모께서 나를 잊지 못하다가 낳으셨는데, 사람마다 아들 낳기를 좋아하였으나, 우리 집의 정리는 딸 낳은 것을 요행히 여겨서 온 집안의 기쁨을 삼으셨으니, 내 마음에 내가 부모 슬하에 자취를 남긴 것같이 기뻐하였으며, 제 기품이 아름다운 옥같이 성행이 효성스럽고 우애가 있으며 마음이 온순하며 부모가 총애하시고 동기의 사랑이 몸에 지나쳤으나 조금도 교만하지 않았고, 궐내에 들어오면 양성모(兩聖母)께서와 선희궁께서 모두들 어여삐 여기오시고 통명전(通明殿) 대례 때, 육궁의 나인들이 모두 안아 보고 밝은 달과 연꽃 송이 구경하듯 하였으니 그 자질의 아름다움을 짐작할 수 있더라. 내 기특히 여기는 것이 어찌 동기의 정뿐이리오. 나를 따라서 옆을 떠나는 일이 없고 경오년 다섯 살 때에 능히 모친을 모시고 궁중에 들어왔었는데 내가 해산한다는 말 듣고,

"나라히 기꺼하오시고 우리 아버님 어머님이 다 좋아하시겠다."

---

42) 사도세자의 장녀
43) 사도세자의 차녀

하고, 어른같이 말하니 듣는 이 이상히 여기고, 효순 왕후(孝純王后)께서 노리개를 한 줄 채워 주셨는데, 그 후 노리개를 아니 찼거늘,

"네 어이 아니 찼느냐?"

물으니,

"주시던 이가 아니 계오셔 아니 보아 못 찼노라."

하고 대답하더라.

임신 삼월에 나라에 슬픔이 있는지라, 가을에 궁중에 들어와 나를 보고, 눈물을 흘리며 그 아이 기르던 보모의 손을 잡고 울었는데, 그 때 나이가 일곱 살이었는데 어떻게 그리 숙성한지 이상하며, 임신년 구월의 대경(大慶) 때, 선친이 들어오실 때 저도 모시고 와서 주상 탄생 후라 제가 보고,

"이 아기씨는 단단하고 숙성하시니 형님마마 걱정 아니시키겠다."

하니, 좌우가 그 말의 옳음을 웃고 선비께서도,

"아이 말 같지 않다."

하고 도리어 꾸중하시니,

"그 아이 말이 옳으니 꾸짖지 마옵소서."

하였더니라. 궁중의 복록이 면면(綿綿)하오시고, 우리 친정집이 또한 번성하여서 남매가 모두 남만 못지 아니하니 궁녀들이 나를 우러러 치하 아니 하는 이 있으리오.

경모궁께서 장모 대접하심이 보통 장모 대접과 달리 지극하시니, 선비께서 우러러 사랑하고 귀중히 여기셔 사위로 대하지 못하니 그 정성이 어떠하시리오. 선비께서 궁중 들어오셨을 때는 혹 경모궁께 오서 노한 일이 계시다가도,

"일이 그렇지 않으오이다."

하고 아뢰시면 곧 안색을 고치로혀시고[44] 갑술에 청연을 낳을 때도 모친께서 오십여 일을 궁중에 머무르시며 모실 때, 지극히 무간(無間)하오시게 경대하오시니, 선비 매양 감축함을 이기지 못하시더라.

슬프도다. 세자님 예질이 탁월하시고 학문 점점 진취하시니, 그 기상 기품이 모두 진취하였으나, 불행히 임계년에 증세가 계시매, 나의 무려한 근심과 우리 부모의 심중이 얼마나 초조하였으리오. 선비께서 주야로 초조하며 몸소 기도하시고, 명산 대천에 두루 치성하시며, 밤이면 잠을 못 주무시고 합장축천(合掌祝天)만 하셨는데 이것이 두루 불초의 나를 두신 연고라.

나라 위하신 지극한 정성이 아니시면 어찌 또한 이대도록 염려하시리오.

우리 선형[45]께서 부모의 일찍 얻으신 바로 교훈하심이 엄하오시니, 문장이 빨리 숙취하오시고, 지기(志氣) 고매하고 행실이 준결(俊潔)하여 십오 세가 지나서 엄연히 큰 선비 같았으니, 집안이 모두 존대하고 시복들이 모두 엄한 상전으로 알고, 감히 업신여기지 못하는 엄중한 장부의 법도가 있었으니 정헌공이 항상 집안의 큰 기둥으로 여기셨도다. 오라버니는 계해에 혼사를 지내려 하였다가 나의 대혼 때문에 물려서 을축에 성혼하셨으니, 배우는 여양(驪陽) 증손녀요, 봉조하(奉朝賀)의 손녀로 일세에 으뜸가는 대갓집 규수였는데, 규수도 어렸을 적 궁중에 들어와 삼전의 사랑을 받자와 계시던 고로 우리 친정의 며느리 된 줄 아시고 기쁘다 하오시며, 신행 때 상궁을 내보내시고, 양성모께서 그날 광경을 친히 물으셨으니, 인친간(姻親間)에 후하심을 알 일이로다. 형님이 처음으로 궁중에 들어오시니

---

44) 돌이키고
45) 洪樂仁

자질이 청려(淸麗)하오시고 기품이 고수(高秀)[46]하시며 위의와 예
모 진선진미[47]하여, 여러 척신(戚臣)집 소년 부녀 사이에서 닭의 무
리 속에 섞인 학 같고 돌 가운데 빛나는 옥낯[48] 같아, 궁중의 모든 눈
이 놀라 보며 칭찬하더라. 두 분의 배우가 실로 짧고 길음이 없는 천
생배필이라. 우리 집 종손으로 일문의 으뜸이라, 부모의 애지중지하
심이 세상에 드물 정도였고, 딸만 낳고 오래 아들을 낳지 못하여 부모
가 매우 답답해 하시던 중, 을해 사월에 너 수영(守榮)을 낳았는데,
비록 보(褓)에 싸인 때였음에도 골격이 탁월하고 얼굴이 관옥 같으
니, 부모의 사랑이 만금 보배에 지나고, 기대가 천지의 준구(駿駒)
같더라. 나에게 편지로 스스로 하례하여 계시오니 그 부모의 소생이
응당 잘났을 것이며, 우리 집을 위하여 기쁨이 측량 없더라.

그 뒤 선대왕(先大王)께서 보시고 지나치게 귀여워하시고 이름을
수영(守榮)이라고 친히 지어 주시니, 어린 아이로서 이런 영광이 어
디 있으랴. 주상(主上)이 더욱 사랑하오시니 너같이 어렸을 적에 은
영(恩榮)을 받은 이 어디 있으리오.

너 낳은 후 우리 집이 한 일도 더욱 험한 것이 없더니, 섧도다. 을해
팔월에 모친의 상사를 당하니, 뉘 자모(慈母)를 잃은 슬픔이 없으리
오마는, 내 정경은 천지간에 혼잔 듯하여 그 애통하던 정사(情事)가
망연하니 어찌 살고자 하리오마는, 선친이 현필(賢匹)[49]을 잃사오
시고 애통하시는 밖에 불초로 더욱 슬퍼하시니, 내 몸을 버리지 못하

---

46) 높고 수려함. 高絜俊秀의 준말
47) 더할 나위 없이 선미함. 《論語》에 '子謂韶盡美矣又盡善也'
48) 群鷄一鶴 石中玉樹
49) 어진 배필

여 선친을 위하오나 그음 없는[50] 슬픔이야 어찌 한때인들 참으리오. 발상하던 날, 선희궁께서 친히 오셔서 위로하심이 자모 같으시오니, 이런 자애는 사사모의 시어머니와 며느리 사이에도 없을 정도이니 나의 감동을 감히 금할 수 없더라. 상사를 지내고 문안에 올라가니, 양성모께서 내 손을 잡고 눈물을 흘리시고 슬퍼해 주셨으니 망극한 중이나 이런 영광이 어디 있으리오.

내가 지통함을 억지로 참고 세상에 머물렀으나 진실로 생세지심(生世之心)이 없어 하니, 선대왕께서도 과히 슬퍼하지 말라 하옵시고, 정성 왕후께서와 선희궁께서,

"집상(執喪)이 과하여 의복지절(衣服之節)[51]이 나라의 예절과 다르다."

꾸중하오시니, 내 더욱 마음을 다하지 못함을 애통하더니라.

중제(仲第)의 아내[52]와 숙제(叔弟)의 아내, 재종 형제(再從兄弟)로 동서가 되어 들어오니 귀한 일이오. 중제의 아내는 현숙 유순하고, 숙제[53]의 아내는 온순 효우(溫順孝友)하니, 부모가 기뻐하오시더니 오래지 아니하여 선비를 여의오니, 이때 두 아우 나이가 십칠 세와 십오 세라. 성인한 보람이 어이 있으리오. 붙쌍함[54]을 잊지 못하는 중 계제(季弟)[55]는 여섯 살이니, 선인께서 어머니를 잃으시던 나이와 같아서 슬픔을 아는 듯 모르는 듯하고, 계매(季妹)[56]는 슬퍼

---

50) 한없는
51) 부모 居喪中의 예절을 지킴
52) 洪樂信의 妻 林川趙氏
53) 洪樂任
54) 불쌍함
55) 洪樂倫
56) 李復의 아내

하여 상인(喪人) 구실을 하면서 끝동생을 불쌍히 여기고 위로하기를 어른같이 하여, 막내동생은 할머니의 애무를 받고 계매는 형님[57]의 거두심을 입으니, 의복과 음식의 염려는 없으나 남매가 외롭게 의지할 데 없는 형용을 생각하니 내 차마 한때도 잊지 못하고 계매의 편지에 모친 생각하는 슬픈 말이 종이 위에 솟아나니 내 볼 적마다, 제 글씨 한 자에 내 눈물 한 줄이 내리더니라.

병자 이월에 선인(先人)이 광주 유수(廣州留守)를 하오시니 떠나시는 것을 심히 슬퍼하는 중 선대비를 모시고 가시니, 내 선대비를 선비같이 여기다가 얼마나 슬펐으랴. 그 해 윤구월(閏九月)에 청선(淸璿)을 낳게 되니 해산 적마다 선비(先妣) 들어오시던 일이 생각나서 고통이 더욱 심하여, 만삭의 몸을 돌보지 아니하고 소식도 오래 하였으니 기운이 파해서 위태로울 지경이라. 선대왕께서 내 몸을 염려하시고 선인에게 분부하여 보약(補藥)을 많이 써 무사히 해산하였으나 슬픔이 뼈에 사무쳐서 그리하던지, 산후의 허약이 심하여 선인께서 지나친 근심을 하시더니 그 달에 선인이 평안 감사를 하시니 떠나는 심사가 또한 오죽하리오. 사사로운 정이 딱하나 왕명(王命)이 지중(至重)하여 차비를 서둘러서 부임해 가셨고, 그 해[58] 동짓달에 경모궁께서 마마를 앓으시니 선인이 천리 관외(關外)에서 이 소식을 듣자오시고, 주야로 추운 방에 처하오셔 서울 문안을 기다려 들으시며 근심하오셔 수염이 허옇게 시어 계시더라 하며 다행히 성두(成痘)[59]를 하오시고 쉬 출장[60]하오시니 종사(宗社)의 큰 경사로

---

57) 洪樂仁의 아내
58) 영조 32년, 丙子(1756년)
59) 痘疹이 낫다
60) 마마를 다 치렀다는 우리 나라의 속어

여기시더라. 그러나 그 후 백 일이 못 되어 정성 왕후께서 승하하시오 니, 그때 슬퍼하시는 효심이 거룩하오셔서 모두 경복하였고, 인산(因 山) 때 백성들이 그 애통하시는 거동을 뵈옵고 감읍하였다 하더라. 그때 국사가 점점 길하지 못하여 경모궁의 병환도 쉬 쾌차하시지 못 하였더라.

선인(先人)께서 오월에 내직[61]으로 들어오시니, 부녀 떠났다가 다시 만나는 기쁨이 심하나, 쌓이고 쌓인 근심은 서로 대하면 눈물뿐 이러니, 지월(至月)[62]에 선대왕〔英祖〕께서 격분하오심이 계오시 더니, 선인이 충애지심(忠愛之心)을 이기지 못하여 당신 처지로서 하기 어려운 말씀을 아뢰시니, 대왕께서 더욱 노하셔 삭직(削職)하 오셔 문 밖으로 나가시고, 갑자 후에 나를 사랑하심이 한결 같으오셔 난처한 때라도 나에게는 지자(止慈)를 감하오신 일이 없더니 이때 처음으로 엄한 분부를 받잡고 몸 둘 바를 몰라 하실로 내려갔더니, 오 래간만에 서용지명(叙用之命)[63]이 내려오시고, 또 나를 부르셔서 전과 같이 사랑하시더라. 천사가 황공할 때였으나 지극하신 성은이 야 뼈가 부서진들 어찌 다 갚사오며, 내가 겪은 은혜가 이토록 무궁하 나 붓으로 쓸 말이 아니기로 다 기록하지 못하노라.

국운이 불행하여 정성 왕후 승하하오신 이듬해에 인원 성모(仁元 聖母) 또 승하하오시니, 두 분을 모셔 받잡던 자애가 가없다가[64] 일 조에 애통이 첩첩하고 의지할 데 없게 되었고, 내 몸이 정성 왕후 빈 전 가깝게 있어서 미성(微誠)을 다 하려고 오시제전(午時祭奠)과

---

61) 서울에 있는 관청
62) 동짓달
63) 免職者를 다시 임용함
64) 지극하다, 끝이 없다

조석곡읍(朝夕哭泣)을 다섯 달 동안 한 번도 폐한 일이 없고, 인원 왕후가 나를 사랑하시던 은혜를 갚사올 길이 없더라. 병환이 날로 위중하시오니 정성 왕후는 아니 계오시고 나 홀로 초조하던 정성이 또 어떠하리오. 선대왕께서 주야로 시탕(侍湯)하오셔 옷을 벗고 쉬실 때가 없으시니 더욱 민망하였고, 승하하오신 후 선대왕을 우러러보며 망극하고 허전하여 애통함이 그음더니라.

양전(兩殿) 삼 년[65]을 겨우 마치고, 기묘에 가례(嘉禮)[66]를 행하오시니, 그때 말 못 할 근심이 많았으나, 선희궁께서 나더러 하오시되,

"정성 왕후 아니 계신 후는 이 가례를 행하와 곤위(坤位)[67]를 정하옵는 것이 나라에 응당한 일이라."

하오시고, 선대왕께 하례하고 가례 차리오시기를 몸소 정성껏 하오셔, 궁중 모양이 되기를 진심으로 기뻐하시니, 임금 위하신 덕행이 거룩하시더라. 가례 후 경모궁께서 조현(朝見)하실 때 행례에 지극히 조심하오시고 공경하심이, 천성의 효성임을 이런 일에 아올 것이오. 양전(兩殿)이 평안하시면 스스로 기뻐하시던 것이니 이 마디[68]는 궁중이 다 아는 바이니, 지극한 슬픔을 하늘을 우러러 묻고자 하되 할 일이 없도다.

세자의 기질이 효우(孝友)와 자애가 지극하오셔 금상(今上)을 귀중히 하시기는 이를 것이 없어, 군주(郡主)[69]들이 감히 바라지 못

---

65) 三年喪
66) 貞純王后 金氏를 맞음
67) 왕후의 지위
68) 사정, 곡절, 대목
69) 세자의 따님. 여기서는 정조의 누이들

하게 하시고 천출이 우러러보지 못하게 명분을 엄히 하시더라. 화순
(和順) 화평(和平)은 맏누님으로 공경하시고, 화협(和協)은 선조
의 소홀하셨음을 가엾게 여기셔 더욱 잘 대접하시더니, 세상을 떠나
매 대단히 슬퍼하시더라. 정처(鄭妻)[70]에게는 예사 인정으로 생각
하면 선조께서 편애하셨으니, 당신은 응당 냉대할 듯하나, 조금도 차
별이 없으셨으니, 범인으로 이런 터에 처변(處變)하면 어찌 이러할
수 있으리오.

신사 삼월에 주상[正祖]이 입학하시고, 그 달에 관례를 경희궁
(慶熙宮)에서 하시되, 세자께서 못 가시기에 내가 또한 혼자 가 보지
못하니, 자모지정(慈母之情)이 서운하고 근심이 무궁한지라.

선인이 이때 간험(艱險)함을 당하셔, 선대왕의 은혜도 갚고, 소조
(小朝)[71]도 보호하려 하사 근심이 지나치면 가슴에 답답증이 심하
고, 관격증[72]이 항상 나시더라. 나를 보시면 하늘을 우러러,

"국사 태평하소서."

하시고, 합장하며 빌어 주시던 붉은 정성은, 상천이 비치시고 신명은
옆에 계시오니, 털끝만치도 부친 위한 사정(私情)으로 이런 말을 하
는 것이 아니더라.

신사삼월에 대배(大拜)하오시고, 그때 대신이 없고 상후(上候)[73]
가 계셨으므로 선친이 부지런히 출사(出仕)하오시니 어찌 본심이시
리오마는, 물러나려 하오시니, 성은이 지중하여 임의로 못 하시고 첩
첩 근심이 점점 더하시니, 오직 몸을 바쳐서 국은에 보답하려 하니,

---

70) 영조의 9녀인 和緩翁主. 鄭致達의 처
71) 국정을 대리하는 왕세자
72) 구토하고 대변이 안 나오는 병
73) 영조의 병환

어느 때 근심 걱정이 없고, 어느 날 두렵지 않으시리오. 종묘에 기우헌관(祈雨獻官)으로 가오셔 제사 올릴 제, 열성(列聖)의 신위를 우러러,

'조종(祖宗)이 묵우(默佑)하사, 나라가 평안하옵소서.'

하고, 암축하던 말씀을 편지로 써 보내시기에, 내가 그 사연을 보고 흐느껴 울었더니라.

선형이 경오에 소과(小科)하시고 들어오시니, 경모궁께서 보오시고,

"지기상합(志氣相合)하다."

하오시더니, 신사에 등과하여 강서원(講書院) 관원(官員)으로 세손을 자로 모시고 글을 가르쳐 주상께 공이 많았고 강서원 입직 때, 우리 남매가 자주 만나서 나라 근심을 말하고 문득 서로 모른 척하자고 하였더라.

신사 겨울에 세손의 빈을 간택하시니, 청풍(淸風) 김 판서 성응(聖應)의 어머니 수연(壽宴)에 선친이 가셨더니 중궁전(中宮殿)[74]을 어렸을 때 보시고 비상한 자질이라 하신 말을 들은 일이 있었으니 그 집 김 공(金公) 시묵(時默)의 딸의 단자(單子)를 경모궁이 보시고 그리 간택하시려는 뜻이 많이 기우시고, 전궁(全宮)의 의논이 귀일(歸一)하여 순조롭게 완성되시니, 이 실로 천정이시며, 그 며느리 귀중 편애하심이 지극하시더라. 중전이 들어오셔 별한 자애를 받자왔는데 어린 나이로되 대상 후 애통이 심하고, 세월이 갈수록 추모하심이 더 하며 말씀이 미치오면 곧 눈물을 안 낼 적이 없더라. 자애 받자온 연고이지만 효성이 없으면 어찌 이러하리오.

---

74) 正祖妃

내전(內殿)이 재간을 지내고 즉시 마마병에 걸리시고, 곧이어 주
상이 또 마마에 걸리시니 증정(症情)이 매우 순조들 하시나, 삼간
(三揀)이 임박한 때에 연하여 큰 병환으로 지내시니 내 마음 쓰기가
또한 어떠하리오. 주상 성두(成痘)는 신사(辛巳) 동짓달 그믐께부
터 섣달 초열흘께 나으시니 보통집에서도 기쁜 일이매, 하물며 나라
의 경사라 선조[75]께서 근심하시다가 기뻐하시고, 경모궁께서 기뻐하
시던 일이 어제 같으매, 내 몸에 없는 정리로 중한 병환에 합수암축
(合手暗祝)하여 태평히 쾌차하거늘 천지신명께 빌던 일과, 선친이
직숙(直宿)하여 애달파하시던 경상이야 더욱 무어라 말하리오. 조
상이 도우셔서 양궁(兩宮)이 차례로 평순하시고 섣달에 삼간을 지
내고 임오 이월 초이튿날 가례를 순성하시니, 나라의 경사 이 밖에 어
찌 더하리오.

섧고 섧도다. 모년 모월 모일[76]을 내 어찌 차마 말하리오. 천지 합
벽(闔闢)[77]하고 일월이 회색(晦塞)[78]하는 변을 만나, 내 어찌 일시
나 세상에 머무를 마음이 있으리오. 칼을 들어 목숨을 끊으려 하였더
니, 방인(傍人)[79]이 칼을 앗음[80]으로 인하여 뜻 같지 못하고 돌이켜
생각하니 십일 세 세손에게 첩첩한 큰 고통을 끼치지 못하겠고, 내가
없으면 세손의 성취를 어찌하리오. 참고 참아 모진 목숨을 보전하고
하늘만 부르짖으니, 그때 선친이 나라의 엄중한 분부로 동교(東郊)[81]

75) 영조
76) 壬午禍變. 사도세자가 처형된 영조 38년, 壬午(1762년) 閏 5월 13일
77) 맞부딪치다
78) 캄캄하게 막히는
79) 옆사람
80) 빼앗음
81) 서울 동대문 밖

에 물러나 근신하고 계오시다가, 사신이 일단락 된 후에 다시 들어오시니, 그 무궁한 고통이야 누가 감당하리오. 그날 실신하고 쓰러지니, 당신이 어찌 세상에 살 마음이 계시리오마는, 내 뜻과 같아 오직 세손을 보호하실 정성만 계오셔 죽지 못하오시니, 이 열렬한 붉은 정성이야 귀신만 알지 누가 알리오. 그날 밤에 내가 세손을 데리고 사저로 나오니, 그 망극하고 창황한 정경이야 천지도 응당 빛을 변할지니 어찌 말로 형용하리오.

선대왕께서 선인께 하교하오셔;

"네 보전하여 세손을 구호하라."

하고 분부하시니, 이 성교(聖敎) 망극 지중하나 세손을 위하여 감유함이 측량 없고, 세손을 어루만지며,

"성은을 갚으라."

하고, 경계하매 내 슬픈 마음이 또 어떠하리오. 그 후 성교로 인하여 새벽에 들어갈 때에 선인께서 내 손을 잡으시고 중마당에서 실성 통곡하시며,

"세손을 모셔 만년을 누리사, 만경(晚境) 복록이 양양하소서."

하시고 우시니, 그때 내 설움이야 만고에 또 있으리오. 인산 전에 선희궁이 나를 와 보시니 가없이 원통하신 설움이 또 어떠하시리오. 노친께서 애척이 지나치시니, 내가 도리어 큰 고통을 참고 우러러 위로하되,

"세손을 위하오셔 몸을 버리지 말으소서."

하옵더니, 장례 후 올라가오시니 나의 외로운 자취가 더욱 의지할 곳 없더라.

팔월에야 선대왕께 뵈오니 나의 슬픈 회포가 어떠하리오마는 감히 말씀드리지 못하고 다만,

"모자[82] 보전함이 모두 성은이로소이다."

하고 체읍하며 아뢰니, 선대왕께서 내 손을 잡고 우시면서,

"네 저러할 줄 생각지 못하고 내 너 볼 마음이 어렵더니 네가 내 마음을 편케 하니 아름답다."

하오시니 이 하교를 듣자오니, 내 심장이 더욱 막히고 완명(頑冥)[83] 함이 갈수록 심한지라, 또 아뢰기를,

"세손을 경희궁으로 데려다가 가르치시기를 바라옵나이다."

"네가 떠나 견딜까 싶으냐?"

하시기에, 내가 눈물을 흘리고,

"떠나 섭섭한 것은 작은 일이요, 우흘 뫼와[84] 배옵는 일은 큰 일이오이다."

하고 인하여 세손을 경희궁으로 올려 보내려 하니, 모자가 떠나는 정리 오죽 하리오. 세손이 차마 나를 떨어지지 못하여 울고 가시니, 내 마음이 칼로 베는 듯하나 참고 지냈으니 선대왕께서 성은이 지중하오셔 세손을 사랑하심이 지극하시고, 선희궁께서 아드님 정을 세손에 옮기오셔 슬프신 마음을 쏟아 좌와기거(坐臥起居)[85]와 음식 범백(凡百)에 마음을 놓지 못하시고, 한 방에 머무시고, 새벽에 깨워서 밝기 전에,

"글 읽으라."

하오시고 나가실 제, 칠십 노인이 한 가지로 일찍 일어나셔서 조반을 잘 보살펴 드리니, 세손이 이른 음식을 못 잡수시되 조모님 지성으로

---

82) 혜경궁 홍씨와 정조
83) 죽지 않고 모질게 붙어 있는 목숨
84) 위를 모시고, 즉 왕을 모시고
85) 일상생활의 일거일동

억지로 자신다 하니, 선희궁의 그때의 심정을 또 어찌 헤아리리오.

주상(主上)이 사오 세부터 글을 좋아하시니 다른 궁궐에 각각 떠나 지내나, 글 공부하지 아니하오실까 하는 염려는 않았지만 역시 날로 잊을 수는 없더라. 세손이 자모 그리는 정상이 간절하여, 선대왕 모시고 자고 새벽에 깨어 나에게 편지를 보내고 서연(書筵)에 나가기 전에 회답을 보고서야 마음을 놓으시니, 어미 못 잊는 인정은 자연 그러하려니와, 삼 년을 서로 떠나 지내 한결같이 하시던 줄이 이상 숙성하오시고, 내가 경력한 병이 자주 나타나 삼 년 안에 병이 떠나지 아니하니, 외오셔[86] 의관과 상의하고 약을 지어 보내시기를 어른같이 하시니 이 다 천성이 지효(至孝)하신 까닭이어니와 십여 세 어린 나이에 어찌 그리 매사에 숙성하시더뇨.

그해[87] 구월에 천추절(千秋節)[88]을 만나니, 내 자취 움직이지 아니하나, 상교로 인하여 부득이 올라가니, 내 있는 집이 경춘전(景春殿) 남쪽의 낮은 집이라, 선대왕께서 그 집 이름을 가효당(嘉孝堂)이라 하시고, 현판을 친히 쓰오셔,

"네 효심을 오늘날 갚아 써 주노라."

하오시니 내 눈물을 드리워 받잡고 감히 당하지 못하고 또 불안하여 하더니, 선친이 들으시고 감축하시어, 집안 봉서에 매양 그 당호로 써서 다니게 하시더니라.

---

86) 멀리서
87) 壬午
88) 왕세자의 탄생일

제 2 부

임오화변(壬午禍變)[1]이 천고에 없는 변이라, 선왕이 병신 초에 영묘께 상소하셔,

"정원일기(政院日記)를 없이 하여지라."

하여 그 문적(文蹟)을 없이 하였으니, 선왕의 효심으로 그때의 일을 아니 볼 리 없어 설만(褻慢)[2]하게 보는 것을 설워하심이라. 연대 오래고 사적을 안 이 없어 가니, 그 사이에 이(利)를 탐하고 화를 즐기는 무리들이 사실을 변란하고 청문을 현혹하여 혹하되,

"경모궁이 병환이 아니 계오신 것을 영조께서 참언을 듣자오시고 그 처분을 하오시다."

하며 또 하되,

"영묘께서 못 생각하신 일을 신하가 권해 드려 망극지경이 되다."

하니,

"선왕이 영명하오시고, 그때 비록 충년(冲年)이시나, 다 목도하신 일이라, 어찌 속으시리오마는 위친(爲親)한테 범연하다."

할까, 두려오셔 경모궁께 속하고, 모년사(某年事)라 하면 일례로 그

---

1) 思悼世子의 被禍
2) 행동이 무례하고 단정하지 못함

렇다 하셔 일찍이 시비진가(是非眞假)를 분별치 아니하시니 이는
당신 지통(至痛)으로 부득이하신 일이라. 선왕은 다 알고 지정(至
情)에 이끌려 그리하여 계시나, 후왕(後王)[3]은 선왕과 정지(情地)
가 적이 다르고 어떠한 일을 자손이 되어 인하여 모르기는 인정 천리
에 어긴 일이라.

주상〔純祖〕이 어려 계신데 이를 알고자 하시나, 선왕이 차마 자세
히 이르지 못하시고, 다른 사람이 뉘 감히 이 말을 하며, 또 뉘 능히 이
사실을 해비(該備)히 알리오. 나 곧 없어지면 궁중에서는 알 이 없어
인하여 모르게 하였으니, 자손이 되어 조상의 큰일을 망매(茫昧)할
일을 위하여 망극하여 전후사를 기록하여 주상에 뵙고 없이 하고자
하나, 내가 붓을 잡아 차마 쓰지 못하여 임연(荏苒)[4]하러니, 내가
첩첩이 쌓인 공사 참화 후 일명(一命)이 실 같아서 거의 끊어지게 되
니 이 일을 주상이 모르게 하고 돌아가기 실로 인정 밖인 고로 죽기를
참고, 피를 울어 이렇게 기록하나, 차마 쓰지 못할 마디는 뺀 것이 많
고, 지리한 곳 다 거두지 못하며, 내 영묘의 자부로 평일 자애지덕과
그때[5] 재생지은(再生之恩)을 입삽고, 경모궁 처자로 소천(所天)[6]
위한 정성이 하늘을 깨칠 것이니, 부자 두 분 사이에 일호(一毫) 말
이 과하면 천신의 주극(誅殛)하심을 면하지 못할 것이니라.

외인의 모년사(某年事)[7]로 여차여피(如此如彼)하다 하는 것은
다 맹랑하고 이 기록을 보면 사건의 시종을 소연히 알 것이요, 영묘께

---

3) 純祖
4) 그날 그날 지내다 미루어 오다
5) 英祖 38년(1762)의 壬午禍變
6) 남편
7) 임오년에 사도세자가 화를 당한 일

서 처음은 비록 자애를 더 하지 못하시나 나중은 할 일 없으시고, 경
모궁께서도 천품 본성이 인후 관대하심은 비록 거룩하시나, 병환이
만만 망극하셔 종사위망(宗社危亡)이 호흡지간(呼吸之間)이니 할
일 없사오신 터를 당하시고, 선왕께서도 경모궁 처자로 망극지변을
지내고 능히 목숨을 끊지 못하고 보전한 것이 또한 애통은 자애통
(自哀通)이요, 의리는 자의리(自義理)로서 오늘날까지 온 일이니
이 마디를 주상이 자세히 알고자 함이라.

대저 이 일이 영묘를 원망하며, 경모궁이 병환이 아니시라 하며,
신하를 죄 있다 하여서는, 비단 본사(本事)의 실상을 잃을 뿐 아니라
삼조(三朝)에 다 망극한 일이니, 이만 잡으면 이 의리 분간하기 무엇
이 어려우리오. 내 임술[8] 춘간(春間)에 이 일을 초잡아 두고 미처 뵈
지 못하였더니, 근일에 경력한 수작을 가순궁(嘉順宮)[9]도 자손을
알게 하는 것이 옳으니 써내라 청하니 비로소 강잉(強仍)하여 써서
주상께 뵈니, 내 심혈이 모두 이 기록에 있는지라. 또다시 심혼이 경
월(驚越)하고 간폐(肝肺) 붕절하여 일자일루(一字一淚)하여 글
씨를 이루지 못하니 세상에 나 같은 사람이 어디 있으리오. 원의원의
(冤矣冤矣)로다.

을축 4월   일

무신[10] 후로 국본(國本)이 오래 비오시니 영묘께서 주야로 초조
하오시다가 을묘(乙卯)[11] 정월에 선희궁께서 경모궁을 탄생하오시

---

8) 순조 2년(1802)
9) 순조
10) 영조 4년(1728)
11) 영조 11년(1735)

니 영조께서와 인원, 정성 두 성모께서 종사막대지경(宗社莫大之慶)을 환열하오시기 비할 데 없사오시기, 일국 신민이 또 뉘 아니 도무(蹈舞)하리오.

경모궁께서 나오시며 예질(睿質)이 기억(岐嶷)하고 비범하오시기 특이하오신지라, 궁중에 기록하여 전하는 바를 보니, 나신 지 백일 안에 기이한 일이 많사오시고, 사삭(四朔)에 걸으시고, 육삭(六朔)에 영묘 부르심을 답하시고, 칠삭에 동서남북을 가리키시고, 이 세에 글자를 배워서 육십여 자를·성자(成字)하시고, 삼 세에 다식(茶食)을 드리니 수(壽) 복(福)자 박은 것을 잡사오시고, 팔괘(八卦) 박은 것은 따로 놓사오시고 잡숫지 아니하오시거늘 모신(某臣)이,

"잡사오소서."

하고 권한대,

"팔괘니 아니 먹을 것이라, 싫다."

하시고, 잡숫지 않더라.

그 후에 태호복희씨(太昊福羲氏) 그린 책을 높이 들라 하고 절하오셔, 천자를 배우시다가 사치할 치(侈)와, 가멸할 부(富)[12]에 이르러 치(侈)자를 짚으시고 입으신 의대를 가리키오시며 이것이 사치라 하오시고, 영묘 어리실 때 쓰시던 감투에 칠보(七寶) 얽힌 것이 있어서 쓰시게 하였으나 이것도 사치라 하고 쓰지 않으시더라. 돌 때에 새 옷을 입으시게 하니,

"사치하여 남부끄러워 싫다."

하오시니,

---

12) 가멸다는 富하다의 뜻

삼 세 유년에 기이하오신 일이니, 어떤 신하가 시험하여 명주와 무명을 놓고,

"어느 것이 사치요, 어느 것이 사치 아니오니이까?"

하니,

"명주는 사치라, 무명은 사치 아니라."

하오시니, 또 하시는 양을 보오려

"어느 것을 의대를 하여 드려 입사오시면 좋사오리까?"

하온즉, 무명을 가리키시며,

"이것이 좋으니라."

하시니,

이 일로 보아도 탁월하시던 줄을 거의 알지라.

체모가 웅장 석대(碩大)하시고, 천성이 효우(孝友) 총명하오시니 만일 부모님네 옆을 떠나시게 말으시고, 범사를 교도하오사 자애와 교육을 병행하여 계오시더면, 덕기(德器)의 성취 어떠하오리오마는 일이 그렇지 못하여, 일찍이 각각 멀리 떠나 계신 일로 인연하여, 전전하여 작은 일이 크게 되어 필경은 말하기 어려운 지경까지 이르렀으니, 이것이 천수(天數)의 불행함과 국운의 망극함이니 인력으로 용납할 터 없으려니와, 나의 지원지통(至冤至痛)이야 어찌 측량하리오.

영묘께서 동궁(東宮)[13]이 오래 빔을 염려하시다가, 원량(元良)[14]을 얻자오시고, 가열흔회(嘉悅欣喜)하오신 성심(聖心)으로 멀리 떠나는 사정을 돌아보지 않으시고, 빨리 동궁의 주인 계신 것만 좋아서 법만 차리려 하시고 나신 지 백일 만에 집복헌(集福軒)을 떠나 보

13) 왕세자가 있는 궁
14) 왕세자

모에게만 맡기오셔 오래 비었던 저승전(儲承殿)이라 하는 큰 전각
으로 옮기시게 하니, 저승전인즉 본디 동궁 들으시는 전이요, 그 곁
에 강연하실 낙선당(樂善堂)과 소대(召待)하실 덕성각(德成閣)
과, 동궁이 수하받으시고 회강하시는 시민당(時敏堂)이 있고, 그 문
밖에 춘방(春坊)과 계방(桂坊)이 있는데, 장성하시면 모두 동궁에
달린 집이라, 어른 같으시게 저승전 주인이 되게 하신 성의오신지라.

영묘께서 처하시는 데와 선희궁 처소가 서로 요원하나 두 분께서
극한 극서를 피하시지 아니하오시니 날마다 오시어 머무시는 때도 많
더라. 하나, 어찌 한 집 속에서 조석으로 양육하시며 쉴 사이 없이 교
훈하오심 같으리오. 어찌하신 헤아림이시든지 귀중하오신 종사 의탁
하실 아드님을 겨우 얻으셔 법은 지차(之次)요 부모측에서 양육하
며 성취하시게 하지 않고, 처소가 멀리 떨어져서 인사 아실 즈음부터
자연 떠나심이 많고 모이심이 적으니, 조석에 대하시는 이 환신(宦
臣) 궁첩(宮妾)이요, 들으시는 것이여 항간의 세쇄지설(細瑣之
說)뿐이니, 이 일이 벌써 잘 되지 못한 장본이니, 어찌 섧고 원통치
아니하리오.

유시에 덕기 이상하오시고, 행동 유법[15]하여 상도에 벗어나지 않
고 기상 엄중하시고, 언어 침묵하오셔 뵈옵는 이 어른 임금 모시나 다
르지 않게 여기더라 하니 이러하신 천품에 이 자질로 부모측을 떠나
지 마오시고 부왕께서 만기(萬機) 여가에 글 읽고 일 배우심을 곁에
서 몸으로 가르치시고, 모빈(母嬪)께서라도 이 아드님 성취하는 것
이 당신께 으뜸가는 소원이시니 손 밖에 내지 마오시고 매사를 지교
하셔서 흡연(翕然)히 사이가 없었더라면, 어이 이 지경에 이르렀으

---

15) 법도가있음

리오. 처음 일인즉 섧고 애닲은 것이, 하나는 어리신 아기를 저승전에 멀리 두심이요, 둘은 괴이한 나인들은 들여오신 연고이매, 여편네 소쇄한 말이 아니라 사실의 비롯함을 대략 기록하노라.

저승전인즉, 어대비(魚大妃)[16]가 계오시던 집인데, 아니 계신 자 오래지 아니하고, 저승전 저편 취선당(就善堂)이라하는 집은 희빈(禧嬪)[17]이 갑술 후 머물러 인현 성모 거주하던 집인데 강보에 싸인 아기네를 이런 황량한 전각에 혼자 두오시고, 희빈 처소는 소주방을 만들어 잡숫는 음식 처소를 삼으니, 어찌 이상한 일이 아니리오. 어대비 국휼[18] 삼 년 후, 어대비 부리시던 나인들이 다 나갔더니, 동궁 배판[19]할 제 각처 나인의 수소[20]는 당연하나, 어이 생각하신 성의이신지, 경묘(景廟)와 어대비 모시다 나간 나인을 최 상궁 이하로 전부 불러들여서 원자궁의 나인을 만드시니, 오처소(五處所) 나인들 모양이 경묘 계신 듯싶을 것이요, 그 나인들이 억척스럽고 냉정하기가 이를 데 없어서, 지미지세(至微至細)한 일로 그런 큰 탈이 나시니 어찌 한되지 아니하리오.

영묘께서 그 아드님을 얻자오시고 지극하오신 자애 비할 데 없으셔, 사오 세까지라도 저승전에 오셔서 침수(寢睡)와 거처를 자주 하오셔 자애하오심에 틈이 없사오시니, 경모궁께서도 본질이 효우(孝友)하실 뿐 아니라, 천리 인정이 유시에 어이 부모를 사랑치 아니하시리오. 비록 각각 처소는 머나 이렇듯 사랑하오시고 교훈하사, 예사

---

16) 景宗繼妃 宣懿王后 魚氏
17) 肅宗의 後宮, 景宗의 私親인 張氏
18) 國喪을 이름
19) 차릴 적에
20) 불러들이다

가인(家人) 부자 같으면 어찌 섬개[21]만한 틈이 있으리오. 그러나 국
운이 그릇되려고 형용없고 지적할 곳 없는 미사한 일에 성심이 불언
중 격노하시고, 하루 이틀 어찌된 줄 모르게 동궁에 머무시던 일이 차
차 줄어들게 되었으매, 그 아드님이 막 자라시는 아기네라, 한때만
가르치지 아니하오시고 잘못됨을 금하지 아니하면 달라지기 쉬울 시
절에 자연 아니 보오시는 때가 많으니 어찌 탈이 나지 아니하리오.

영묘께서 화평 옹주(和平翁主)[22]를 천륜 밖으로 각별히 기애(寄
愛)하시다가, 무오년[23]에 금성위(錦城尉)를 택하여 행례하기 전에
동궁 처소에 놀게 하시니, 그 부마(駙馬)를 사랑하심이 옹주와 함께
특별하셨음을 짐작할 수 있더라.

원자궁 나인들이 다 경묘 나인인데, 보모 최 상궁은 잡념 없고 굳세
어 충성이 있으되, 성품이 과격 시험(猜險)하여 응용[24]치 못한 사람
이요, 지차 한 상궁은 간능(幹能)[25]하고 단이 좋고 간사스럽고 거짓
이 많은 인물이니, 비록 동궁 나인이 되었으나 본디 대전 나인이니 영
묘께 어찌 극진한 진정이 있으리오.

이러할 제, 천한 나인이 대의를 몰라 선희궁께서 동궁을 탄생하여
계오시니, 지극히 존귀하신 줄 생각지 아니하고 선희궁의 미시(微
時)[26] 적 일만 생각하고 감히 업신여기기도 하고, 언사도 공손치 못
하여 흘뿌림[27]도 있으니, 선희궁께서 미안히 여기오시고 영묘께서

---

21) 가는 티끌
22) 영조의 3녀, 사도세자의 동복 누이
23) 영조 11년
24) 마음이 온화하고 조용함
25) 일을 잘 꾸미고
26) 잘 되기 전의 미천하던 때
27) 헐뜯음

어이 모르고 계오시리오. 그때 세초에 경을 읽히는 날, 금성위도 들어오고, 마침 날이 늦어 독경하는 준비가 늦으니 나인들이 공손치 못한 인물로 짜증을 내어 흘뿌려 서로 앉아 무엇이라 하였든지, 선희궁께서도 노여워하오시고, 영조께서는 그 눈치를 스쳐 아오시고 괘씸히 여기오시나, 사랑하오시는 금성위가 들어와 있는 자리에서 죄를 주시면, 옹주와 부마에게 원망을 미칠 듯하여 처분을 아니 하오시나, 성심에 절통하오셔 동궁에 가고 싶으시나, 그 나인들 보기 싫사오셔 동궁 처소에 가시는 길이 자연 감하여 계시니, 그 나인들을 다 내치지 못하오시고 도리어 동궁을 그 괴이한 나인의 수중에 넣어 두오시고 그 나인 미우시기로[28] 동궁을 드물게 보러 다니시니, 어찌 갑갑한 일이 아니리오.

그러하오실 제, 동궁은 점점 자라오시니 놀음하오시고 싶은 마음이 나시니 그는 아기네 상정이라, 마악 가르칠 시기에 자상(自上)[29]으로 드물게 오시는 틈을 타서 한 상궁이라 하는 것이 최 상궁더러,

"사람마다 간하고 거습드면[30] 아기네 마음이 울적하여 펴들 못 하실 것이니, 최 상궁은 엄히 돕사와 옳은 도리로 인도하옵고, 노실 때도 있게 하여 소창하시게[31] 하리라."

하고, 그것이[32] 손재주가 있어서 나무와 종이로 월도(月刀)도 만들고, 궁시(弓矢)도 만들어, 최와 제가 교체하는 상궁이니 최 상궁 내려가는 때를 타, 어린 나인 아이들을 마치 약속하여 문 뒤에 세웠다

---

28) 밉기 때문에
29) 임금, 英祖
30) 거스르게 하면
31) 답답한 마음을 풀어 줌
32) 한 상궁

가, 그 아이들을 시켜 장난감 군기(軍器)를 가지고 무예 소리를 하며 달려들어 노시게 하니 성인의 자질을 가진 맹자도 세 번 옮겨 계셨거늘 어찌 혹하지 아니하시며, 어찌 유희하고 싶지 아니시리오. 놀기에 탐하오셔 부왕이 오셔 보시면 꾸중이나 하실까 염려가 나시니, 아기네 마음에 사이 없이 부모 뵈옵던 마음이 다르오시고, 모빈도 아실까 염려하셔, 나인이 와도 기위하시는 마음이 나오시니, 마악 배우실 때에 불길한 병기로 노시게 인도하니, 본디 품수³³⁾하오시기를 영웅의 기상이신데 돕는 놀음이 흡연히 좋으셔, 그 놀음으로 말미암아 차차 늘어 나중에 난언(難言)지경까지 이르러 계오시니, 그 한(韓)가 나인이 작용한 것이 흉악하고, 황망치 아니하리오.

그렇듯 삼, 사 년을 지내고, 칠 세 되시던 신유³⁴⁾에 영묘께서 한가의 심술을 깨닫자오셔 영출(令出)하오시고 다른 나인도 죄 입은 이 많으니, 그 처분이 지극히 옳으신지라. 그로 인하여 나인들을 다 내치시고 징계를 깊이 하셔, 두 분이 떠나지 말으시고 곁에 두오시고 가르치오시면 그 효심에 어찌 좇아 계오시지 않으리오마는, 그 나인만 내치시고 다른 나인은 다 두어 거룩히 받들고 넓은 집에서 어른이 검찰치 아니하고 임의로 자라시게 하니, 보시는 것이 궁인과 환시뿐이니 무엇을 배우시리오.

이러하오실 적, 전궁지간이 형용없이 모모사(某某事) 지적할 것은 없으되, 아드님은 아버님께 두려워하오시는 마음이 나오시고, 아버님은 아드님이 어떻게 자라는고, 혹 내 마음과 다른가 이렇듯 하오신데, 부자 성품이 다르셔서 영묘께서는 영명인효(英明仁孝)하오시고, 상찰민숙(詳察民熟)하신 성품이시고, 경모궁께서는 언어침

---

33) 선천적으로 태어남
34) 영조 17년(1741)

묵(言語沈默)하셔 행동지간에 날래지 못하오시고 민첩치 못하시니, 덕기는 거룩하오시나 범사에 부왕의 성품과는 다르오신지라, 상시에 물으오시는 말씀이라도 곧 응대하지 못하오셔 머뭇거려 대답하오시고, 무엇을 물으실 즈음에도 당신 소견이 없사오신 것이 아니로되, 이리 대답하면 어떨까 저러면 어떨까 하오셔 즉시 대답치 못하여 영묘께서 매양 갑갑히 하시니, 이 일이 또 큰 마디가 되었는지라.

대저 아이 가르치는 것이 비록 지존한 터에 나 계시나 당신 부모께는 시봉(侍奉)하여 가르침을 받자와, 부모가 스스롭지 아니하고 허물이 없어야 할 때에는 그렇지 못하고, 강보 시절부터 부모를 떠나고 나인들이 받들어 아기네 임타(任他)[35]하도록 하여 심지어 옷고름 대님 매는 것까지 다 하여 드리니, 매사를 남에게 맡기고 너무 편하시기만 과하신지라, 강연에 학관(學官) 인접하실 제, 엄연숙숙하셔 강성(講聲)도 홍량(弘亮)하시고, 문의도 그릇 하오심이 없으시니, 뵈옵는 이 거룩하다 하여 영명이 많이 나타나시되, 갑갑하고 애닲을손 부왕을 모시고는 어려워 응대를 민첩하게 못 하시는 일이더라. 영묘께서 한 번 갑갑하시고 두 번 갑갑하시다가 결국 격분도 하시고 조심도 하시나, 이럴수록 가깝게 두어서 친히 가르치셔야 지정(至情)이 무간(無間)하게 될 도리는 생각지 않으시고, 항상 멀리 떼어 두고서 스스로 잘 되어서 성의에 맞으시기를 기다리시니, 어찌 탈이 생기지 않으리오.

점점 서어(齟齬)[36]하여 지내오시다가 서로 보실 때에는, 부왕께서는 책망이 자애에 앞서고, 아드님께서는 한 번 뵈옵는 것도 조심스럽고 두려우심이 무슨 큰일이나 지내오시는 듯싶어서 불언중, 부자

---

35) 남을 간섭하지 않고 방임함
36) 서먹서먹하여

분 사이가 막히게 되니 어찌 슬프지 아니하리오.

경모궁이 병진(丙辰)[37] 삼월에 동궁 책봉(東宮冊封)하오시고 일곱 살 때 글을 배우시고 여덟 살 때 종묘(宗廟)에 배례하오시고, 삼월에 입학하오시니, 거룩하신 자질을 흠탄하지 않는 이가 없더라. 계해 삼월[38]에 관례(冠禮)하오시고, 갑자[39] 정월에 가례(嘉禮)하오시니라. 내 들어와 궐내 모양 보니, 그때 삼전이 계오신데 법이 엄하고 예가 중하여 호발(毫髮)만큼도 사정(私情)이 없으니, 두렵고 조심되어 마음을 일시도 놓지 못하니, 경모궁께서도 부왕께 친애는 뒤지오시고 엄위가 앞서서 열 살 된 아기네시되 감히 부왕 앞에 마주 앉지 못하고 신하처로[40] 국축부복(跼縮俯伏)[41]하여 뵈옵더니, 어찌 그리 과하신고 싶으며 소세를 일찍 하시는 일이 없고, 매양 글 읽을 시간이 되어서야 보채듯이 하시니 문안 갈 때면 나는 일찍 소세하고 무거운 머리와 옷을 입고 가려고 하나, 동궁이 앞서지 않고는 빈궁이 감히 못 가는 법이라, 초조히 기다릴 적에 아이 마음에 왜 소세가 저리 더디신고 하고 심중에 이상히 여겨 병이 오신가 여기더니, 과연 을축[42] 즈음에 아기네 야단스럽게 날치며 노시는 것과 달리 어쩐지 예사롭지 않고 병이 드시는 듯하더라. 나인들이 모여서 수군거리며 근심하고 염려하는 듯하더니, 그해 구월 중에 병환이 대단히 들어서 진퇴 무상하오시니, 그리 비경(非輕)하오실 제 어찌 문복(問卜)을 않았으리오.

---

37) 영조 12년(1736)

38) 영조 19년(1743)

39) 영조 22년(1746)

40) 처럼

41) 황공하여 몸을 굽혀 엎드림

42) 영조 21년(1745) 사도세자 11세 때

무복(巫卜)의 말이 여출일구(如出一口)하여 저승전 계오신 화라고 하여 세간을 기울여 신사(神祀) 기도, 독경(讀經) 붙이를 많이 하되 낫지 아니하오시니, 저승전을 떠나 대조전(大造殿) 익실 융경헌(隆慶軒)으로 피우(避寓)하시고 나는 집복헌(集福軒)으로 가 모시고 지내더니 병인[43] 정월에 경춘전(景春殿)으로 나까지 또 옮겨 가니, 그때 십이 세이시고, 경춘전은 연경당(延慶堂)과 집복헌이 가까우니 선희궁께서도 자주 오시고, 화평 옹주 성품이 인후공검(仁厚恭儉)하여 그 오라버님을 귀중히 하여,

"연경당으로 드오소서."

하며, 권하여 친친히 지내오시니,

영묘께서 그 옹주께 사랑이 지극하오신지라 따로인 듯이 가차(假借)하오시니, 기쁘고 즐거우셔 부왕께 두려워하오시기 나으시니 화평 옹주가 장수하셨더면 전궁(殿宮) 사이에 돕삽고 유익함이 어떠하리오.

정묘[44]에는 서연(書筵)도 착실히 하시고 근심 없이 지내더니, 시월에 창덕궁 행각(行閣) 화재로 경희궁에 이어(移御)하셔, 경모궁 처소는 집희당(緝熙堂)이요, 선희궁은 양덕당(養德堂)이요, 화평 옹주는 일녕당(逸寧堂)이니, 각각 사이가 멀어서 상종하기 드무니 그때부터 경모궁의 놀음하기가 도로 나오시더라.

무진[45] 유월에 화평 옹주 상사 나니, 영묘께서 천륜(天倫) 밖[46] 타별(他別)하시던 따님을 잃사오셔 애통하심이 거의 성체(聖體)

---

43) 영조 22년
44) 영조 23년
45) 영조 24년
46) 이상으로

를 버리실 듯하시고, 선희궁 서러워하심이 또한 같으시니 두 분 참척에 만사여몽(萬事如夢)하사 아드님 돌보지 못하시니 그 사이 꺼릴 것 없이 유희도 더 하오시고 세상 만사에 아니해 보시는 것이 없어, 활 쏘시고 칼 쓰오시고, 기예(技藝)붙이를 다 능히 하셔, 희롱하오시는 것이 다 그 붙이 오시고[47] 그림 그리기로 날을 보내시고, 경문잡서(經文雜書)를 좋아하셔 당상복자(堂上卜者) 김명기(金明基)에게 경을 써오라 하셔 공부하고 외우시며 이런 잡일에 유의하오시니 어찌 강학(講學)에 온전하시리오.

이 일로 보아도 가까이 두오실 적은 학문도 힘쓰오시고, 부자분 사이도 무간하오시고 유희도 아니 하오시더니, 멀리 계신 후는 유희도 도로 하오시고, 강학도 전일(專一)치 못하시니, 부자간의 서어하시기도 더 심하셔 만일 부모님 손 밖에 내지만 마오시더면 어찌 이 지경이 되어 계오시리오. 한 가지 일로 생각하여도 지극히 서러우니, 어찌하오신 성의이신지, 그 아드님을 조용한 때 친근히 않으시고 진정 교훈하는 일이 없으시고, 임타(任他)에게 버려 아는 체를 아니 하오시다가, 매양 남 모인 때면 흉 보시듯이 말씀하오시더라.

한 번 상후(上候)[48]로, 인원 왕후도 내려오시고, 여러 옹주와 월성(月城)[49] 금성(錦城)의 두 부마도 들어오고, 장히[50] 모인 때 나인을 명하오셔,

"세자 가지고 노는 것을 가져오라."

하셔, 다들 보게 하시고 많이 모인 중 무안케만 하시고, 강한 붙이라

---

47) 같은 종류이고
48) 왕의 患候를 이름
49) 영조의 2녀 和順翁主의 남편 月城尉 金漢藎
50) 굉장히

도 차대(次對)[51] 날이나 제신들 많이 모인 때에 굳이 부르오셔 글 뜻을 물으오시니, 아기네 자세히 대답하지 못할 대목이라도 각박히 물으시니, 본디 부왕 면전에서는 분명 아오시는 것도 주볏주볏하오시는데 중회중(衆會中)에 어려운 것을 일부러 하시듯이 묻자오시니, 경모궁께서 더욱 두렵고 겁이 나서 못 하오면 남보는데 꾸중하시고 흉도 보시니, 경모궁께서는 한 번 두 번만이면 감히 원망하오실 것은 아니로되, 당신을 진정 교훈을 아니 하오시는 것을 노엽고 어렵게 여기셔 필경 천성을 잃기에 이르도록 하시니, 이런 원통한 일이 어디 있으리오.

화평 옹주 계오실 제는 오라버님 녁을 들어[52] 일을 따라 상감께 간하고 풀어 여쭈어 유익한 일이 많더니, 그 옹주 상사 후로는 자상(自上)으로 지나친 일을 하시거나 자애가 부족하셔도 누가 와,

"그리 마옵소서."

할 이 없이 되니 점점 자애 부족하시고, 아래서는 두려워하는 생각만 날로 심하오셔 자도(子道)를 점점 못 차리시니, 화평 옹주 계시더면 부자간에 자효(慈孝)하시게 할 뻔하였으니, 착하신 옹주가 일찍 돌아가신 것이 어찌 국운에 관계치 아니하리오. 지금 생각하여도 통석하도다.

경모궁께서 회홍관대(恢弘寬大)하시고, 도량이 활달하시며, 사람에게 신의가 이상하오셔, 아랫사람에게도 미쁘게 말씀하시고, 부왕을 무서워는 하시나 잘못한 일이라도 사실대로 정직하게 아뢰옵고, 일호도 기망하시는 일이 없사오시니 영묘께서도 속이지 아니하는 줄은 아오시더라.

---

51) 臺諫玉堂 등에 매달 여섯 차례 入侍하여 요긴하고 중요한 政事를 上奏하는 것
52) 편을 들어

효성이 거룩하오시던 말씀은 위에서 다 거들었거니와, 우애 특별하오셔 화평 옹주는 부왕의 자애를 각별히 받자오니 귀하게 여기시는 것이 상정이라 하려니와, 본심인즉 세(勢)를 따르신 것이 아니라 진정으로 친애하오시고, 화순 옹주는 어머님 없이 지내는 일을 불쌍히 아오셔 맏누이로 공경하오시고, 화협 옹주는 계축생(癸丑生)이니 나실 때 영묘께서 또 딸이라 애닯아 그러하시던지 그 옹주가 용모도 절승하고 효성도 있어서 아름다우나, 부왕의 자애를 입지 못하니 그때 아들 못 되는 줄 애닯아 화평 옹주와 형제가 서로 한 집에 있게 못하오시니, 화평 옹주가 홀로 자애를 받잡는 줄 심중에 은근히 괴로워서 아무리,

"마옵소서."

하고 여쭈어도 듣지 않으오셔 할 일 없으니 화협 옹주로 인연하여 그 부마 영성위(永城尉)[53]가 사랑을 못 받자오니, 경모궁께서 그 누이와 나이가 비슷하고 부왕 사랑받지 못하는 처지가 서로 같음을 매양 불쌍히 여기오셔 애대(愛戴)하오심이 자연 각별하오시더라.

기사(己巳)에 십오 세 되시니 관례를 정월 스무이튿날에 하고 스무이렛날에 합례(合禮)[54]를 정하니, 늦게야 얻으셔서 십오 세가 되어 합례까지 하게 되니, 두굿기오셔[55] 종요로이[56] 재미를 보시면 성사(盛事)[57]로되 어찌하오신 성의이신지 홀연히 대리(代理)하실 영을 내리시니, 그날이 내 관례날이라 억만사가 대리 후에 탈(頉)이니

---

53) 申光綏
54) 신랑 신부가 첫날밤을 같이 하는 의식
55) 기쁘셔서, 마음이 든든해서
56) 조용하게, 오붓하게
57) 성대한 일

어찌 서럽지 아니하리오.

영묘께서 효친선봉(孝親先奉)하심과 경천애민하시는 지덕지성이 천고 제왕에 뛰어나시니, 내 이목으로 뵈옵고 기록한 바로 생각하여도 역대에 비할 임금이 아니시나, 경력이 많사오셔 신임(辛壬)[58]을 지내시고, 무신역변(戊申逆變)[59]을 겪으신 심려가 거의 병환이 되신 듯싶었고, 심지어 말씀을 가리어 쓰시는 데도 죽을 사(死)자, 돌아갈 귀(歸)자를 다 꺼리오시고, 조의(朝議) 때나 밖에 나오셔 입으시던 옷도 갈아 입으신 후에야 안에 들어오시고, 불길한 말을 하거나 들으시면 들어오실 때 양치질을 하시고 귀를 씻으신 다음, 먼저 사람을 불러서 한 마디라도 처음 말씀을 한 후에 안으로 들어오시더니 좋은 일과 좋지 아니하신 일 하실 제 출입하시는 문이 다르고, 사랑하는 사람의 집에 사랑하지 않는 사람이 있지 못하게 하오시고, 사랑하시는 사람 다니는 길을 사랑하지 아니하오시는 사람이 다니지 못하게 하시더니, 이처럼 극히 황공하되 애증의 역력하오심이 감히 앙탁(仰度)[60]지 못하올 일이라.

대리전(代理前)이라도 계복(啓復)[61]이나 형조공사(刑曹公事)나, 친국(親鞫)[62]이나, 대궐에서 말하는 불길한 일에는 자주 세자를 시좌(侍坐)하라 하오시고, 화평 옹주와 무오생(戊午生) 화완 옹주(和緩翁主) 방에 들어오실 제는 만나 보시는 옷을 갈아 입으시더니 세자께서는 그러지 아니하오셔, 밖에서 정사하오시고 들어오실제 입

58) 景宗 元年 辛丑과 壬寅에 걸쳐서 일어난 왕위 계승 문제로 생긴 禍獄
59) 壬辛壬禍 이래의 불평으로 영조 4년(1728) 戊申에 일어난 李麟佐 등의 반란
60) 우러러 헤아림
61) 上奏한 死刑囚를 심리하는 일
62) 임금이 중벌자를 친히 다스리는 일

으신 채로 오셔 동궁을 부르오셔,

"밥 먹었느냐?"

하고 물으셔 대답하오시면, 그 대답을 들으신 후에 그 자리에서 귀를 씻사오시고, 씻사오신 물을 화협 옹주 있는 집 광창 대궐 담 너머로 버리오시니 이처럼 어떤 따님은 밖에서 입던 옷을 벗어야 보시고, 이 중한 아드님에게는 그 말씀 들으신 후에 귀를 씻으셔야만 하오니, 경모궁께서 화협 옹주를 대하시면,

"우리 남매는 씻사오신 차비(差備)로다."

하고 서로 웃사오시니,

화평 옹주는 당신을 지성(至誠)으로 몸을 평안히 하여 드리는 줄 감격하셔 일호도 의심하거나 시기하거나 하시는 일이 없고, 한결같이 친애 귀중하여 하시던 일은 궁중이 다 아는 바라 감탄하고, 선희궁께서는 임금의 자애가 고르지 않으심을 서러워하오시되 어찌할 수 없으시더니라.

매양 공사중(公事中), 금부(禁府), 형조(刑曹), 살육(殺戮) 등의 일은 친히 감(鑑)하오시지 아니하오시고, 안의 옹주를 처소에 계실 제는 내시에게 맡겨 시키오시니, 대리하실 때의 전교(傳敎)는 무진[63] 화평 옹주 상사 후 설움도 심하오시고 임금님 환환도 잦아서 정양하시려고 대리하게 하노라 하오시나 실인즉 사외로워[64] 안에 들이지 못하는 공사 등으로서 내관에게 맡기시기 답답하오신 일을 동궁께 맡기려 하오시는 뜻인지라, 대리를 맡으신 후의 공사는 내관들을 데리고 하오시고 한 달에 여섯 번 있는 차대(次對)에, 보름 전 세 번은 대조(大朝)께서 하시고 동궁이 시좌하시고, 보름 후 세 번은 소조

---

63) 영조 24년(1748)

64) 꺼려서

(小朝)⁶⁵⁾께서 혼자 하오시는데, 그리하오실 즈음에 일마다 순편치 아니하오시고 매사에 탈이 많으니, 대저 조신의 상소라도 언사(言事)가 있거나 편론이나 하는 상소는 소조께서 자단(自斷)치 못하오셔 대조께 묻자오면, 그 상소가 아랫사람의 일이지 소조께오서는 아실 바 아닌데, 격노하오시기는 그것은 소조께서 신하를 잘 조화시키지 못한 탓으로 그런 상소가 나왔다고 책하시더라. 그리고 그런 상소에 대한 비답(批答)도,

"그런 일을 결단치 못하여 내게 번품(煩稟)하니 대리시킨 보람 없노라."

하시며 꾸중하오시고 품치 아니하오시면,

"그런 일을 내게 품치 않고 왜 자단하리?"

하오셔 꾸중하오시고, 저리 할 일을 이리 하지 아니하였다 꾸중하시고, 이리 할 일을 저리 하지 않았다 꾸중하오셔, 이일 저일 다 격노하여 마땅치 않게 여기시더라. 심지어는 백성이 추운데 입지 못하고 굶주리거나 한재가 나거나 천재 이변이 있으면,

"소조에게 덕이 없어 이러하다."

꾸중하시더니 이러하기 소조께서는 날이 흐리거나, 겨울 천둥을 하거나 하면, 또 무슨 꾸중이 내리실까 근심 걱정을 하여 일마다 두렵게 겁을 내게 하오셔, 인하여 사사망념(邪思忘念)으로 병환 드시는 징조가 점점 싹이 있으니,

영묘께서 이 만금소탁(萬金所託)의 동궁께 이런 병환이 생기는 줄은 깨닫지 못하오시니, 어찌 서럽지 아니하리오. 한 번 꾸중에 놀라시고 두 번 격노에 겁내시면, 아무리 웅위하시고 영장(英壯)하신

---

65) 세자

기품이라 한들, 한 가지 일이라도 자유롭게 하실 수 있으리오.

무슨 정시(庭試)나 알성문과(謁聖文科), 시사(試射), 관무재(觀武才) 같은 호화로운 행사를 구경하실 때는 일생 부르지 아니하오시고 동지 선달의 계복에나 시좌를 시키오시니, 어찌 마음이 편하시며 서러워하지 않으시리오. 설사 아버님께서 혹 과하셔도 아드님이 다음 다음 효도를 힘쓰거나, 아드님이 혹 못 미더오셔도, 아버님이 갈수록 은애를 드리워 계시오면, 한때 공연히 그리 된 일이니, 그것이 천의시고 국운이니 인력으로 용납하지 못할 바 아니로되, 내가 본 것을 고통이 가슴에 박혀서 어찌 써 내랴. 이제 그 사실을 쓰랴 하니 영조와 경모궁 사이에 하오시던 일이 상하에 부족하신 덕이 드러날까 죄스럽고, 그렇다고 실상을 기록하지 않을 수 없으니, 종이를 임하여 가슴이 막힐 뿐이로다.

십오 세가 되오시되 능행을 한 번도 수가(隨駕)하지 못하오시고 점점 성장하오신데, 교외 구경을 차마 하고 싶으오셔 매양 서울 거둥이고 능행 거둥에 예조에서 동궁(東宮) 수가의 품이 있으면 혹 허락될까 하고 갑갑히 조이오시다가, 번번이 못 가오시게 되면, 처음에는 서운하고 섭득하오신 것이 점점 성화가 되오셔 우실 적도 계오시더니라. 당신이 부모님께 속으로 본디 정성은 거룩하오시건마는, 민첩하지 못하오신 행동이 정성의 백분의 일도 나타내지 못하시오니, 부왕은 그 사정을 모르오시고, 미안하신 사색은 매양 계오셔도 한 번도 부왕의 관용을 입지 못하오시니, 점점 두려운 것이 마침내 병환이 되오셔 화가 곧 나오시면 푸실 데가 없사오니, 그 화를 내관과 나인에게 푸오시고 심지어 내게까지 푸심이 몇 번인 줄 알리오.

경오[66] 팔월에 내가 의소(懿昭)[67]를 낳으니, 영묘 성심이온들 어찌 두굿겁지 않으시리오마는, 마침내 내가 순산 생남하니 기쁘신 중에도 평화 옹주[和平翁主]가 남같이 순산 생육 못 하신 것이 새로 애닯으셔 옹주 생각하시는 슬프심이 손자 보신 기쁨을 이기지 못하더라. 그 아드님께,

'네가 어느 사이 자식을 두었구나.'

이 한마디를 일컫지 않으시고, 다만 어여삐 여기심 바람[68]에 넘치니, 내가 감격 천은 하옵는 중에도 나만 홀로 사랑과 칭찬을 입는 일이 불안하여 매양 조심하더니 해산한 후는,

'네 순산 생남하니 기특하다.'

하는 말씀도 일컬으심이 없으시니, 어린 나이에 생남한 기쁨을 모르고 도리어 황송한지라, 성심의 비원하심이 새롭사오시니 격노하셔 기뻐하오시지 않으시더라.

선희궁께서는 그 따님 생각이 어이 범연하시리오마는 나의 생남한 일을 지정(至情)에로 귀하오시고 종사의 큰 기쁨이라, 내 해산 후 이레까지 산실 근처에 머물러 구호하오시니 영묘께서,

"선희궁이 옹주는 잊고 좋아만 하니 인정이 박하다."

하고 무안 주시니, 선희궁이 웃자오시고 성심이 편벽하오심을 탄식하오시더라.

경모궁께서 숙성하오심이 어른 같으셔, 당신께 아들이 나 국본(國本)이 굳어짐을 기꺼워 하오시고, 부왕이 덜 기뻐하오시는 줄을 감히 어떻다 못하오셔도, 심중에 슬퍼하시고,

---

66) 영조 26년(1750)
67) 사도세자의 一男
68) 바라는 바에, 分數에

"나 하나도 어려운데 아이가 나서 어쩔꼬."

하시니, 말씀 듣기가 심히 척연하더니라. 이 사적은 쓸 사연이 아니로되 마지못하여 쓰며, 내가 의소를 잉(孕)할 제 화평 옹주가 꿈에 자주 보이며, 내 침방에 들어와 곁에도 앉고 웃기도 하니, 내 아이 마음이라, 옹주가 해산하다가 그 지경이 되셨사온데, 그 악착한 산귀(産鬼)가 꿈에 자주 뵈니, 내 몸을 염려하고 의소를 낳으매 씻길 적 보니, 어깨에 푸른 점이 있고, 배에 붉은 점이 있기 우연히 보았더니, 그 해 구월 십이일 온양(溫陽)에 거둥하오시는데, 십일일에 영묘께서 와 선희궁께서 안색이 일변 슬프고, 일변 기쁘신 모양으로 두 분이 오셔서 홀연히 자는 아이를 깃을 풀고 벗겨 보시더니, 과연 몸에 푸른 점 붉은 점이 있으니 참혹히 여기시고 분명히 옹주가 환생한 줄을 믿으시더라. 그러자 그날부터 아이를 갑자기 귀중하오셔, 화평 옹주 형제에게 하시듯이 구오시더라.

아이 처음 낳을 제는 사외[69]하여 정사 보실 제 입으신 의대 그대로 들어와 보시더니, 그날부터 사외를 더욱 극진하오시니, 영묘께서 꿈을 꾸시던지 그 일이 허탄하고 괴이하여 알 길이 없더니라.

백일 후 당신이 인견(引見)하오시던 환경전(歡慶殿)을 수리하여 경모궁을 옮기게 하오시고 천만 귀중히 하시니, 요행 아들로 인연하여 아버님께서 혹 나으실까 축수하나, 실인즉 아이는 화평 옹주가 재생한 줄 알고 사랑하오시지, 소생 부모는 이 아이로 인연하여 더 귀하올 것이 없사오셔 전과 다름이 없사오시니 알지 못할 일일러니라.

그 아이 겨우 십 삭 된 신미[70] 오월에 세손 책봉하오시니, 애중하오

69) 미신으로 재앙을 꺼리는 것
70) 영조 27년(1751)

신 성심으로 그러하시나 과하오신 일이더라. 임신[71] 봄에 아이를 잃으니 영묘께서 과히 애통하오심이 이를 것이 없더니라.

황천(皇天)이 묵묵히 도우시고 조종(祖宗)이 도우오셔, 신미 섣달에 유신(有身)[72]하여, 임신 구월에 생남하니 곧 선왕이시라. 내가 매우 작은 복력으로 이 해에 이 경사 있기는 생각 밖의 일이요, 선왕이 나시매 풍채가 영위하고 골격이 기이하며 진실로 하늘이 내신 진인(眞人)이어라. 신미년 동짓달에 경모궁께서 주무시다가 일어나오셔,

"용몽을 얻었으니 귀자를 낳을 징조라."

하오시고, 흰 비단 한 폭을 내라 하셔, 그 밤에 손수 꿈에 뵈던 용을 그리셔 침실 벽 위에 붙여 계오시더니, 성인이 탄생할 제 기이한 징조 어찌 없으리오. 영묘께서 의소를 잃으시고 참석(慘惜)하오시다가, 국본을 얻으시고 기꺼하셔 나더러 하시되,

"원손이 이상 초범(超凡)하니 척강(陟降)[73]의 도우심이라. 네 정명 공주(貞明公主) 자손으로 나라의 빈이 되어, 네 몸에 이 경사 또 있으니 네 나라에 유공(有功)타. 충자(沖子)[74]를 잘 기르되 검박히 하는 것이 복을 아끼는 도리라."

하시니 내 이 성교를 받자와 각골천은(刻骨天恩)이니 어찌 복응(服膺)[75]치 않으리오.

경모궁께서 기뻐하시기는 이를 것이 없고, 온 나라의 신민의 즐거

---

71) 영조 28년(1752)
72) 아이를 가짐, 임신
73) 祖宗의 神靈
74) 어린 아이
75) 마음에 새겨 두지 않고 그대로 지킴

움이 경오[76]에 비겨 백 배나 더하고, 우리 친정 부모가 기뻐서 경축하심이 더욱 어떠하시리오. 뵈올 적마다 성자 낳음을 내게 하례하시니, 내가 스물 전의 나이에 또 나라 경사를 내 몸에 얻은 줄 쯘덥고 기쁨 밖, 과연 신세의탁이 어떠하리오. 멀리 빌어서 장차 효양받기를 기약하더니라.

그 해 시월에 홍역이 대치(大熾)하여 옹주가 먼저 하니, 경모궁께서는 양정합(養正閤)으로 피해 계오시고 원손은 낙선당(樂善堂)으로 옮기니, 탄생한 지 삼칠 안에 움직이나 몸이 건장하여 먼데도 염려롭지 아니하고, 미처 보모도 정하지 못하여 늙은 궁인과 내 유모에게 맡겨 보내고, 날이 지나지 못하여 경모궁께서 홍역을 하오시고 나으실 경지에 내 또 하고 원손도 하시니, 내가 해산 후 큰 병을 염려하다가 병 증세가 가볍지 않고, 원손이 또 홍역을 하더라. 증정(症情)이 순조로우시되 내가 병중에 염려할까 하시고 선희궁께서 와 나의 선친이 나에게 알리지 않으므로 나도 모르고 지냈더라. 경모궁께서 홍역 후에 여열이 심하시니 선친이 경모궁께 뵈오랴 나도 구호하랴, 원손도 보호하랴, 세 곳으로 주야에 다니시니 그때의 수고와 초조한 근심으로 수염이 다 희어 계시더니라.

화협 옹주가 그 병(홍역)에 상사 나시니, 경모궁께서 그 누님의 처지가 당신과 같으심을 불쌍하오셔 우애 자별하시더니, 옹주 병환 때 액정서(掖庭署)의 하인에게 물으시고 상사 나심을 알고 애통을 이기지 못하오시니, 이런 일로 보아도 본연의 천성이 착하심을 가히 알지라. 그 해 섣달에 대간(臺諫) 홍준해(洪準海)의 국사에 관한 상소로 영묘께서 대단히 노하셔서 선화문에 엎드리시고 경모궁께 엄교

가 많이 내리오시니, 경모궁께서 그때 큰 병환 끝에 설한이 혹독해서 눈 속에 대죄하시니, 엎드리신 몸에 눈이 쌓여 엎디신 것을 분간치 못하되 요동치 아니하시니, 인원 왕후께서,

"일어나라."

하시되, 듣지 아니하오시고, 영묘 지나치신 노염을 진정하신 후에 일어나시니 친절이 침중하오심을 아올지라. 그 후 성노(聖怒)가 그치지 아니하오셔 그 달 보름날 창의궁에 동하시고 인원 왕후께,

"전위(傳位)하려 하옵나이다."

하는 말씀을 하시오니, 인원 왕후 귀가 자셔서 잘못 듣자오시고,

"그리 하라."

하고 대답하오시니, 영묘께서,

"자교(慈敎)의 허락을 얻자 왔노라."

하오시고,

"전위하려노라."

하오시니, 그때 동궁께서 창황망조(蒼黃罔措)하오심 어떠하리오. 춘방관에게 상소를 불러 쓰이실 제 조금도 그치지 아니하오시니, 그때 춘방이 나와서 길이 탄식하더라 하며, 창의궁에서 오래 머무르시고 환궁치 아니하오시니 인원 왕후께서

"청형(聽熒)[77]하여 대답 한 마디 잘못한 것이 종사에 득죄하였노라."

하셔 소실에 내려오셔, 영묘께 봉서(封書)하오셔 환궁을 청하시니라. 동궁은 시민당(時敏堂) 손지각(遜志閣) 뜰의 얼음 위에 석고대죄(席藁待罪)[78]하시다가, 창의궁에 걸어가셔서 석고대죄하오시고

---

77) 가는 귀가 먹어서
78) 거적을 깔고 엎드려 처벌을 기다림

머리를 돌에 부딪치셔 망건이 다 찢어지고 이마가 상하여 피가 나오
시니, 이런 일이 천성의 효성과 본질이 충후(忠厚)하신 것이요, 억
지로 꾸민 일이 아님을 잘 아올지라. 그리 하오실 즈음에 또 꾸중이
어떠하시리오마는 공손히 도리를 다 하오시니 변을 당하여 잘 처리하
오시기로 영명을 많이 얻어 계시더니라. 그때
　"이품(二品) 이상을 다 원찬하라."
하오시니, 선친이 그 중에 드시나 전지(傳旨)가 내리지 않았기로,
문 밖에서 동궁의 일을 수습하실 제, 초심망조(焦心罔措)하여 의논
하시는 봉서가 몇 장인 줄 알리오. 그 편지를 모아 두었더니 원손이
보시고 지극하신 충성을 감탄하시고,
　"두고 보자."
하오셔, 친히 가져가시니라.
　수일 후, 대조(大朝)께서 환궁하오시고, 여러 신하를 다시 임용하
오시고 친히 정사를 들으시니, 선친이 들어오셔 경모궁의 머리 상하
신 데를 뵈옵고 어루만지시며 흐느껴 우시고 그 사이 지난 말씀을 하
오시던 일이 지금도 눈앞의 일 같으니 경모궁께서 그 병환이 안 나신
때는 인효통달(仁孝洞達)하오셔 거룩하심이 미진한 곳이 없으시다
가, 병환이 나시면 곧 딴 사람 같으시니, 어찌 이상하고 서러운 일이
아니리오. 매양 경문(經文) 잡설(雜說) 등을 심히 보시더니,
　"《옥추경(玉樞經)》[79]을 읽고 공부하면 귀신을 부린다 하니 읽어
보자."
하오셔, 밤이면 읽고 공부하시더니, 과연 깊은 밤에 정신이 아득하오
셔,

---

79) 道敎의 呪文

"뇌성보화천존(雷聲普化天尊)이 뵌다."

하시고 무서워하오시며, 병환이 깊이 드시니 원통하고 섧도다. 십여
세부터 병환이 계오셔 음식 잡숫기와 채용운용(採用運用)까지 다
예사롭지 아니하오시더니, 옥추경 읽으신 후로 자주 기질이 변화한
듯하여 무서워하시고, '옥추' 두 글자를 거들지 못하오시고 단오 때
는 옥추단(玉樞丹)[80]도 무서워하여 차지 못하시고, 그 후에는 하늘
을 퍽 무서워하시고, 우레 뢰(雷), 벽력 벽(霹) 그런 글자를 보지 못
하시고, 그 전에는 천둥을 싫어하시나 그리 심하지 않으시더니, 옥추
경 이후는 천둥 칠 때면 귀를 막고 엎드려서 다그친 후에야 일어나시니,
이런 일을 부왕과 모빈께서 아실까 질겁하는 것은 형용치 못할러니라.

임신 겨울에 그 증세가 나오셔 계유[81]에는 경계증(驚悸症) 같이
지내고, 갑술[82]에도 그 증세가 때때로 나셔 점점 고질이 되시니, 그
저 옥추경이 원수니라. 그렇듯 어찌하여 양빈(良嬪)[83]이란 것을 계
유(癸酉) 때부터 가까이 하오셔 자식을 배니, 대조의 꾸중을 듣자올
까 두려워서 아무쪼록 낙태를 시키고자 하였으나, 해괴한 것이 생겨
나서 화근이 되려고 보전하여 갑술 2월에 인(裀)[84]이 나니, 항상 꾸
중이 많으신대, 그때 여러 번 엄교가 거듭하오시니 벌벌 떨고 지내오
시는지라.

선친이 경모궁께서 엄책받는 것이 민망하여 위에 아뢰어 성노(聖
怒)를 푸시게 하오시고, 궁내에서는 투기를 하는 일이 없었는데다가

---

80) 藥材로 만든 재앙을 물리친다는 패물
81) 영조 29년(1753)
82) 영조 30년(1754)
83) 從2品의 女官, 景慕宮의 後宮
84) 思祖君

내 본성이 사납지 못하고, 사초로 선희궁께서 경계하오셔,

　"그런 일을 거리끼지 마라."

하실 뿐 아니라, 인의 어미를 총애하시는 일이 없으매 새울 터이[85] 없
고, 만삭이 되나 처치하시지 않고 버려 두니, 경모궁께서는 한때 그
리하신 것이 자식이 생기니, 꾸중 들으실까 겁을 내시고 돌아보시는
일이 없고, 선희궁께서도 아는 체 아니 하오시니 하는 수 없이 내가
처리하지 아니하면 어려운 고로, 무슨 식견 있으리오마는 힘에 당하
는 일은 다 보살펴 주었더니, 영묘께서 나더러,

　"남편의 뜻을 받아 남대되[86] 하는 투기를 아니 한다."

하고 꾸중을 많이 하오시니, 갑자[87] 후 처음으로 엄한 꾸중을 듣잡고
황송히 지내었으나, 우스운 것이 옛부터 투기가 칠거(七去)에 든 죄
요, 부녀의 투기 아니 함을 으뜸가는 덕으로 혀는데, 나는 투기 아니
키로 도리어 허물되니, 이도 다 나의 운수런가 싶으며, 대저 부자분
사이가 예사로운 터로, 그것이라도 손자라 하고 영묘께서나 선희궁
께서 일분이라도 용서하시거나, 경모궁께서 이것에게 혹하여 계오시
면 내 비록 도량이 있다 하온들 부녀의 마음이 어찌 안연하리오마는,
이는 그렇지 아니하여, 영묘와 선희궁께서 알은 체 아니 하오시고,
경모궁께서 겁만 내오셔 어찌할 줄 모르오시니 내 또 곁들여 심히 투
기하면, 경모궁께서 그 황겁하오신 중에 용려(用慮)하셔 병환이 몇
층 더하실까, 걱정하지 않으리오.

　그해 칠월 십사일 청연(淸衍)[88]이 나니, 영묘께서

---

85) 시기할 터
86) 남들이 다 한다는 뜻
87) 영조 20년(1744)
88) 作者 惠慶宮 소생의 첫째 郡主

"백여 년 만에 군주[89]가 처음 나니 귀하다."
하시고 기뻐하시더라. 그러다가 올해[90] 정월에 인의 아우 진(禛)이 나니, 그 후는 영조의 꾸중이 잦으신 듯하더니라.

경모궁의 병환 증세 종이에 물젖듯 하오셔 문안도 더 드물게 하시고 강연(講筵)도 전일(傳一)치 못하오시고, 마음 병환이시니 장신음이 잦아서 병폐하신 모양이니, 대조께서 춘방관을 부르오셔 강학 말씀을 묻자오시면, 황공만 더 하시더라.

올해 이월에 역변(逆變)[91]이 나 오월까지 친히 심판하오시니, 그 때 역적을 정법(正法)하여, 백관서립(百官序立)하는 때면 동궁을 내보내셔 보게 하오시고, 날마다 친히 전좌(殿座)하셔서 심판하시다가 들어오시면 인정(人定) 후나 이경이 되고 삼 사경이 될 적도 있으니 하루도 폐하지 아니하오시고,

"동궁 불러라."
하오셔, 가시면,
"밥 먹었느냐?"
하오셔 대답하시면 즉시 가오시니 그 대답시키오셔 그날 친국(親鞫)하신 일 씻으시고 가시려 하오시는 일이오시니, 실인즉 좋고 길한 일엔 참례치 못하시고, 상서롭지 못한 일에는 참섭(參攝)하게 하시고, 긴헐(緊歇)간 수작이나 하시면 그리도 하련마는 날마다 다른 말씀은 한마디 하시는 일이 없으시고, 마치 대답키오셔 듣고 귀를 씻고 가시기 위해서, 하루도 폐하지 아니하시오니, 밤중에 그러시니 아무리 지극한 효심이요, 병 없는 사람이라도 어찌 섧지 아니하리오. 그 병

---

89) 왕세자의 적실에서 낳은 딸의 封爵
90) 영조 31년(1755)
91) 尹志 등의 逆謀가 있었음

환의 증세를 생각하면 홧증이 나오셔,

"어이 부르시나이까?"

하실 듯하되, 그 병환을 능히 참으시고 날마다 밤중이라도 부르오시
는 때를 어기지 아니하오시고 대령하여 계오시다가 그 대답을 어기지
아니코 하시니, 본연의 효성을 가히 알지라. 그 병환이 이상하오실손
처자나 애쓰고, 내관 나인이나 주야 두려워 지낼 뿐 자모(慈母)도 자
시 모르시니, 부왕께서 어찌 자세히 아시며, 위에 뵈오실 적과 신하
에 대하실 적은 여상(如常)하셔 예사로우시니, 그것이 더욱 갑갑하
고 서러운 것이, 위에서부터 춘방관까지라도 병환을 어이없이 용서
할 도리가 있게 초박(焦迫)한 때는 병 증세를 남이 다 알게 나타나게
하오시면 싶으더니라.

역옥(逆獄) 때에도 양궁(兩宮) 사이에 근심이 많아 갑갑하던 일
을 다 어찌 기록지 못하고 지월(至月) 즈음에 선희궁 병환이 계시오
니, 경모궁께서 뵈오려 집복헌(集福軒)에 가 계시더니, 영모께서 옹
주 있는 곳과 가까운 것을 혐의하오셔 대단히 노하셔,

"바삐 가라."

하오시니, 창황히 높은 창을 넘어 나오시더라. 그날 꾸중이 지극히
엄하오셔 낙선당(樂善堂)에 있고 청휘문(淸輝門) 안에 들어오지
말고, 서전(書傳) 태갑편(太甲編)을 읽으라 하오시니, 자친 병환
뵈오러 가 계시다가 아무런 잘못하신 일 없이 그러하시니 섧고 통원
(痛冤)하여,

"자처하려 하노라."

하셔, 겨우 진정하시나 부자간은 점점 망극하니, 무엇이라 하리오.

병자[92] 원일에 자상(自上)으로 존호(尊號)를 받자오시되, 경모궁

92) 영조 32년(1756)

은 참례시키는 일이 없사오시고, 병환이 점점 깊어 강연(講筵)도 더 듬으시고 취선당(就善堂) 바깥 소주방(燒廚房) 한 집이 깊고 고요하다 하오시고 많이 머무시니, 어느 일이 근심이 아니며 어느 마디가 초조치 아니하리오. 오월에 영묘께서 숭문당(崇文堂)에서 인견하시고 홀연 낙선당 보러 가오시니, 세소도 부정히 하시고 의대 모양이 다 단정치 아니하오시니, 그때 금주(禁酒)가 엄한 때라, 술을 잡사오신가 의심하오셔 대노하오셔,

"술 드린 이를 찾아내라."

하오시고, 경모궁께 누가 술을 드리던고 엄히 물으오시니, 진실로 술 잡사오신 일이 없는지라 우원(吁怨) 이상하실셔! 영묘께서 아무 일이든지 억견으로, 무슨 말씀이시고 물으시면 그 후에 그 일을 생각하시니 다 하늘이 시키시는 듯하더라.

그날 경모궁을 뜰에 세우시고 술 먹은 일을 엄문하시니 진실로 잡사오신 일이 없건마는 두렵기 과하셔 감히 변명을 못 하는 품이시라, 하도 강박히 물으오시니 하릴 없어,

"먹었나이다."

하시니,

"누가 주더냐?"

하시니 댈 데가 없어,

"밖의 소주방 큰 나인 희정이가 주옵더이다."

하시니, 영묘께서 두드리시며,

"네 이 금주하는 때 술을 먹어 광패(狂悖)히 구난다?"

하시고 엄책하시니, 이때 보모 최 상궁이 아뢰기를,

"술 잡수셨다는 말씀은 지원하니, 술내가 나는가 맡아 보소서."

하니, 그 상궁 아뢴 뜻은 술이 들어온 일 없고, 잡수오신 배 없으니 원

통하여 참을 수 없어 그리 아뢰었던 것이니, 경모궁께서, 상전(上前)에서 최 상궁을 꾸중하시더라.

"먹고 아니 먹고, 내가 먹었노라 아뢰었으니, 자네 감히 말을 할까 싶은고. 물러가라."

하시니 보통때는 상전에서 주볏주볏 하오셔 말씀을 못 하시더니, 그날은 원통히 꾸중을 듣자와 그렇게 말씀을 잘 하셨던가. 그때 두려워서 벌벌 떠시던 중에도 그리 말씀하시는 일이 다행하더니, 영묘께서 또 격노하시기를,

"네, 내 앞에서 그 상궁을 꾸짖으니, 어른의 앞에서는 견마(犬馬)도 꾸짖지 못하는데 그리 하는가?"

하오시니 대답하오시기를,

"감히 와서 변명하옵기로 그리 하였삽나이다."

안색을 낮추어 아랫사람의 도리로 잘 하오신지라. 금주지하(禁酒之下)에서 동궁에 술을 드렸다 하오셔 희정이를 멀리 귀양보내시고, 대신 이하 인견(引見)하라 하오시니, 그날 억울하고 섧사오셔 충천하는 장기(壯氣)가 다 나오셔, 병환 계시오나 겉모양은 모르려니, 춘방관이 들어오니 처음으로 호령하오시기를,

"너희 놈들이 부자간에 화하게는 못 하고, 내가 이리 억울한 말을 듣되 너희 한 말 아뢰지 아니하고, 감히 들어올까 보냐, 다 나가라."

하오시니 춘방관 하나는 뉘런지, 하나는 원인손(元仁孫)이라. 무엇이라 아뢰고 썩 나가지 아니하니 경모궁께서 홧증을 내오셔,

"어서 나가라."

하오시고 쫓아내오실 즈음에, 좌중의 촉대가 거꾸러져 낙선당 온돌 남창에 닿아 불이 붙었으니, 불 잡을 이는 없고 화세는 매우 급한지라, 경모궁은 춘방을 쫓아 낙선당에서 덕성합(德成閤) 내려가는 문

으로 가시더니, 일변 춘방은 쫓겨 나가고, 매양 숭문당에서 인견하시던 대전(大殿)에 입시(入侍)하는 손이 창덕궁 동문으로 돌아 집현문(集賢門)이 닫혀, 시민당 앞으로 해서 덕성합 서원소시(書院召侍)하시는 집을 지나, 보화문(普化門)으로 입시하던지라. 춘방이 나가며 입시하는 손이 덕성합 앞을 마악 지날 제, 경모궁께서 소리를 높이 하셔서,

"너희 부자간을 좋게 못 하고 녹만 먹고 간(諫)치는 아니코자 입시하러 들어가니, 저런 놈들을 무엇에 쓰리오!"

하오시고 다 쫓으시니, 그 과하신 행동과 경색이 어떠하리오. 그렇듯 할 제 화세는 급하니, 원손(元孫)을 관희각(觀熙閣)이라 하는 집에 두었더니, 낙선당과 관희각이 한 일(一)자로 있어 두어칸 사이인데 불의에 화재가 나니, 내가 황망하여 원손을 데려 내오려고 가더라. 그때 청선(淸璿)을 잉한 지 오륙 삭이라 반 칸이나 한 섬돌을 바삐 뛰어내려가 자는 아기를 깨워 보모를 안겨 경춘전(景春殿)으로 가게 하고, 관희각은 하릴없이 구하지 못할 줄 알았더니, 기이하게도 지척의 관희각은 불이 미치지 아니하고 휘돌아 기와도 연하지 않은 양정합(養正閣)에 달리니, 임금 되실 이가 계시기 관희각이 화재를 면한 것이 이상하더라. 화재가 의외에 나니 영묘께서는 아드님이 성결에 불을 지르신 것이 아닌가 여기셔 노염이 십 배나 더하셔, 함인정(涵仁亭)에 제신을 모으시고 경모궁을 부르오셔,

"네가 불한당이냐. 불을 왜 지르느뇨?"

하시니 그때 설움이 가슴에 복받쳐, 거기서 그 불이 촉대가 거꾸러져 난 불인 줄을 여쭙지 않으시고 또 변명을 않으사 스스로 방화한 듯이 하시니 절절이 슬프고 갑갑하더니, 그날 그 일을 지내시고 막히오셔 청심환(淸心丸)을 잡사와 기운을 내리오시고,

"아무리 하여도 못 살겠도다."

하시고 저승전(儲承殿) 앞뜰에 우물이 있더니 거기 가오셔 그 우물에 떨어지려 하시니, 그 놀라운 경상(景狀)과 끔찍한 형용이 이를 것이 어이 있으리오. 가까스로 구하여 덕성합으로 나오시니라.

선친이 그 해 이월에 광주 유수(廣州留守)를 하오셔 내려가오시니, 외임(外任)하오시면 경모궁께서 더 의지 없는 듯이 아오시더니 그 일로,

"내대(內對)하라."

하오셔 분부로 올라오시더니, 경모궁께서 선친에게 지난 말씀과 걱정을 무수히 하오시고, 술 문제, 불 문제의 두 가지 원통한 말씀을 하시고,

"아마도 서러워 살기 어려워라."

하시니, 듣잡는 선친의 마음이 어떠하리오. 대조(大朝)께는,

"자애를 잃지 마소서."

누누이 아뢰시고 소조(小朝)께는,

"가지록 효성을 닦으소서."

체읍(涕泣)하고 간절히 아뢰시오니, 경모궁께서는 지나친 행동을 하시다가도 선친이 아뢰시고 직접 면계(面戒)하시면 나작하오시던 것이니,[93] 그리저리하여 겨우 진정하신 듯하신지라.

내가 가을에 자모를 잃고 서러운 정리 이를 데 없는데, 경모궁의 병환이 점점 심하오시니, 근심이 중중첩첩한데, 그때 광경을 당하여 하망극(罔極)하게 지내다가, 선친을 뵈오니 서로 붙들어 체읍하던 일이 이제도 목전에 본 듯하도다. 오월 변 후 놀라우셔서 병환도 더 하

---

93) 마음이 수그러지다

오시고 외조(外朝)보는 데 지나친 일도 하여 계오시니 강연(講筵)
도 더 드믈고 차대(次對)[94] 때나 강작(強作)하시니 무슨 경황이 계
시리오.

더구나 울적을 견디지 못하여 대조께서 거둥 납시면 후원에 가서
활도 쏘시고 말도 타시고 기치병기(旗幟兵器) 붙이를 가지고 나인
을 데리고 노시니, 그 내관들이 풍악까지 다 하더라.

그 해 칠월에 인원 왕후 칠순이시므로 기로과(耆老科)[95] 보이오
시고 후원에서 진하(進賀)하시는데, 어찌하여 경모궁을 참여케 하
오시니 그 진하를 무사히 지내고 오셔서, 하도 좋아하오시던 것으로
보아도, 분명히 대조께서 화색으로 무휼(撫恤)하오시고 조금 견디
올 만큼 하오시더면 어이 이 지경에 이르렀으리오. 부자 두 분이 스스
로 임의치 못하오시듯이 그리들 하오시니, 모두 하늘의 뜻이매 그저
원통하도다.

능행수가(陵行隨駕)를 이십이 세가 되시도록 못 하오시니, 춘추
로 가오실까 조이시다가 한 번도 못 가오시니, 그 일도 섧사오시고 울
화가 되오시더니, 병자 팔월 초에 처음으로 명릉(明陵)[96]에 수가하
오시니, 시원하고 기꺼하오셔 목욕하시고 정성을 다 하오시고 요행
히 탈없이 다 하오시고, 가신 사이에 인원 왕후, 정성 황후께와 선희
궁께 봉서하오시고, 자녀에게까지 하여 계오시니 그 수적(手蹟)이
지금 내게 있으니, 그런 일은 조금도 병환 계오신 이 같지 아니하시고
순성하여 환궁하오심을 큰 경사같이 아오시더라.

능행 후 한동안은 대단한 꾸중 듣자오신 일이 없으니, 그는 정처

---

94) 閣議
95) 노인만 보는 과거
96) 숙종대왕의 陵

(鄭妻)[97]가 팔월 초순에 생녀하므로 성심이 흔희하오셔 그러신 것이며, 상정으로 생각하면 그 누이는 그리 총애하오시고 당신은 뜻을 얻지 못하오시니 응당 어떠하신 마음이 계실 듯하되, 그때까지 종시 불효하신 사색이 없으시고 순산한 일을 기특하여 하오시던 것이요, 처음으로 능행에 따라 가오시게 하기는 선희궁께서,

"지금 능행 수가 못 하시는 일이 민심도 괴이히 여기리이다."

하오셔 정처더러,

"여쭈라."

하여 된 듯싶으더라.

그 해 윤구월에 청선이 나니, 전 같으면 오죽 좋아하시리오마는 들어와 보신 일이 없으니 병환 심하심을 가히 알지라. 오래지 않아 선친이 평안 감사를 하셔 당일에 떠나시니 위구하기는 날로 더한데 떠나시는 것을 민망히 여기더니 그 해 동짓달 열흘께 경모궁께서 덕성합에서 마마병에 걸리셨다 하오시니 증세는 극히 순조로우나 마마꽃이 심히 장하오셔 더욱 두려워하더니 나그어되셔[98] 행히 성두(成頭)로 지내오시니, 이십이 세 춘추에 격화(激火)는 이를 것 없사오신데, 고이 나으셨으니 그런 경사가 어디 있으리오. 선희궁께서는 가까이 오시어 머무오셔 주야로 초려하오시고, 원손(元孫)은 공묵합(恭默閣)으로 피우(避寓)시키고 나는 좁은 방에서 구완하노라 한 데에 지내니 그때 추위는 심하고 삼면에 성에로 얼음벽이 된 데서, 그 중환을 순조롭게 지내오시니, 그런 종사(宗事)의 큰 경사가 없을 때 대조께서는 그 병환에 한 번도 친임(親臨)하오신 일이 없사오시고, 선친은 관서에 멀리 계시고, 나만 혼자 아득히 애쓰던 말을 어찌 다 쓰리

---

97) 영조 9년, 鄭致達의 妻
98) 수그러져

오. 마마가 송신(送神)[99] 후 경춘전(景春殿)으로 와 조리하오시더라.

정축 이월 십삼일에 정성 왕후께오서 숙환(宿患)이 졸연 중하셔 손톱이 모두 푸르오시고 토하신 피가 한 요강이나 되는데, 빛이 바로 붉은 피도 아니요 검고 괴이한 것이 적년(積年) 모이신 것이 나오신지 놀랍기 어이 측량하리오. 나는 먼저 가고 경모궁께서 뒤쫓아오시니, 토혈하오시고 매우 위태로운지라, 토하오신 그릇을 붙들고 눈물을 흘리시니 보는 이 뉘 아니 감동하리오. 대조께 미처 아뢰지도 못하시고 그릇을 들고 중궁전(中宮殿) 장방(長房)에 친히 나가오셔 의관에게 보이시며 우시더라 하니 비록 지극한 자애를 받고 계오시나 친생(親生)과 다르오셔 간격이 계오실 듯하되, 천성이 효하고 착하오시기 스스로 발하여 그러하오시니, 뉘 병환 계오신 줄 알리오.

밤에 정성 왕후께서 병환 끝에 어찌 늦게 계오시리 하오셔,

"가라."

하오시니, 삼경 하여 경춘전에 잠깐 내려 계오시더니, 새벽에 나인이 와 하되,

"깊은 잠이 드오셔 아무리 여쭈어도 대답이 아니 계오시다."

하고 여쭈니, 경모궁께서 놀라 달려가오신즉, 깊이 잠드오신 듯이 아무리 여쭈어도 응하심이 아니 계오시니, 부르짖어 천만 번이나 여쭙고,

"소신 왔소, 왔소."

하오셔도 모르오시니, 망극하여 울고 하시던 일은 다 못 쓰며, 날이 밝은 후는 십사 일이니 위에서 아오시고 오시니, 양전(兩殿) 사이 극

---

99) 痘神을 보낸 뒤, 즉 마마가 다 나은 뒤

진치 못하오시나 병환이 위중하오시니 오신 것이라, 경모궁께서는
아버님께 뵈옵고 또 황축(惶縮)하여 울고 하시던 일도 못 하오시고
전신을 움츠리고 고개를 들지 못하시니, 그 병환의 몸으로 그토록 속
으로 울고 하시는 모양에 방인(傍人)이 감동하여 눈물을 흘리고 흐
느껴 울더니, 아무리 부왕이 무서워도 무릎쓰오시고 울면서 삼차(蔘
茶)를 연하여 흘려 넣사오시며 보살피시고, 병환 증세나 말씀하오시
면 대조께서 보오시기에 좀 나으실 것을 창황중 좁은 방에서 한 구석
에 황송히 엎드려 계시니, 아까 울고 서러워하오시던 일을 어이 아오
시리오. 의대 입사오신 것 행전 치신 모양까지 걱정하오시고,

  "내전 병환이 이러하신데 몸을 어이 저리 갖느뇨?"

하오시니, 천지간에 터질 듯 갑갑한 것이, 아까 그 지극하시던 모양
은 다 감추었으니,

  "아까 저렇지 아니하시옵더이다."

할 수 없고, 위에서는 불효무상(不孝無狀)만 하시니, 선희궁 애쓰오
시기와 내 속이 타는 듯하기 어디 비하리오.

  공교히 일성위(日城尉)의 병이 위중하셨으니 옹주를 내보내오시
고, 영묘께서 마음이 산란하오신 용려(用慮) 이를 것이 아니 계오신
데 문안은 점점 위급하셔 십오일 신시에 승하하오시니 망극하기 이를
데 있으리오. 동궁은 관리합(觀理閣) 아랫방으로 내려오셔 발상하
려 하오시고, 나도 발상차로 초혼(招魂)을 마악 하려 할 즈음에, 위
에서 허다한 나인들과 양전이 서로 만나시던 말씀과 이때 이리 여의
신 말씀을 길게 하오시니, 날이 저물어 동궁께서는 가슴을 치며 망극
애통하오시고, 때는 어기되 발상을 못 하고 당황하더니, 일성위 부음
(訃音)이 전달되더라. 위에서는 그때에야 애통하시고 즉시 거둥을
납시니, 신시에 운명하셨는데 저물어서야 발상을 하니, 그런 망극 황

황한 일이 없는지라, 십육일에야 습(襲)을 하고, 영묘께서 환궁하심을 기다려서 염(殮)을 하더라. 동궁께서 하늘에 부르짖고 몸부림치심이 과하오시고, 때때로 봉심(奉審)하시고 우시는 눈물이 줄줄 흐르시니 친 생모자간이신들 이보다 더하리오. 경모궁의 애통하오시는 거동을 부왕께서 보오시더면 혹 감동하오실는가 환궁 후 뵈올 제 또 황송한 모양으로 엎드려 계오셔 종시 체읍(涕泣)하시는 모양을 못 보시니, 갑갑하고 이상하지 아니하리오.

정성 왕후께서 상시에도 대조전(大造殿) 큰방에 거처하시되, 주무심과 감기만 계셔도 건넌방에 와 계시더니 황후가 위중하시매,

"대조전이 어찌 지중하건데, 내 이 집에서 몸을 마치리오."

하오셔, 서쪽의 옆채 관리합(觀理閣)이라 하는 집으로 바삐 내려오셔 계시다가 승하하여 계시더니 염한 후에 경훈각(景薰閣)에 모셔와 입재궁(入梓宮)하와 빈전(殯殿)이 되고, 옥화당(玉華堂)이라는 집에 동궁의 거려청(居廬廳)을 만들고 오삭거려(五朔居廬)를 거기서 하오시고, 조석전(朝夕奠)과 조석상식(朝夕上食) 후 주다례(晝茶禮)에 연하여 참사(參祀)하오셔, 어떤 날은 여섯 때의 곡읍(哭泣)을 거의 다 하시고, 나도 관리합 맞은 방 융경헌(隆慶軒)에 있더니라.

인원 왕후께서 칠순이 넘사오니, 심히 쇠약하여 정성 왕후 국상 후 애척하오시는 중, 연무(烟霧) 중에 계신 듯 슬픈 줄을 잘 모르시는 듯하오시더니, 그 달 그믐에 병세가 다시 더하여 대왕대비전(大王大妃殿) 장방(長房)에 피우(避寓)하여 계오셔, 삼월 이십육일에 승하하시니 망극하올 뿐 아니라, 영묘께서 망칠노경(望七老境)에 큰일을 만나셔 애통이 지나치심이 더욱 망극하더라. 인원 왕후의 성덕이 탁월하오셔 궐내 법도가 인원 왕후 계신 고로 지엄하고 동궁에 대

한 사랑이 지극하오시고, 나를 각별히 사랑하오시던 은혜를 어찌 다 기록하리오. 동궁께 사랑하오심이 정을 다 하여 별찬(別饌)을 자주 만들어 보내셨으니, 궐내 음식 중 인원 왕후전 음식이 별미진찬(別味珍饌)이러니라.

점점 대소조(大小朝)의 난처한 소문을 듣자오시고 깊이 근심하여, 나를 보오시면 가만히 걱정하오셔,

"아니 민망하냐?"

하오시고, 동궁의 상복 모습을 차마 보지 못하오시고,

"저리 하고 있으니, 가뜩한데 울게 하더라."

하시고 자주 걱정하오시고 법을 엄히 하오셔 옹주네가 감히 빈궁(嬪宮)과 어깨를 나란히 하여, 좁은 방에서라도 있지 못하게 하오시더니, 그 문안에 화순이 계오시나 병폐(病廢)하고, 화유(和柔)만 있어서 나를 따라다니니,

좁은 방에 앉을 때 내가 어깨를 갈왔던지,

"빈궁이 어찌 중하관데, 제가 감히 그리 하리?"

분하여 하오신 일이 있더라. 그리고 병환이 위중하신 중에도 체모 엄하신 것을 감탄하더니라.

정성 왕후께서는 그 아드님 위하시는 마음으로 대조께서 동궁께 민망히 구오시는 일이 한이 되셔 답답히 여기시고, 지나친 행동의 소문이나 들으시면, 나랏일을 근심하셔 선희궁에 매양 왕복하시고 지성으로 초려(焦慮)하시더라.

달을 이어 두 성모(聖母) 승하하시니 궁중이 텅 비고, 지엄하시던 법이 어느 사이에 무너져 한심스럽기 짝이 없더라.

경모궁께서 그 한마님[仁元王后] 자애를 많이 입사와 계오시니 애통함이 각별하오시니, 부자분 사이만 예사로우셨더라면 얼마나 좋

으랴. 영모당(永慕堂)에서 염습하와 경복전으로 오르시고, 빈전은 통명전에 하시고 그믐날에 입재궁(入梓宮)하오시니, 그날 소판(素板) 위의 흰 비단 소금저(素錦褚)를 덮사와, 자전께서 후원 출입하시던 요서문(耀西門)으로 본처소 나인들이 상여를 메고, 위의(威儀)는 대례받으실 때같이 하여 모시더라. 대조거려청(大朝居廬廳)은 체원합(體元閤)으로 하더라. 영묘께서 환후 때부터 초황망조(焦惶罔措)하여 주야로 머무르셔 시탕(侍湯)하오시고, 인산(因山) 안 오삭을 조전(朝奠)부터 육시곡읍(六時哭泣)을 한때에 궐하신 일이 없사오시니, 춘추 예순넷이신데 그러하신 효성과 그러하신 정력이 다시 어디 있으리오.

당신이 이러하오시니 아드님께서 하오시는 일을 본심은 모르오시고 나쁘고 잘못하는 줄만 알으시니, 두 성모(聖母) 안 계시고, 궐내 모양이 말이 못 되어 더욱 망연하더라. 대저 부자분 사이가 좋지 못하신 곡절이 또 있으니, 이것은 다름 아니라 신미 동짓달에 현빈궁(賢嬪宮) 상사 나시니, 영묘께서 효부를 잃으시고 애통하오셔 장례에 친히 임하여 간곡하게 돌보시더라. 그렇듯 하시는 중, 그곳 시녀 나인이 소위 문녀(文女)[100]더라. 상사 후 가까이 하오셔 수태(受胎)하고, 그 오라비는 문성국(文性國)이란 놈인데 그것을 별감(別監)으로 사랑하시고 누이도 총애하여, 계유 삼월에 옹주를 낳으시니, 그때 인심이 소요하여 들리는 말이,

'그것 남매가 아들을 못 낳아도 다른 자식이라도 아들을 낳았노라 하려 한다.'

'그 어민즉 중에서 환속(還俗)한 것인데, 딸의 해산에 들어왔다.'

---

100) 영조의 후궁 儀嬪 文氏

하는 괴이한 말이 낭자하더라.

문성국이 제 무슨 심장으로 동궁께 그리 흉한 뜻을 먹었던지 요악(妖惡) 간흉(奸兇)한 놈이 아니리오. 별감으로서 사약(司鑰)으로 승진하고 누이는 신미 겨울부터 승은(承恩)하여 남매의 총(寵)이 극에 달하더니라. 그리고 영묘께서 어려서부터 계시던 집이 건극당(建極堂)인데 효장세자(孝章世子)에게 주어서 현빈(賢嬪)이 거기 머물러서 신미년 상사도 거기서 지내더라. 그 아래 고서헌(古書軒)이라는 집에 문녀를 두어서 거기서 해산하고 갑술에 또 여아를 낳더라. 후원 중정문 밖에 문녀의 차지내관(次知內官) 전성해를 두시고 문성국이도 그 내관 처소로 와 뵈오니, 양궁(兩宮) 사이가 좋지 못하신 것을 그놈이 알고, 그 틈을 타서 성의만 맞추오셔 동궁 하오시는 일을 전부 엄탐해다가 고자질해 올렸으니, 동궁 하오시는 일을 누가 사이에서 말할 이 있으리오마는 성국이는 세력을 믿고 무서운 마음이 없어서 동궁 액속(掖屬)들이 모두 제 동류이니 동궁의 사소한 일까지 알아듣는 족족 대조께 여쭙고, 문녀는 안으로 모든 소문인즉 다 여쭈니, 모르실 제도 의심하시던 터에 날로 동궁의 험만을 들으시니, 성심이 갈수록 갑갑하게 되실 수밖에 없더라. 국운이 불행하여 요녀(妖女)와 간적(奸賊)이 일어나는 일이 슬프도다.

그 남매가 여쭙는 일은 의심 없이 알거니와, 무슨 곡절로 그러는지는 모르더니, 병자에 부릴 나인이 없어서 자장궁과 빈궁 사약 별감의 딸을 나인으로 뽑으려 하더라. 이것은 동궁께서 생각하오신 일이 아니고 내가 나인이 없어서 뽑자고 말하여, 그것들의 딸을 들여다가 사약 김수완의 딸을 잡고, 별감의 자식도 잡았더니, 아침에 그런 일을 낮에 벌써 아오시고 동궁을 부르오셔,

"네, 어이 내게 아뢰지 아니하고 나인을 뽑았느냐?"

하오시고 꾸중이 대단하오시더니 그때 놀랍기가 이를 것이 없더니 김수완인즉 성국이와 친하여서 제 자식을 안 들여놓으려고 청하여 그리 급히 아신 일을 보니, 성국이가 아뢴 줄이 소연(昭然)한지라.

병자(丙子) 마마로 오래지 아니하여 대고(大故)를 당하오셔 슬프기도 하고, 마음을 많이 쓰시니 병환은 점점 더하시고, 과거(過擧)는 잦으시니 성국이는 듣는 말마다 아뢰어, 두 분 사이가 더욱 망극하더라. 오삭(五朔) 동안 빈전에서 대조께서는 경훈각에 곡하러 가시면, 옥화당에 가오셔 무슨 일이나 잡히오면 꾸중이 오시고, 동궁은 통명전에 가시면 또 꾸중이 오시니 화는 불같이 일어나시더라. 사람 모인 데나 나인들이 많은 데서도 허물을 드러내시는 품이시더라. 통명전의 인원 왕후전 나인이 가득히 있는 육칠월 극열(極熱) 가운데, 여러 가지로 동궁을 꾸짖으시니, 그대로 격화(激火)와 병환이 점점 더하시더라. 그래서 내관들에게 매질하시는 일이 그때부터 더하시더라. 초상에 거룩히 슬퍼하시던 일로 비기면 상중에 하시는 매질이 잘못하시는 일이요, 정축부터 의대(依帶)의 탈이 나시니 말이야 어찌 다하리오.

오삭 가운데 지극히 어려움을 지내오시고, 유월에 정성 황후 인산이 되오시니 설워하심이 초상과 다르지 아니하오셔 성 밖까지 나가오셔 상여를 곡송(哭送)하여 애통하오시니, 백관군민(百官軍民)이 누가 아니 감읍(感泣)하였으리오. 본 마음이 나오시면 이러하시건마는, 그런 진정을 부왕께서는 모르시고 곡송하고 들어오실 제와 반우(返虞)의 영곡(迎哭)하러 나가실 즈음에, 무슨 탈이나 조건은 다 생각지 못하시되, 그때 한재(旱災)는 있고 노염 장하오셔 엄교(嚴敎)가 많으시니, 그 밤에 덕성합 뜰에서 휘령전(徽寧殿)을 바라보시고, 슬피 울면서 삶이 없고자 하오시던 일을 어찌 다 적으리오.

그 유월부터 홧증이 더하사 사람 죽이기를 시작하오시니, 그때 당
번내관(當番內官) 김환채라는 것을 먼저 죽여서 그 머리를 들고 들
어오셔서 나인들에게 보이시니, 내가 그때 사람의 머리 벤 것을 처음
보았는데, 그 흉하고 놀랍기 이를 것이 어이 있으리오. 사람을 죽이
고야 마음이 풀리시는지, 그때 나인 여럿이 상하니, 그 갑갑하기 측
량없어 마지못하여 선희궁께,

"병환이 점점 더하오셔 이러하시니 어찌 할꼬?"

여쭈니, 놀라우셔 음식을 끊고 자리에 누우셔서 근심하오시니, 그 말
씀을 알은 체하시자 하니,

"누가 이 말을 한고."

찾아내시면 날 보실 인사가 없으시니, 내 몸에 급화가 이를 듯하기에
선희궁께 울며,

"하 안타까우니, 아는 일을 아니 아뢰지 못하여 여쭈었더니 저러
하시니 어찌 하실까 보오이까?"

하여 겨우 진정하였으니 그때 점점 이렇다 할 바 없이 애쓰던 말을 어
찌 다 형상하며, 그저 죽어 모르고 싶더라.

칠월에 인원 왕후 인산이 되오시니, 그때 큰 비는 내리는데 대조께
서는 능소(陵所)에 가 계시고, 동궁은 효성이 부족한 것은 아니나 병
환은 점점 더하시고 사람 죽이시는 길이 나니, 인심이 두려워하고 언
제 죽을지 몰라 하니, 그런 모양이 어디 있으리오. 선친이 관서(關
西)에서 오월에 환조(還朝)하시니 영묘께서 반겨 애통하시고, 동궁
도 뵈옵고, 그 사이에 큰 병환을 지내시고 대고를 만나시며 병환으로
근심이 많아 부녀가 서로 붙들고 슬퍼하더라. 그 해 구월에 경모궁께
서 인원 왕후전 침방(針房) 나인 빙애를 데려오시더라. 그 나인은 현
주(恩全君)의 어미이니, 그 나인을 마음에 두고 계시다가 홧증은 점

점 나시고 마음 붙일 데가 없으시고, 인원 왕후가 안계오시니 당신의
말을 누가 여쭈랴 하고, 데려다가 방을 꾸미고 기용집물(器用什物)
을 잘 갖추더라. 그 사이에 나인을 가까이 하시나 순종치 않으면 쳐서
피가 흐르고 살이 터진 후에라도 가까이 하시니 누가 좋아하리오. 가
까이 하신 것들이 많되 한때 그리 하시고 대수로이 여기오시는 일이
없고, 자식 낳은 양제(良娣)라도 조금도 가차(假借)하심이 없더
니, 이것에게는 그리 대수롭게 구시니, 그것의 인물이 또 요악(妖
惡)한지라 동궁께 무슨 재물이 있으리오.

그때부터 내수사(內需司) 쓰기를 비로소 하오시니 얼마나 민망하
리오. 내수사 관원 이하 그런 사실을 아뢰지는 아니하오나 어찌 위에
서 모르시며, 성국이가 어찌 아뢰지 아니하오리오. 구월에 나인 빙애
를 데려다 동짓달에 아시니, 그날이 바로 동짓날인데 대노하셔 동궁
을 부르오셔,

"네 감히 그러하랴!"

하오시고 크게 꾸짖으시더라. 드러난 허물이 없어도 엄책이 그치지
않으셨는데, 하물며 이런 경우리오. 성노(聖怒)가 진첩(震疊)하오
셔,

"그 나인을 잡아내라."

하오시니, 그때 경상이 동궁께서 그것에게 혹하오셔 한사코 못 나가
게 하시더라.

"어서 잡아 오라!"

하시고 부왕께서는 노하여 재촉하시고, 동궁께서는 내어보내지 않고
사생(死生)으로 위협하고 안 보내시니 일이 매우 급하게 된지라. 그
러자 영묘께서는 빙애의 얼굴을 모르오시니 동궁께서는 여기 침방 나
인 연상약(年相若)한 것을

"빙애로소이다."

하여, 내어보내시더라.

나는 갑자 후로 애휼하오심이 각별하오시고, 그 아드님께 미안할
제 처자가 한 가지로 밉사오시기 상리로되, 날 사랑하시고 내 자녀를
귀중히 여기시더라. 이것은 그 아드님 처자 같지 않게 하시므로 매양
감축천운하더라. 그러나 그 일로 인하여 또 불안한 폐단이 무수하니
어찌 다 형상하리오. 시봉(侍奉) 14년에 내게 처음으로 꾸중이 지
엄하오시니 꾸중의 조건이오신즉,

"세자가 빙애를 데려올 제, 네 알았으려든 내게 고하지 않을까 싶
으니, 너조차 나를 속이는 법이 어디 있으랴. 네 남편의 정에 끌려서
양제 적에도 네 조금도 투기하는 일이 없었고, 그 자식을 거두니, 내
가 인정 밖으로 알고 너를 미안히 여겼더라. 그런데 이번에 웃전〔上
典〕의 나인을 감히 데려다가 저렇게까지 하되 나에게 알리지 않고,
내가 오늘 알고 물어도 즉시 대답하지 않으니 네 행사가 이럴 줄 모르
더라."

하고, 땅을 두드리시고 꾸짖으시매, 그 꾸지람을 받잡고 황공하여 아
뢰기를,

"어찌 남편의 한 일을 위에 이러하다 하올까 보오니이까. 소인의
도리가 그렇지 못하옵니다."

하였더니, 더욱 꾸중하시더라. 자애만 받잡다가 처음으로 엄한 꾸중
을 듣잡고 송구함을 어찌 이르리오.

그리할 즈음에 그 나인을 감추어 다른 나인과 안동(眼同)하여 정
처의 집으로 내보내어,

"감추어 두라."

하였더니, 그 밤에 부왕께서 거려청 공묵합으로 동궁을 불러서 또 꾸

중을 많이 하시니, 서러워서 그 길로 양정합 우물에 빠졌으니, 그런 망극한 광경이 어디 있으리오. 방직(房直)이 박세근이라 하는 것이 업어 내니, 우물가에 얼음이 가득하고 마침 물이 많지 않아서 무사히 모셨으나, 막히시고 상하기도 하셨으니 무슨 말이 있으리오. 부왕께서 가뜩하오신데 우물에 빠지시는 해괴한 행동까지 보시고 어찌 노하지 않으시며, 그때 마침 대신 이하 다 입시하여 그 광경을 목도(目睹)하더라. 그때 수상(首相)은 김상로(金尙魯)였는데 음흉하여 동궁 뵈올 적은 뜻을 맞추는 체하고, 대조께는 망극한 언사를 하여 보이니 흉하더니라.

선친이 동궁께서 그 꾸지람 들으심과 우물에 빠지시는 일 보시고 충애우민(忠愛憂悶)의 마음을 이기지 못하여 당신 처지를 돌아보지 아니하오시고 아뢰오시되,

"옛날에 부득어군(不得於君)이면 열중(熱中)이라 하였사오니 군신도 그러하옵거든 하물며 부자 천성이오시리까. 자애를 잃사오셔 전전하여 저러하시오니, 그 곡절을 생각하오심을 천만 바라옵나이다."

하고 아뢰오시니, 군신제우(君臣際遇)가 천고에 드무오셔 추고(推考) 한 번 당하시는 일이 없더니, 그날 아뢰는 말씀에는 격노하오시고, 나도 노여워하신 끝이라 내 죄를 겸하오셔 삭직(削職)하오시고 엄교가 대단하오시니, 선친이 황황히 나가오셔 성 밖 월과계라 하는 데 계오시더라.

상감 동궁 두 분 사이의 과거(過擧)는 그러하오시고, 백성들도 선친만 믿다가 인심이 요란하여 어찌 될 줄 측량치 못하고 나도 엄교를 처음으로 듣잡고 황공하여 하실(下室)로 내렸더니, 오래간만에 선친을 다시 등용하오시고, 나를 부르오셔 자애 여전하오시니, 천만 황

곤한 때나 지극하오신 성은이야 미신분골(靡身粉骨)한들 어이 다
갚사오리오.

                              －신축 정월 초닷새 壺洞 大房서

제 3 부

무인(戊寅) 세초(歲初)에 상후(上候) 미령(靡寧)하여 지내오시나 소조(小朝)[1]께서 일향병환(一向病患)으로 문안을 아니 하시니 점점 망조(罔措)하여 지내기 달로 어렵고 날로 어려워 만나 뵈올 적마다 신혼(神魂)이 산비하니 차마 어찌 형상하리오. 정월에 월성위(月城尉) 상(喪)이 나니 화순 옹주(和順翁主) 혈속(血屬) 없고 일단 우직하신 마음에 대의를 굳이 잡아 십칠일을 절곡(絶穀)하여 상사 나시니 왕가에 이런 거룩한 일이 없으나, 영묘(英廟)께서 노부(老父)를 두고 당신 말씀을 듣지 않고 돌아가신 것을 불효라 하오셔 노하셔 정문(旌門) 청함을 허치 아니하시니라. 소조께서 그 누님의 절렬(節烈)을 탄복하오셔 많이 일컬어 계시니 그 병환중에도 어찌 그리하시던고 싶더라.

정축지월변(丁丑至月變) 후에 관희각(觀熙閣)에 머무시더니 무인(戊寅) 이월에 대조(大朝)께서 또 무슨 일로 불평하오셔 소조 계오신 데로 찾아가시니 하고 계신 것이 어찌 눈에 거슬리지 아니하시리오. 숭문당(崇文堂)으로 오셔 소조를 부르시니 지월(至月) 후처

---

1) 섭정하는 왕세자, 곧 사도세자

음 만나신지라, 여러 조건을 많이 꾸중하시고 사람 죽이신 것을 위에
서 응당 아시고, 바로 하시는가 보려 하셨던지 하신 일을 바로 아뢰라
하시니 경모궁(景慕宮)께서 아무리 외처[2]에서 아시면 큰일이 날 줄
로 생각하시다가도 어전에 미쳐서는 당신 하신 일을 바로 아뢰시는
품이니 이는 천성 가리움이 아니 계셔 그러하시던지 이상하시더라.
그날 그 말씀 대답하시기를,

"심화가 나면 견디지 못하여 사람을 죽이거나 닭짐승을 죽이거나
하여야 마음이 낫노라."

하시니,

"어찌하여 그러하냐?"

하시니,

"마음이 상하여 그러하여이다."

하시니

"어찌하여 상한다?"

하시니,

"사랑치 아니하시기 섧고, 꾸중하시기로 무서워 화(火)가 되어
그러하오이다."

하시고, 사람 죽이신 수를 하나도 감추지 아니하고 세세히 다 고하시
니, 영묘께서도 그때 일시 천륜지정이 통하시던지 성심(聖心)이 어
찌 연측(憐惻)하시던지,

"내 이제는 그리 말리라."

하시고 그 진노가 조금 감하오셔 경춘전(景春殿)으로 오셔 나더러
하시기를,

---

2) 다른 곳

"세자가 이리이리 하니 그리할시 옳으냐?"

하오시니 부자간 그 말씀이 처음이오신지라, 하 의외 말씀이오시니 내 창졸에 듣잡고 경희(驚喜)하고 감읍하여 눈물을 드리워,

"그러하옵다뿐이오리까. 자소(自少)로 자애를 입삽지 못하와 한 번 놀라고 두 번 놀라고 심병이 되어 그러하오이다."

하니,

"상하여 그러하였다 하는구나."

하오시기,

"상하기를 이르오리까. 은애를 드리오시면 그렇지 아니하오리다."

이리 여쭈며 서러워 우니 사기(辭氣)가 좋사오셔,

"그러면 내가 그리한다 하고, 잠은 어찌 자며 밥은 어찌 먹느니 내가 묻는다 하여라."

하시니 그날이 무인(戊寅) 이월 스무이렛날이러니라.

내가 대조께서 관희각(觀熙閣)으로 가시는 양을 보고 또 무슨 변이 날까 혼비백산하여 애를 쓰다가 의외의 하교를 듣잡고 하 감격하여 내가 울며 웃으며,

"작하오리까, 이러하와 그 마음 잡게 하시면."

하고 절을 하고 손을 비비어 축수(祝手)[3] 하니 내 거동이 아니꼽사오시던지 엄색(嚴色)이 아니 계오셔,

"그리하여라."

하시고 가시니, 그 어찌하오신 성교(聖敎)신지 의회(依稀) 꿈 같아서 아무렇다 없더니 소조께서 나를 오라 하시거늘 가 뵈옵고,

---

3) 손바닥을 마주 대고 빎

"어이 묻지 아니하시는 사람 죽이신 말을 하여 계시오, 스스로 저리 말씀하시고 나중은 남의 탓을 삼으시니 아니 답답하오니이까?"
하니 대답하시기를
"알고 물으시니 다 하지."
하시기,
"무엇이라 하시옵더이까?"
하니,
"그리 말라 하오시더라."
하시기 내가 또,
"이리 듣자왔으니 이후는 부자간이 행(幸)여 낫사오리이까."
하니 횟증(火症)을 덜퍽 내오셔 하시되,
"자네는 사랑하는 며느리기 그 말씀을 다 곧이듣잡는가, 부러 그리하오시는 말씀이니 믿을 것이 없으니 필경은 내가 죽고 마느니."
그리할 제는 병환 계신 이 같지 아니하고, 아까 대조께서 유연(油然)한 천륜으로 말씀하시니 믿잡지 못하오나 한때 말씀이오셔도 감축하여 울었고, 소조께서 그 병환중 능히 그 말씀하시는 밝은 소견을 들으니 또 울리이니, 대저 하늘이 부자 두 분 사이를 그대도록 하시게 하여 아버님께서는 말고자 하시다가도 누가 시키는 듯이 도로 미운 마음이 나시고, 아드님은 뵈옵는 때나 기이오실 일 없이 당신 과실 은휘(隱諱)하려 하시는 배 없으니 이는 천질(天質)의 착하심이라. 조금 예사로우시더면 어이 이대도록 하리오. 하늘 뜻이 어찌하여 조선국에 만고에 없는 슬픔을 끼치신고 애통뿐이로다.
이때 의대병(衣帶病)이 극하시니 그 어인 일이런고. 의대 병환의 말씀이야 더욱 형용 없고 이상한 괴질이시니, 대저 의대 한 가지나 입으려 하시면 열 벌이나 이삼십 벌이나 하여 놓으면 귀신인지 무엇인지 위하여 놓고, 혹 소화(燒火)도 하고 한 벌을 순히 갈아 입으시면 만행이요, 시종드는 이가 조금 잘못하면 의대를 입지 못하셔 당신이 애쓰오시고 사람이 다 상하니 이 아니 망극한 병환이런고. 어떤 때는 하 많이 하니 무명인들 동궁 세간에 무엇이 많으리오. 미처 짓도 못하고 필(疋) 것도 얻지 못하면 사람 죽기가 호흡 사이에 있으니 그를 아무쪼록 하려 하기 마음이 쓰이는지라 선친이 이 말을 들으시고 우탄(憂嘆)이 무궁하신 밖 내 애쓰는 일이나 사람 상할 일 민망하셔, 그 의대찰을 이어 주오시니 그 병환이 육, 칠 년에 그렇듯 하여 극히 성한 때도 있고, 적이 진정한 때도 있으니 그 의대를 입지 못하여 애를 쓰시다가 어찌하여 좀 짓이 나아 한 벌 천행으로 입으시면 당신도 다행한 이같이 입으셔, 더럽도록 입으시던 것이니 그 무슨 병환이런고, 천백 가지 병 중 옷 입기 어려운 병은 자고로 없는 병이니 어찌 지존하신 동궁이 이런 병을 들으신고 하늘을 불러 알 길이 없더니라.

정성 왕후(貞聖王后) 인원 왕후(仁元王后) 두 분 소상(小祥)을 차례로 무사히 지내옵고 두어 달은 극한 탈 없이 지내가고 국휼(國恤) 후 소조께서 홍릉 전알(弘陵展謁) 못 하여 계오시니 마지못하여 수가(隨駕)[4]를 시키시니 그 해 장마가 지리하다가 거둥날 대우(大雨)가 장히 오니 대조께서 일세(日勢) 이러하기 소조 데려온 탓이라 하셔 능에 미쳐 가지 못하오셔,

"도로 들어가라."

하시고 대가(大駕)[5]만 가시니 소조께서 능에 전알(展謁)하시려다 비결(非決)하시니, 백관군민(百官軍民)의 소견엔들 오죽 의괴(疑怪)하리오. 거둥회란(擧動回鑾)을 요행 잘하기를 축수하다가 이 기

---

4) 거둥 때 임금을 모시고 따라감
5) 임금이 타는 수레

별을 듣고 선희궁(宣禧宮)을 모셔 앉았다가 가이 없고 망연한밖에 들어오셔서 홧증을 어찌하실꼬 망조(罔措)하시더니, 그 대우를 맞으시고 도로 들어오시니 그 마음이 어떠하시리오. 격기가 오르셔 바로 오실 길이 없어 경영고(京營庫)에 들르셔 기운이 막 질리시는 것을 진정하여 들어오시니 그 경색(景色)이 수통 우황(憂惶)함이 어떠하시며 소조를 생각하니, 그 일은 병들지 않으시고 대순(大舜)의 효외(孝外)는 아니 섧지는 않으실 것이니, 선희궁과 나와 서로 마주 붙들어 체루(涕淚)뿐이니 당신도,

"점점 살 길이 없노라."

하시고 그 후에 하시기를 의대(衣帶)를 잘못 입고 가셔 그 일이 나신가 사려하셔, 의대증정(衣帶症情)이 더하시니 안타깝더니라.

그 해 납월(臘月)에 상후(上候)가 대단히 미령(靡寧)하오셔 기묘 정조(己廟正朝) 혼전제사(魂殿祭祀)에 친림(親臨)치 못하오신지라, 문안시에 문안 일로 또 갑갑하니 혹 문후(問候)를 하와도 대조께서 순히 아니 보시고, 소조께서 병환도 심하시고 무서우시니 어찌 문안하려 하시리오. 대조 문안중 슬프고 한심한지라, 그때 영상(領相)이 상로(尙魯)니 소조께서 잘하여 달라시면 소조 부득지(不得志)하신 것을 설워하여 고마워하시도록 말을 음흉히 하니 정축(丁丑) 지월변부터 은인이라 하시더니라. 대조 문안이 중(重)하시니 국사를 어찌할꼬 근심하시는 말씀을 대신(大臣)에게 자주 하시니, 그때 신하들 처변(處變)이 실로 난감(難感)하여 대소조(大小朝) 사이에 말씀하시기가 극히 어려우려니와 상로는 소조께는 흘러가는 듯이 좋게 하며, 대조께는 성의(聖意) 봉승(奉承)하여 울어 설워하는 색을 뵈오니, 말씀을 아뢰려 한들 와내(臥內)에 선희궁이 계오셔 주야에 대령하여 계오시고 근시(近侍)하는 나인들이 있는지

라, 말은 못 하고 공묵합(恭默閤) 거려(居廬)하시는 데가 방이 이 칸(二間)이니, 속방 지게 밑에 눕사오시고 바깥방 한 칸에 삼제조(三提調)와 의관이 입시하니, 대신은 머리 두신 데 바로 엎디니, 밀밀세어(密密細語)도 족히 하련마는 안에 모신 이를 꺼려 매양 방바닥에 손가락으로 써 뵈오면, 자상(自上)으로서는 문지방을 두드려 탄식하시고 상로(尙魯)는 엎디어 슬퍼하니, 그때 경상(景狀)이 체극대신(體極大臣)[6]이야 어찌 통곡코자 아니하리오마는 상로는 음흉하게 말을 전궁(殿宮) 사이에 하니, 그럴 데가 어디 있으리오. 선희궁께서 매양 게 계시니 글자 써 뵈옵는 것을 보시고 통분하여 흥하다 하시더라.

그 문안중에 청연(淸衍)[7]의 역질이 처음은 비경(非輕)하더니 나중은 지순(至順)하고 상후(上候)도 세후(歲後) 즉시 평복(平復)하오셔 청연 보오시려 친림하시니 그때 경사로워 지내니라.

기묘(己卯) 삼월에 세손 책봉(世孫冊封)을 정하시고, 효소전(孝昭殿)과 휘령전(徽寧殿)에 전알(殿謁)하니 소조께서 그 병환 중 세손 책례(冊禮)하신 일을 기특 두굿기시고,[8] 병중이 심하실 제는 처자를 알아보실 길이 없으시나, 세손 귀중하시기는 이를 것이 없어 군주(君主)들이 감히 바라지 못하고 천출(賤出)들이 우러러보지 못하게 명분을 엄히 하시니 이러하신 때는 어찌 병환 계신 이 같으리오. 양성모(兩聖母)[9] 삼 년을 마치압고 오월 초엿샛날 인원 왕후(仁元王后) 부태묘(祔太廟)까지 하오니 확연하온 심사를 어찌 다

---

6) 으뜸대신
7) 혜경궁의 첫 따님 淸衍君主
8) 기뻐하시고
9) 인원 왕후와 정성 왕후

형용하리오. 부태묘전 예조에서 간선(揀選)을 청하오시니 효소전에 고하오시고 간택(揀擇)하기를 정하셔 유월에 가례를 행하시니 그때 소조 병환이 점점 깊으시니 불언중(不言中) 근심이 많은지라.

선희궁께서 나더러 하오시되,

"정성 왕후(貞聖王后) 아니 계오신 후는 이 가례를 행하와 곤위(坤位)를 정하옵는 것이 응당한 일이라."

하오셔 영묘께 하례하시고 가례를 차리심을 몸소 하셔 아니 정성됨이 없으시니 성궁(聖躬)[10] 위하오신 덕행이 거룩하오신지라. 가례 익일(翌日)에 양궁(兩宮)이 중궁전에 조현(朝見)하올 제 양전(兩殿)이 한 가지로 받자오시니 소조께서 행례를 지극 공경하오셔 행여 예절이 손순(遜順)치 못할까 조심하시니, 본성 성효(誠孝)에 뛰어나오시던 줄 이런 일에 더욱 알지라. 윤유월(閏六月)에 세손 책례를 명정전(明政殿)에서 행하니 팔 세라, 엄연 기억(岐嶷)[11]하심이 다 어찌 이르리오. 외면(外面)으로 보면 당신 몸이 청정(聽政)하시는 저군(儲君)이시고 아들이 팔 세 되어 세손 책례를 지내니 국세(國勢) 태산 반석 같고 무슨 근심 있으리오마는 궁중경색(宮中景色)은 조석을 보전치 못하여 지내니 갈수록 하늘을 우러러 묻자올 길이 없더니라. 추동간(秋冬間)은 가례하오신 후 성심(聖心)이 자연 한가치 못하오셔 드러난 일이 적으시며 겨우 그 해를 보내고 경진(庚辰)을 당하니, 그 해는 병환이 더 침독(沈篤)하시고 대조께서 또 책망하심이 일일(日日) 심하시니, 격화(激化)는 점점 성하시고 의대병환이 더 극심하오시고, 홀연히 지나가지 않는 이가 뵌다 하셔 다니실 때는 미리 사람을 내어놓아 금하고 지나실 때 혹 미처 피하지 못하여 얼

10) 임금의 몸
11) 어릴 적 사람됨이 훌륭함

핏이라도 뵈면 그 의대를 못 입사오셔 벗으시고, 비단 군복 한 짝을 입으시려 하오시면 군복 몇몇 짝을 지어 무수히 소화(燒火)하시고 겨우 한 벌을 입으시니 기묘 경진 간에 군복지어 없이 한 것이 비단 몇 궤인 줄 알리오. 이상한 줄이 정월 스무하룻날이 탄일이시니, 그날을 예사로이 보내오시면 좋으련마는 부디 그날 차대(次對)를 하시거나 춘방관(春坊官)을 부르시거나 하여 동궁 말씀을 하시니 그 일로 큰 슬픔이 되시니 갈수록 섧고 애닮사오셔 어느 해에 탄일을 예사로이 잡사오신 해가 있으리오. 그날 부디 굶사오시고 궁중이 황황(惶惶) 하여 지내니 어찌 팔자 그대도록 하시던고, 그저 서럽도다. 경진 탄 일에 또 무슨 일로 격화가 대단히 오르셔 그날부터 부모 위하시는, 공 경하시는 말씀을 못 하시고, 상말로 천지를 불분(不分)하듯이 노엽 고 섧사오셔,

"살아 무엇하리."

하오셔 선희궁께 불공지언을 많이 하시고 세손 남매 문안하니 고성 (高聲)하오셔,

"부모 모를 것이 자식을 알랴, 물러가라."

하시니, 구세, 칠세, 오세 소아들이 아버님 탄일이오시다, 용초(龍 綃)도 입고 장복(章服)들을 하고 절하여 뵈오려 하다가 그 엄려하 신 호령을 듣고 대경 황구(大驚惶懼)하여 놀라던 경상이 오죽하리 오. 병환이 심하시되 내게나 괴로이 구오시지, 어머님께는 그리 못 하시더니 그날에야 비로소 병환을 감추지 못하오시니, 전일 선희궁 께서 비록 병환 말씀을 듣자오시나 혹 과한 말인가 의심도 하오시다 가, 처음으로 보오시고, 경황해악(驚惶駭愕)하오셔 말씀을 못 하시 니, 병환이 점점 깊으셔 칠순 자모를 알아보지 못하시고, 자녀를 자 애하시던 것을 잊으시고 그리하시니, 선희궁 심사와 자녀들 놀란 기

색이 찬재 같으니 저런 광경이 어디 있으리오. 내 그때에 깎는 듯이
서러워 즉시 죽고 싶되 죽질 못하니, 내 형용이 어찌 사람의 모양이리
오. 그 해 봄은 병환이 날로 심하시니, 주야로 초전(焦煎)하는 가운
데 여름 한재(旱災)로 대조께서 또 용려(用慮)하오셔,

"소조에서 덕을 닦지 아니하는 탓이라."

하오셔 불인문(不忍聞)할 하교(下敎)가 많으시니 여지 없는 병환
에 이렇듯 하오시니 차마 견디질 못하시어 우려(憂慮)는 무궁하고
일시라도 살 길이 없으니 그저 주야에 죽기만 원하더니라.

정처(鄭妻)가 나중에 세손께 고이히 굴었지 경모궁 일에는 스스
로 몸을 버려 동궁께 성심(聖心)이 풀리시게 간(諫)치 못한 것이 죄
라 하려니와, 그 오라버님이 두려워 아무 일이라도,

"못 하올소이다."

아니 하였으니, 경진 병환 더하신 후로부터 비로소 재물도 가져오시
고 잘하여 내라 하시기가 나시니, 그 전에는 조용히 잘하여 달라 말씀
이나 보내오시더니, 격기는 성하시고 설움이 극진하신지라. 저는 자
애를 극진히 입고 나는 어이 이러한고 그 누이 탓인 듯 참으시던 분이
다 발하오셔,

"다 다 잘하라."

하시니 그 사람이 공겁(恐怯)도 하고 민망도 하여 어찌 위태하다가
무사하였으니 정처(鄭妻)의 말을 들으면 대조께 바로 여쭈오면 사
기(事機)가 어떠할 줄 모르기 백방으로 도모하여 무사케 하여 놓는
말이니, 아무런 상(狀)이 없고 인견(引見)을 하시면 소조 말씀이
나기 인견 못 하시게 하라 하시고 정처(鄭妻)가 혹 나가면 그 사이
또 무슨 일이 있을까 염려하셔 호령하시며,

"다시 아니 보려노라."

저히셔[12] 한동안 그 집에 나가지 못하게 하시니, 그 양자(養子) 후겸(厚謙)의 관례(冠禮)를 유월 순간(旬間)에 나가 지내려다가 못 나가니라, 당신의 병환과 당하오신 것이 점점 어려우니 한 대궐에서 지낼 길이 없어 홀연 대조께서 이어(移御)하오시면 당신이 혼자 계오셔 후원에 나아오셔 군기(軍器)나 가지고 소창코자 하오시는 의사가 나오시니 불시에 정하시고 칠월 초생에 정처더러 하시기를,

"아무래도 한 대궐 속에서 살 길이 없으니, 웃 대궐을 보자 하거나 아무 계교로나 뫼옵고 가라."

하오시고 어이 오죽하시리오. 그때 내 겪은 말은 사생(死生)이 호흡간에 있더니 그 옹주가 어찌 도모한지 이어(移御)를 하시게 정해 초팔일 택일하니, 초엿샛날 그 옹주를 불러다가 안검(按劍)하고 하시기를,

"이후에 내게 아무 일이나 있으면 이 칼로 너를 베리라."

하시니 선희궁께서도 그 옹주를 어찌할까 따라오셔 그 광경을 대하시니 심사 어떠하시리오. 옹주도 울고,

"이후는 잘 할 것이니 한 목숨만 살아지라."

애걸하니 또 하시기를,

"이 대궐만 있어도 갑갑하여 싫으니 네 나를 온양에 가게 하여 주려느냐, 내 습(濕)으로 다리가 허는 줄은 너도 알 것이니 가게 하여 내라."

하시니,

"그리 하리이다."

하고 가더니 대조께서 이어(移御)하시고, 소조 온양 거둥령을 내오

---

12) 두려워하셔

시니, 그는 아무리 하여도 보채는 곡절(曲折)을 하였기 순히 되었지 그렇지 않고는 흘연히 어이 이어를 하시며, 온양을 가오시게 할 리 있으리오. 과연 신통도 하니 이 수단을 벌써부터 하였으면 부자 두 분의 사이를 몸을 버려 하여 봤더면 나을런가, 다 하늘이니 홀로 그리 하신 일 어이하리오. 나는 이어하여 내지 아니한다고 섰는 것을 바둑판을 던져 왼편 눈이 상하여 하마터면 망울이 빠졌을러니 요행 그 지경(地境)은 면하나 놀라이 붓고 대단하니, 이어하시는데 하직을 못 하고 선희궁께 낯으로 뵈옵지 못하니 악연(愕然)한 이회(離懷)를 어찌하며 하릴없이 살 길 없으니, 죽고자 하되 차마 세손을 버리지 못하여 결(決)치 못하나, 각색 위난지단이 무수하니 어찌 다 쓰리오. 이어하시며 온양 거둥(擧動) 결속을 차리오셔 칠월 십삼일 떠나시니, 선희궁이 자모지정에 온행(溫行)을 어찌 회환(回還)하실꼬, 조이시는 마음과 못 잊자오시는 정리(情理) 이를 것이 없사와 찬합을 이어하여 보내시고, 질자(姪子) 이인강(李仁剛)이 공주(公州) 영장(營將)이러니 어찌 가서 지내시는고 소문이나 알아들이라 권권(眷眷)하시니 어이 그렇지 아니하리오. 온행하실 제 어찌 도모(圖謀)하여 대조께서 하직 말고 바로 가라 하시니라, 거둥하시는 위의(威儀)는 소조(簫條)하기 말이 못 되어 당신은 전배(前陪)나 많이 세우고 순령수(巡令手) 소리나 시원히 시키시고 취타(吹打)나 장히 하고 가려 하오시는데 대조께서 마지못하여 보내시나 어이 그렇게 차려 주시며, 그때 신하들인들 두 분 사이에 누가 감히 입을 벌리리오. 소천(所天)[13]이 아무리 중하오나 하 망극하고 위름(危懍)하여 내 명이 부지불각 중 어느 날 마칠 줄 모르니 한 마음이 뵈옵지 말기만 원

---

13) 아내가 남편을 일컫는 말

하여 온행하신 그 덧 사이라도 다행한 것 같더니라. 선친의 초갈(焦渴)하심과 두 분 사이 어렵게 지내오신 일이야 붓으로 어찌 다 기록하리오. 자고 새어 부녀(父女)의 간장만 태워 지냈으니 이런 정경이야 훗사람이 상상하여도 거의 알리로다. 온행(溫行)하신 새에 세손이,

"계구(季舅)[14]와 수영(守榮)[15]을 들여다 달라."

하시고 내 명(命)이 조석에 있으니 친척이 하직이나 하고자 내 아우와 동생의 댁들이 들어왔더니라. 온행하려 하실 적은 사람이 다 죽게 되었더니 성문(城門)을 나니 격화가 내리셨던지 영(令)을 내리셔 일로(一路)의 작폐를 못 하게 하시고 지나시는 길에 은위(恩威)가 병행(並行)하시니, 백성이 고무하여 성명지주(聖明之主)시라 하고 행궁(行宮)에 드오신 후도 일양 덕을 들이오시니 온양 일읍이 고요 안정하여 예덕(睿德)을 축수찬양(祝手讚揚)하더라 하니 그때 시원하신 듯 병환이 물러나고 본연 천성이 동하시던가 싶더라. 일껏 가오시니 온양 소읍에 무슨 경치(景致)가 있으며 장려한 물색(物色)이 있으리오. 십여 일 머무오셔 또 갑갑하오셔 팔월 초엿샛날 환궁하신 후,

"온양은 갑갑하니 평산(平山)이나 가자."

하신들 또 평산 가자 말씀을 할 길 없으니, 평산은 좁고 갑갑하기 온양만도 못하다 하여 그 길은 아니 가게 하오시나, 그저 갑갑하여 하시고 춘방관이며 신하들은,

"대조께 진현(進見)하오소서."

상서(上書)가 이었으니 가오실 모양은 못 되시고 그 일로 큰 근심이

---

14) 外叔 洪樂倫
15) 惠慶宮 洪氏의 伯姪

더니라.

대조께서 세손을 자주 데려다가 두시고 점점 근심이 중하시니 연중(筵中)[16]에라도 장하시는 말씀이 우탄(憂嘆)이시고 염려 아니 미치시는 데 없사오시니 자연 종사(宗社)를 위하오셔 세손을 믿으오셔 일컫자오셔 나라를 세손께 의탁하시고 세손이 숙성하고 영명하며 응대와 행동이 성심(聖心)에 합당하시니 하교가 자주 계오신지라, 소조께서 연설(筵說)을 매양 사관(史官)에게 써다가 보시니, 연설 중에 세손 일컫자오시고 사랑하시며,

"나라의 중탁(重託)을 세손에게 하노라."

하시는 마디에 미쳐는 소조께서 세손을 사랑하시나, 제왕과 부자간이 자고로 어려운데 하물며 병환중 당신은 유시(幼時)로 자애를 못 받자온 것이 지한(至恨)이 되어 계신데, 그 아들만 일컫자오시니 그 격화 가운데 어찌 하시리오. 세손 한 몸에 종사존망(宗社存亡)이 있으니 평안하셔야 나라 보전할 것이니, 세손을 무사케 할 도리가 그 연설을 아니 보시기에 있으니 그를 아니 보시게 할 길이 없어 내관더러 일러 써오거든 그 연사(筵辭)는 고쳐 써 보시게 하고 위급한 때면 내가 내관에게 친히 말하여 빼이게 하고 이 사연을 선친께 기별하여,

"아무쪼록 세손 평안할 도리를 하소서."

하니 선친 지극하신 위국지충(爲國之忠)으로 두루 주선하오셔 그런 말은 밖에서 빼고 써오게 하니, 선친이 간험(艱險)한 때를 당하셔 대조 은혜도 갚사오랴 소조도 보호하랴 세손도 위하여 평안케 하랴 하시니 타는 듯한 용려(用慮)가 과하신 때는 격기가 성하셔 관격증(關格症)이 매양 발하시고, 나를 보시면 하늘을 우러러 국가 태평만

---

16) 임금과 신하가 서로 모여 諮問奏答하는 公席

축수하시고 세손 보전하여 종사를 잇게 할 기틀이 그 연설을 못 보시기에 있으니, 우리 부녀의 초심하던 일은 상리(常理) 인정이려니와 그 고심지성(苦心之誠)을 가질(可質) 신명(神明)할지라. 만일 세손 칭찬하시던 상교(上敎)를 바로 뵈었더면 세손께 놀라운 일이 어느 지경에 이르렀을 줄 알리오. 이렇듯 신사년(辛巳年)이 되니 병환이 더욱 심하오신지라, 이어(移御)하신 후는 후원(後苑)에 나가오셔, 말 달리기 군기(軍器) 붙이로나 소일할까 하시다가 칠월 후 후원 도장 가오시니 그도 신신치 않으셔 생각 밖에 미행을 시작하시니, 처음 놀랍기 어이없으니 어찌 다 형용하리오. 병환이 나오시면 사람을 상하고 마오시니 그 의대 시종을 현주의 어미[17]가 들더니 병환이 점점 더 하오셔 그것을 총애하시던 것도 잊으신지라. 신사(辛巳) 정월에 미행하려 하시고 의대를 가져오시다가 증(症)이 나오셔서 그것을 죽게 치고 나가오셔, 즉객[18]에 대궐에서 그릇되니 제 인생이 가련할 뿐 아니라 제 자녀가 있으니 어린것들 정경이 더 참혹한지라. 어느 날 들어오실 줄 모르고 시체를 한 때도 못 둘 것이니 그 밤을 겨우 세워 내녀고[19] 용동궁(龍洞宮)[20]으로 호상소임(護喪所任)을 정하여 상수(喪需)를 극진히 하여 주었더니, 오셔 들으시고 어떻다 말씀을 아니 하시니 정신이 다 아니 계시니 사사(事事)에 망극하도다. 정월, 이월, 삼월을 다 미행하셔 출입이 홀홀(倏忽)하시니 그때 내 마음이 무섭고 황란하기 어떠하리오.

삼월에 세손이 입학하시고 그 달에 관례를 경희궁(慶熙宮)에서

---

17) 빙애라고 하던 후궁 恩典君 禶과 淸璡君主의 생모
18) 즉각에
19) 내어 보내고(가람본에)
20) 서울 서쪽에 있던 皇華坊(지금 정동)에 있던 궁

하시나 내 정리(情理) 어이 아니 보고 싶으리오마는 소조께서 가실 모양이 못 되시니 내 무슨 낯으로 혼자 가보오리오. 병을 일컫고 못 가 보니 그런 정리 어디 있으리오. 그 해 이삼월에 연(連)하여 이천보(李天輔)·이후(李珝)·민백상(閔百祥) 세 정승이 돌아가고 상후 미령하신데, 대신이 없는지라, 삼월에 선친이 대배(大拜)[21]하시니, 당신 지처(地處)나 국세나 본심이나 어찌 출사(出仕)코자 하시리오마는 휴척지의(休戚之義)와 사생지심(捨生之心)으로, 그때 당신 몸이 물러나시면 세도인심(世道人心)이 더욱 일분도 믿을 것이 없을 줄 헤아리시고, 단단(斷斷)한 종국(宗國) 위하신 일편혈심(一片血心)으로 오직 몸을 바쳐 나라와 한 가지로 존망(存亡)하려 하시니, 어느 때 우황 진름(憂惶震懍)치 않으시며 어느 날 초조붕박(焦燥崩迫)치 아니하시리오.

삼월 회간(晦間)에 관서(關西) 미행을 하오시니 이는 그때 서백(西伯)이 옹주의 시삼촌 정휘량(鄭翬良)인 고로 가셔도 아뢰지 못할 줄 짐작하시고, 가셔 소조라 아니 하신들 감사(監司) 어찌 영중(營中)에 안연(晏然)히 있으리오. 떠나 영외(營外)에 대령하여 공궤(供饋)와 나오시는 때 쓰오실 것을 다 진배(進排)하고 간장을 태우며 장림(長林)에 나올 제 피를 토하다 하니 그 사람이 조심 많고 그 조카 일성위(日城尉)는 없거니와 옹주 편애하시기로 두려워하더니 그때 황황송구(惶惶悚懼)하기 어떠하시리오. 소조 하시는 일을 대조께 차마 아뢰지 못할 것이니 간할 터이 어이 있으리오. 간할 만하면 무슨 마음으로 간치 아니하였으리오. 설사 간하나 듣자오실 리 없고 연좌(連坐)는 내 몸 보전치 못할 것이요, 자녀들까지 어찌할 줄

---

21) 議政시킴을 받는 것

모르니, 간코자 않으신 것이 아니로되 전혀 병환이시니 일심으로 세손만 보전하려 하시는 고심이신데 모르는 이는 보도(輔導) 잘못한다 책망하니, 눌더러 이러이러하다 말을 할까 싶더뇨. 그저 만나신 바 기험(崎險)하시니 섧고 섧도다. 서행(西行)하신 후 이십여 일 만에 사월 념후(念後)[22] 돌아오시니 초전(焦煎)하다가 도리어 아무렇다 못 하며 서행하신 사이는 병환(病患) 계시다 하고 내관에게 약속하여 장번내관(長番內官) 유인식(柳仁植)은 속방에 누워 소조 말씀같이 하고 박문흥(朴文興)이는 각색 일을 다 수응(酬應)하니 무섭고 망극하기 어찌 다 기록하리오. 그때 윤재겸(尹在謙)의 상서가 나니 간하는 것이 신분(臣分)에 당연하나, 소조께서 아오실 지경이 못 되시고 대조께서 아오시면 무슨 변이 날 줄 알리오 간할 터이 없이 되었더니라. 서행 후 적이 마음을 잡으시는 듯하여 차대(次對)도 하시고 강연(講筵)도 하시니 아쉬이 진정하실까 바라던 마음이 가련하며 그 후 차대에 계희(啓禧)가 무엇이라 아뢰니, 하령(下令)을 엄히 하오셔 강충(江充)[23]이 말씀까지 하시는 양이 병환이 나으신 듯하시니 선친이 차마 기쁘오셔 들어와 내게 전하시더니라.

오월 순후(旬後)에 처음으로 경희궁에 오셔, 승후(承候)하오시니 천행으로 탈 없이 다녀오셔 나도 망간(望間) 세손과 한 가지로 경희궁 올라가 대조께 우럳삽고 선희궁 뵈오니 억색하여 무슨 말씀이 있으리오. 유월에 학질을 얻자오셔 수월(數月)을 민망히 지내시니 그 해는 봄부터 미행하시기로 옥체를 잘못 가지셔 그 병환이 나신가 싶더니 내 이 말이 인사(人事)에 고이하되 만고소무지사(萬古所無之事)를 겪으시니, 그 병환에 돌아가셨다면 여의온 지통뿐이요, 당

<hr>

22) 영조 37년(1761) 신사 4월 20일이 지난 후
23) 한무제의 신하로서 태자를 이간하여 해친 자

신의 설움과 처자의 지원(至冤)이 이대도록 하며 세변(世變)의 망극함과 사람의 상함과 내 집의 원통함이 이 지경에 이르렀으리오마는 천도(天道)를 알지 못할 일이로다. 팔월에 학증(瘧症)은 나으시고 구월에 이르러 대조께서 〈정원일기(政院日記)〉를 들여다보시다가 서명응(徐命膺) 상서에 서행 말이 있으니 비로소 아오시고 그때 일장풍파를 지내었으되 큰 변이 나지 아니하기는 정휘량(鄭暈良)의 힘을 많이 입으니라.

창덕궁 거둥도 하려 하시고 그때 내관도 다스리시니 어찌 그리 아니 하시리오. 자소(自少)로 대조 하시는 일을 경력(經歷)하니 작은 일에 가찰(苛察) 세밀하오셔 어렵삽지, 일이 커 대단하면 소사(小事)에 격노하오시는 이에서 덜 하시니, 살생하신 말씀 들으시고,

"상(傷)하여 그러하다."

도리어 위로하시던 일 같아서 시행 일 아오신 후야 진노와 처분이 어떠하시리오마는 나종 그대도록 자차(咨嗟) 아니 하시니 너무 커 하릴없어 그러하신가 싶으며, 그때 거둥령이 나니 당신 버리신 군기 제구붙이를 다 치우고 당신도 무사치 못하실 듯하여, 그때 환취정(環翠亭)에 계시더니 여러 해 정으로 하시는 말씀을 듣지 못하러니 그날 나더러 하시기를,

"아마도 무사치 못할 듯하니 어찌할꼬."

하시거늘 내 갑갑하여 대답하기를,

"안타깝소마는 현마[24] 어찌하오시리까?"

또 하시되,

"어이 그러할꼬, 세손은 귀하여 하시니 세손 있는 밖 날 없이 하여

─────────

24) 설마

든 관계할까."

하시거늘 내 대답하기를,

"세손이 마누라 아들인데 부자가 화복이 같지 어떠하오리까."

하니, 또 하시되

"자네는 못 생각하네, 질지이심(疾之已甚)하여 점점 어려우니 나는 폐하고 세손은 효장세자(孝章世子)의 양자를 삼으면 어찌할까본고."

그 말씀하실 제는 병환 기운도 없고 처연히 그리하시니 그 말씀이 슬프고 설워,

"그럴 리 없삽나이다."

하니 또 하시되,

"두고 보소, 자네는 귀하여 하니 내게 좋은 사람이로되 자네와 자식들은 여사롭고 나만 그리하여 이리되고 병이 이러하니 어디 살게 하였는가."

내 차마 서러워 울고 들었더니, 갑신 망극 지원극통을 당하여 하시던 말씀을 생각하니 미래지사를 능히 탁량(度量)하여 그날 그 말씀하시던 일이 이상하시고 영하게 밝으시던 줄이 원혹지원(冤酷至冤)하도다.

거둥이 인하여 안 되시니 화색(禍色)이 적이 진정하나 한번 광경 곧 지내면 병증은 그대로 더하여 시월 즈음 더 중하시니 망극하며 세손빈 간택을 정하시니 청풍(淸風)집이 대가덕문(大家德門)이요 김 판서 성응(聖應) 대부인 수연(壽宴)에 선친이 가 계시다가 대비전을 아시(兒時)에 보시고 비상한 자질이라 하시던 말씀을 들었더니, 처녀 단자(處女單子)에 김 참판 시묵(時默)의 여(女) 쓰인 것을 소조께서 보시고 많이 하고자 하오셔, 옹주에게 기별하오셔 이곳에

못 되면 네 알리라 하시니, 윤득양(尹得養)의 딸에게 성의(聖意)가 기우시고 궁중 소견들도 그러하되 소조께서 못 가시니 내 어찌 홀로 가리오. 내 그 아들 의지하는 천륜 밖 자별한 지정(至精)을 그 간택 보지 못하는 일도 굼겁고 인정 밖 일인 줄 한심하여 지냈었으며, 소조께서 못 될까 용려하시다가 완정(完定)하시니 만심(滿心) 환희하여 하오시더니, 재간(再揀)을 지내고 빈궁(嬪宮)이 즉시 두역(痘疫)하시고, 이어 세손이 성두(成痘)하여 납월 순간(旬間)에 출장하시니, 대조께서 용려하시다가 환희하시고, 소조께서 기꺼 좋아하셔 조심(操心)을 능히 하시니, 그런 때는 병환이 아니 계오신 듯싶으며, 내 남에 없는 정리로 중한 병환에 합수 암축(合手暗祝)하여 태평히 출장하시기를 천지신명에게 빌던 일과 선친이 직숙(直宿)하여 주야에 초전(焦煎)하시던 정성이야 더욱 이를 것이 있으리오. 조종(祖宗)이 음즐(陰騭)하셔 양궁이 차례로 평순(平順)히 하오시고, 섣달에 삼간(三揀)이 되어 그 경사 어찌 다 형용하리오. 삼간에는 부모를 아니 뵈지 못하오셔 소조와 나를 오라 하시니 세손 빈궁 볼 일 기쁘고 또 소조께서 어찌 다녀오실꼬 갑갑 조이더니, 염려에 어긴 일이 어이 있으리오. 소조께서 의대병환으로 일습을 다 여러 번 가오시니 망건도 그대로 여러 번 가시는지라, 도리 옥관자를 지당치 못하여 그 날 공교히 통정(通政) 옥관자를 붙이고 가 계시더니 사현합(思賢閣)에서 대소조가 만나오시와 계시니, 그 통정 옥관자가 호반(虎班)의 옥관자같이 크고 고이하여 저군(儲君) 다섬작지[25] 아니하오시나, 그에서 더한 일이 많은데 그 관자 일이 무슨 그대도록 대사(大事)관대 미처 처녀가 들어오지 못하여서, 그 관자일로 기로(起怒)

---

25) 답지

하오셔 보지 말고 돌아가라 하시니, 그 일은 실로 하 섧고 아니 하심 직한 일로 차마 어이 그리 하시는고. 며느리 보도 못 하시고 가시는 일이 어떠하시리오. 어이 그 횟증을 아니 내시고 공순히 내려가시던 고 싶으며, 나는 나중에 죽을 변(變)을 당할 양으로 올라왔으니 세손 빈을 보고 가려하여 겨우 삼간(三揀)을 지내고 생각하니 소조의 삼 간까지 아니 뵈옵기가 정리에 절박하고, 일도 어지러운 듯하여 그때 중궁전께와 선희궁과 옹주더러,

"별궁 길이 창덕궁을 지나니 위에 여쭙지 않고 자하(自下)로 데 려가기 황공하오나 아마 뵈옵겠나이다."

하니 의논이 구일하거늘 협시(夾侍)더러 일러,

"아래 대궐 지날 때 내 연(輦)과 같이 들게 하라."

하여 데리고 오니 소조께서 차마 마음이 좋지 못해 가 계시다가 보오 시지도 못하고 무단히 내려오셔, 어이없고 설우셔 덕성합(德成閤) 에 잠연히 누워 계시거늘,

"세손빈 데리고 오옵나이다."

하니 반기오셔 그 며느리를 어루만져 기특 좋아하시고 밤에야 별궁으 로 보내니 사세(事勢) 하릴없어 데려와 뵈왔으나 대조를 기이온 듯 죄송죄송하더니라. 날로 설우시고 날로 병환이 더하셔 부왕께 하신 불공(不恭)하신 말씀이 점점 가이 없사오시니 이 아니 망극하느냐, 마음은 놀랍고 주야로 공구(恐懼)하니 내 목숨이 어느 때 어떠할 줄 몰라 어서 대사(大事)나 지내랴 하니 해가 변하여 임오가 되니 가례 는 이월 초이튿날로 택일하니 어서 날수가 가례 순성(順成)하기만 졸이는데, 정월 순후(旬後)에 홀연 인후(咽喉)가 대단하여 증정 (症情)이 비경(非輕)하시니 대사는 박두한데 어떨꼬 안타깝더니 수침(受鍼)하시고 즉시 복상(復常)하오시니 만행하여 하였으며,

가례기약이 이미 차니 막중 인륜의 일을 폐(廢)치 못하게 하였으니 초이일(初二日)에,

"세손을 데리고 오라."

하시니 세손은 먼저 가시고 그날 일찍이 올라가셔 숭현문(崇賢門) 밖에 소차(小次)[26] 하시고 경현당(景賢堂)에서 초례(醮禮)를 하시니 일당(一堂)에 조자손(祖子孫) 삼대가 모이셔 그 손자를 가례하여 전안(奠雁)하러 보내오시니, 그 즐거운 성거(盛擧)와 막대한 경사 다시 어디 있으리오. 초례를 지내옵고 대례는 광명전에서 지내니, 동궁은 즙희당(緝熙堂)에 머무시고 세손 양궁은 광명전에서 밤을 지내시고 이튿날 양전 양궁(兩殿 兩宮)이 일전(一殿)에서 세손빈 조현(朝見)을 받으실 제 양전은 광명전 북벽의 교기(交椅)에 좌(坐)하시고 동궁 좌석은 동편으로 하고 내 좌는 서로 하니 세손 빈궁이 어리고 신인(新人)의 걸음이 쉽지 못하여 그 사이 두 분이 서로 대하신 지 사이 오랜지라, 보시기 싫사오시고 말씀을 참으시니 기색이 어이 좋으시리오. 내 우러러 말씀 아니 하시기를 암축(暗祝)하였으며, 내가 나가 세손빈을 재촉하여 들여 세우고 조율반(棗栗飯)과 하수반(遐壽飯)을 재촉하여 양전 양궁께 태평히 드리니 그런 만행이 어이 있으리오. 소조께서 그저 어려워하시며 삼 일 지내는 것을 보시고 가려 하시니 그리 하실 적은 병환증도 아니 나시니, 당신을 조히 대접만 하면 그래도 나을 때 성의(聖意)도 막중 대례(大禮)를 아니 뵈지 못하여 계시나 조현(朝見)까지 지내시니 머물려 하실 성의 아니 계오셔, 동궁 행차령을 내시고 나는 삼 일을 보고 가게 하시니, 내가 혼자 있기 난처한 일이 많아 겨우 도모하여 뒤미처 내려오고 세손

---

26) 出驚하다 잠깐 쉬는 것

과 빈궁은 삼 일후 창덕궁으로 내려오니 소조께서 기다리시다 좋아하오셔 빈궁을 데리시고 휘령전(徽寧殿)에 전알(展謁)하시게 하시고 감창(感愴)하시니 이러하실 적은 본심이 돌아오시고 그 며느리는 과연 이상히 사랑하시니 대비전이 특별한 자애를 받자왔기 충년(沖年)이로되 상사(喪事) 후 애통이 심하시고 세월이 갈수록 추모함이 더하여 말씀이 미치면 안수(眼水) 아니 내리실 적이 없으시니 자애를 받자온 연고라, 효성이 없으시면 어찌 이러하시리오.

근년은 장인(丈人)을 사적(私覿)하신 일이 없으시더니 그때 선친이 북도(北道) 능봉심(陵奉審)을 가시게 되어 대조께서 나를 보시고 세손빈을 보고 가라 하오셔 아래 대궐 가오시니 소조께서 그날은 병환도 좀 덜하시고 며느리 자랑도 하시랴 보신지라. 원래 소조께서 자라실 적 보양관 춘방관들 밖 사적하실 척리(戚里) 없어 밧사람 친친히 보신 이 없다가 가례 후 선친을 보시고 대접하시고 친후(親厚)하시니 선친이 삭망으로 문후하시나 상교(上敎)계오셔야 뵈옵고 들어오신 때라도 매양 오래 머물지 아니 하오셔,

"궁금(宮禁)이 지엄한데 밧사람이 오래 머물지 못하리라."

하오셔 즉시 나가오시나 소조께 입대(入對)하신즉 일심으로 예학(睿學)을 권면하시고 사적(事蹟)을 미미히 아뢰어 유식하고 고인 문자(古人文字)를 자주 써 드리시고, 글 지어 보내시면 이병(利病)을 의논하오셔 드리시니 선친께 배우심이 많사오시니 천만 년을 바라오셔 태평선군이 되오시기를 옹축(顒祝)[27]하시는 지성에 어느 신하가 만일이나 미치리오. 애대(愛戴)하시기는 비록 그음 없사오시나 도우시기는 반드시 옳은 일로 하셔, 척리(戚里)들이 혹 완호지물

---

27) 크게 빎

(玩好之物)로 유희하시게 드리는 규례 있으되 선친은 일절 그리하신
배 아니 계시고 뵈오면 자초지종이 번번이 여쭈오시는 말씀이,

"효도 힘쓰소서."

"학문 부지런히 하소서."

이 두 마디밖엔 다른 말씀 하오실 일 없기 소조께서 귀중히 하시는
중 매우 기대하고 조심하시던 고로 병환이 점점 드셨으나 선친의 낯
을 보고 이렇다 말씀하신 일이 없으시고, 난처하신 때는 점점 어려우
니 잘하라 믿노라 하는 사연을 내가 편지로 썼고, 당신이 써 보내신
일은 없더라. 의대병환(衣帶病患)으로 사생관두(死生關頭)한 일
이 되어 선친께 내가,

"얻어 주소서."

하였지, 소조께서는 달라고 하신 일이 아니 한 일이 되어 금성위(錦
城尉)에게와 정처에게는 가져오시되, 내 집 것은 한 가지도 가져온
일이 없사오시고, 미행을 시작하시니 응당 내 집에 먼저 가실 듯하되
금성위 집으로 가오셔 차려가오시되 내 집에는 한 번도 가신 일이 없
고, 체모 없이 대접치 못하오셔 어렵게 여기시고 기탄(忌憚)하오시
고,[28] 그 사이 변괴가 많아서 미행하신 일이 당신 스스로 겸연쩍어서
장인을 면대하여 말씀을 못 하시더니라.

밖으로 차대(次對) 때나, 병환 때나 대리(代理) 한 가지로 입대
(入對)하오셔 계시지, 사사로운 말씀을 여러 해 하지 못하고 계시더
니, 그날 만나셔 우러러 반갑사오심과, 묘년[29]에 자부를 얻으시고 양
궁이 당신을 보시는 것이 귀엽고 기뻐와, 선친이 하례하오시니 소조
께서도 전같이 환대하오셔 조금도 병환중이 나타나지 않으시던 것이

28) 꺼리고 어려워하고
29) 젊은 나이

니 이상하고 섧더라.

삼월이 또 되어 병환이 더욱 중하오셔 여지 없으시니, 내 차마 붓으로 어찌 쓰리오. 홧중이 나오시면 내관 나인들에게 감히 못 할 말을 시키시니 그것들이 죽을까 두려워서 큰 소리로 해괴망측한 말을 하니, 오직 하늘이 무섭고 천만 망극하여 죽어서 모르고 싶더라. 소조는 병자 홧술 일로 지극히 여기시더니 대조께서 하시던 말씀처럼 금주가 엄격하신 때, 술을 난만히 들여다가 본디 주량이 적사오시니 변변히 잡숫지도 아니하시며, 술만 궁중에 낭자하니, 어느 일이 근심이 아니리오.

경진 이후에 내관 나인이 소조께 상한 것이 많으니 기억하지 못하되, 뚜렷이 나타난 것은 내사차지(內司次知) 서경달(徐京達)이니, 내수사(內需司) 것 더디 거행한 일로 죽이시고, 출입번(出入番) 내관도 여럿이 상하고, 선희궁 나인 하나도 죽어서 점점 어려운 지경에 이르렀고, 신사 미행 때, 승(僧)년 하나, 관서 미행(關西微行) 때 기생 하나 데려다가 궁중에 두시고, 잔치한다 할 제는 사랑하시는 궁중의 천한 계집들과 기생들이 들어와서 잡되게 섞여서 낭자하였으니 만고에 그런 광경이 어디 있으리오.

이월 그믐께 옹주를 오라 하오셔 좋도록 데리시고, 당신 병환이 서러워 이러하셨노라 하시니, 옹주도 겁을 내어 서러워라 하며 공손치 못한 말을 하매, 나는 차마 듣지 못하고 죽어도 두렵지 않더라. 그러나 소조는 옹주를 데리시고 통명전에 잔치하시니, 잔치 장소는 후원이 아니면 통명전이요, 머무시는 데는 환취전(還翠殿)이기도 하더라. 삼월을 경황 없이 지내고 또 사월이 되매, 거처 범백이 어찌 산 사람이 있는 곳 같으리오. 죽은 사람의 빈소 모양 같기도 하여 다홍으로 명정(銘旌) 모양 같은 것을 만들어 세우고 영침(靈寢)하는 형상처

럼 하여 놓고, 그 속에서 주무시고, 잔치를 하다가 밤이 깊으면 상하
가 다 지쳐서 자면, 상 위의 음식은 가득하여 그 정경이 모두 귀신의
일이니, 하늘이 시키는 일이라고 생각할 수 없도다.

맹인들도 점을 치게 하시다가 그것들이 말을 잘못하면 죽는 것도
있고, 의관이며 역관(譯官)이며 액속(掖屬) 죽은 것들도 있어서,
하루에도 대궐에서 사람 죽은 것을 여럿 처내니, 내외 인심이 황황하
며 언제 죽을지 몰라서 벌벌 떨더라. 당신의 천질은 진실로 거룩하시
건마는 그 착하신 본성을 잃으시고 아주 그릇되시니 이를 어찌 차마
말하리오.

홀연 오월에 소조께서 땅을 파고 집 세 칸을 짓고, 사이에 장지문을
해 달아서 마치 광중(壙中) 같이 만들고 나드는 문을 위로 내고 널빤
자 뚜껑을 하여, 사람이 겨우 다닐 만하게 하고 그 판자 위에 떼를 덮
더라. 그리하여 땅 속에 집 지은 흔적도 없게 되자 묘하다 하시고 그
속에 옥등(玉燈)을 켜 달고 앉아 계시더라. 그것은 부왕께서 오셔 당
신 하시는 것을 찾으셔도 군기붙이와 말까지 다 감추고저 하시는 것
이지 다른 일은 아니지마는, 그 땅 속 집 일로 해서 더욱 망극한 말이
있었으니, 모두 흉한 징조를 귀신이 시키는 것 같아서 인력으로 어찌
하리오.

그 달에 선희궁이 세손 가례 후, 처음으로 세손빈도 보실 겸 아래
대궐에 내려오시니, 소조께서 반갑게 대하심이 과중하시니,[30] 마음
이 영하여 마지막 영결로 그리하셨는지 모르더라. 잡숫는 것과 잔치
하는 잔상이 거룩하여 과실을 높게 고이고 인삼과까지 하여 놓고 수
연시(壽宴詩)를 지으시고 잔을 올리시고 남은 것 없이 받으시니, 후

---

30) 너무 심하여

원에 모셔 가마를 대련(大輦) 모양으로 하여 권하자, 선희궁께서 마다 하시되, 억지로 태우시고 앞에 큰 기를 세우고 풍악을 합치며 모시더라. 그 모양이 당신으로는 극진히 효행하시는 일이라 선희궁께서는 동궁의 그러시는 것, 병환인 것을 망극히 놀라 하시고 걱정하시더라. 선희궁께오서는 나를 대하시면 눈물만 흘리시고 두려워하오셔,

"어찌할꼬."

하는 탄식만 하오셔, 수일을 머무르시고 올라가시니, 어머님도 우시고 아드님도 매우 슬퍼하시니, 종천영결(終天永訣)[31]로 그러하신 듯싶으며, 나는 날로 위란(危亂)한 가운데 생면(生面)으로 다시 뵈올 것 같지 않아서 마음이 더욱 칼로 베이는 듯한지라.

그때 영상(領相) 신만(申晩)[32]이 탈상(脫喪)하고 다시 정승을 하더라. 대조께서 그 동안 삼 년을 못 보시다가 새 사람을 만나는 것 같아 되풀이하여 하시는 말씀이 모두 동궁에 관한 말씀이며, 소조께서는 신만으로 하여 당신이 흉이 나니,

"그 정승 복 없고 밉도다."

하오셔, 점점 신만이를 사외롭고[33] 무서워하더라. 그가 대조께 무슨 참소나 한 듯싶게 이를 가오시며, 그 때문에 더욱 화(禍)를 돋우셔서 점점 망극하니 어찌하리오. 망극하더니 천만 뜻밖에 나경언의 일[34]이 일어나더라. 그때 형조참의는 내 외삼촌 이해중(李海重)이더라. 그놈의 상언(尙彦)[35]이 무슨 흉심으로 그 짓을 하여 사기(事機)에

---

31) 세상에서 마지막으로 영원히 헤어짐
32) 和協翁主의 媤父
33) 꺼림칙하고
34) 영조 38년의 告變
35) 羅景彥의 아우

망극함이 이를 것 없어서, 경언을 친국(親鞫)하시고 동궁을 부르시더라. 동궁이 창황히 보행으로 윗대궐에 가시매 그 광경이 어떠하리오. 가뜩한데 흉한 놈이 나타나서 병환은 더 말할 수 없고, 부자간은 더 말할 수 없이 험악하게 되더라.

경언을 사형에 처하고, 소조께서 경언의 아우 상언을 잡아다가 시민당(時敏堂) 손지각(遜志閣) 뜰에서 형벌하여 교사한 자를 물으셨으나 자백하지 않더라. 이 사건으로 소조께서는 영상 신만을 더욱 미워하시고, 아비 죄로 영성위(永城尉)[36]를 잡아다 죽인다고 벼르시더라. 그때 화색(禍色)이 말할 수 없어서, 영성위를 오늘 잡아온다 내일 잡아온다, 하셨으나, 영성이 죽지 않을 때였는지 썩 잡아 올리지 않더라. 선희궁께서 동궁하시는 일이 점점 망극하시니 할 수 없다 하시고, 또 소조께서 옹주에게 잘해 주지 않는다고 편지 써 보낸 것이 망극하여 차마 쓰지 못한 일이고,

"수구(水口)로 통하여 윗대궐을 가려노라."

하시고, 영성위를 갈수록 벼르오셔 비록 잡아오진 못하였으나, 영성위의 관복(官服), 조복(朝服), 일용 제구와 패옥과 띠까지 전부 가져다가 불사르고 깨쳐 버리고 하니, 영성위의 목숨이 경각에 달려 있더라. 선희궁께서 영성위를 아끼신 것이 아니고, 점점 이러하시니 안타깝게 마음만 쓰이는 가운데, 소조 하시는 일이 극도에 달하여 여지없이 망극하신지라.

소조는 윗대궐을 수구로 가신다 하여 못 가시고 도로 오시니 그 때가 윤오월(閏五月)[37] 열하루 이틀 사이라. 그러할 즈음에 황황한 소문이 과장되어 퍼지지 않을 수 있었으랴. 소조의 하시는 일이 극도로

---

36) 영조 7녀 和協翁主의 남편

37) 영조 38년(1762)

낭자하니, 전후 일이 모든 본심으로 하신 일이 아니건마는 인사 정신을 모르실 적은 화에 띄시어 하시는 말씀이 협검(挾劍)하고 가 죽이고 싶다 하시니 조금이라도 본 정신이 계오시면 어찌 이러 하시리오. 당신의 팔자가 기구하여 이상 험흔³⁸⁾하오신 운명을 다 못하시고 만고에 없는 참혹한 일을 당하려는 팔자니, 하늘이 아무쪼록 그 흉악한 병을 지어 몸을 그토록 만들려 하신 것이로다. 하늘아 하늘아, 차마 어찌 이리 만드시뇨.

선희궁께서 병드신 아드님을 아무리 책망하여도 믿을 것이 없으매, 자모 되신 마음으로 다른 아들도 없이 이 아드님께만 몸을 의탁하고 계시더니, 차마 어찌 이 일을 하고자 하시리오. 처음은 자애를 반잡지 못하여 이같이 되신 것이 대조께서 불능무감(不能無憾)하시니 당신의 종신지통(終身之痛)이 되어 계시나, 이미 동궁의 병세가 이토록 극심하고 부모를 알지 못할 지경이니, 사심으로 차마 못 하여 유유지지(悠悠遲遲)하다가,³⁹⁾ 마침내 병 증세가 위급하여 물불을 모르고 차마 생각지 못할 일을 저지르려 하시면, 사백 년의 종사(宗社)를 어찌하리오. 당신의 도리가 옥체를 보호하옵는 대의가 옳고, 이미 병이 할 수 없으니 차라리 몸이 없는 것이 옳고 삼종(三宗)⁴⁰⁾ 혈맥이 세손께 있으니, 천만 번 사랑하여도 나라를 보진하기가 이 밖에 없다 하오셔, 십삼일에 내게 편지 하오시되,

'작야 소문이 더욱 무서우니, 일이 된 후는 내가 죽어 모르거나, 살면 종사를 붙들어야 옳지, 세손을 구하는 것이 옳으니 내가 살아서 빈궁을 다시 볼 것 같지 않소.'

---

38) 팔자가 기구하고 험함

39) 미적미적하다가

40) 孝宗 · 顯宗 · 肅宗

라고 말하시더라. 내가 그 편지를 잡고 울었으니, 그날에 대변이 날 줄이야 어찌 알았으리오.

그날 아침에 대조께서 무슨 전좌(殿座)[41] 나오려 하시고, 경현당 (景賢堂) 관광청(觀光廳)에 계시더라. 선희궁께서 가오셔 우시며 고하되,

"큰 병이 점점 깊어 바랄 것이 없사오니, 소인이 차마 이 말씀을 정리에 못 하올 일이오되, 옥체를 보호하옵고 세손을 건지와 종사를 평안히 하옵는 일이 옳사오니 대처분을 하오소서."

하시고, 또 하시되,

"부자지정으로 차마 이리하시나 병이니 병을 어찌 책망하오리까. 처분은 하오시나 은혜는 끼치오셔 세손 모자를 평안케 하옵소서."

하시니, 나 차마 그 아내로 처하여 이것을 옳게 하신다고 못 하나, 일인즉 할 수 없는 지경이더라. 내가 따라 죽어서 모르는 것이 옳되, 세손으로 차마 결단치 못하였더라. 만난 바의 기궁(奇窮) 흉독함을 서러할 뿐이로다.

대조께서 들자오시고 조금도 지체하시지 않고 창덕궁 거둥령을 급히 내리시니, 선희궁께서 사정을 끊고 대의로 말씀을 아뢰시고 가슴을 치고 기절할 듯이 당신 계신 양덕당(養德堂)으로 가서 음식을 끊고 누워 계시니 만고에 이런 정리가 어디 있으리오.

전부터 선원전(璿源殿) 거둥하시는 길이 두 길 있으니, 만안문 (萬安門)으로 드시는 거둥은 탈이 없고, 경화문(景華門) 거둥은 탈이 났더라. 거둥령이 경화문으로 나오시니, 그날 소조께서 십일일 밤은 수구(水口)로 다녀오셔 몸이 물에 빠지시고, 십이일은 통명전에

---

41) 親政으로 王이 玉座에 나와 定座함

계셨는데, 그날 들보에서 부러지는 듯이 굉장한 소리가 나니, 소조
들으시고,

"내가 죽으려나 보다, 이게 웬일인고."

하고 놀라시더라.

그때 선친이 재상으로서 첫 오월[42] 엄중한 교지(教旨)를 받자와
파직되고 동교(東郊)에 달포 동안이나 나가 계시더라. 소조께서 당
신이 스스로 위태하셨던지 조재호(趙載浩)[43]가 원임대신(原任大
臣)[44]으로 춘천(春川)에 있었는데, 계방(桂坊) 조유진(趙維進)
으로 하여금 말을 전하여 상경하라고 하시더라. 이런 일을 보면 병 계
신이 같지 않으니 이상한 하늘의 조화로다. 동궁은 부왕의 거둥령을
듣고 두려워서 아무 소리 없이 기계와 말을 다 감추어 경영한 대로 하
라 하시고, 교자를 타고 경춘전(景春殿) 뒤로 가시며 나를 오라고 하
시매, 근래에 동궁의 눈에 사람 보이면 곧 일이 나기 때문에 가마 뚜
껑을 하고 사면에 휘장을 치고 다니셨는데, 그날 나를 덕성합(德成
閤)으로 오라 하셨고, 그때가 오정쯤이나 되었는데 홀연히 무수한
까치 떼가 경춘전을 에워싸고 울더라. 이것이 무슨 징조일까 괴이하
더라. 세손이 환경전(歡景殿)에 계셨으므로 내 마음이 황망중 세손
의 몸이 어찌될지 걱정스러워서 그리 내려가서 세손에게,

"무슨 일이 있어도 놀라지 말고 마음을 단단히 먹으라."

천만 당부하고 어찌할 바를 몰랐노라. 그런데 거둥이 웬일인지 늦
어 미시(未時) 후에나 휘령전(徽寧殿)으로 오신다는 말이 있더라.
그때 소조께서 나를 덕성합으로 오라고 재촉하시기에 가보니, 그 장

---

42) 영조 38년(1762)
43) 右相, 眞宗國舅 趙文命의 아들
44) 前任大臣

하신 기운과 언짢은 말씀도 않으시고, 고개를 숙여 깊이 생각하시는 양 벽에 기대어 앉으셨는데, 안색이 놀라서 핏기가 없이 나를 보시매, 응당 홧증을 내고 오죽 하시랴, 내 목숨이 그날 마칠 것도 스스로 염려하여 세손을 경계 부탁하고 왔었는데, 말씀이 생각과 다르게 나더러 하시는 말씀이,

"아무래도 이상하니, 자네는 잘 살게 하겠네. 그 뜻들이 무서워."

하시기에 내가 눈물을 드리워 말없이 허황해서 비비고 앉았더니, 이 때 대조께서 휘령전으로 오셔서 동궁을 부르신다는 전갈이 왔더라.

그런데 이상하게도, '피하자'는 말도 '달아나자'는 말도 아니 했고, 좌우를 치지도 아니하시고 조금도 홧증 내신 기색이 없이, 썩 용포를 달라 하여 입으시며 하시되,

"내가 학질을 앓는다 하려 하니 세손의 휘항(揮項)[45]을 가져오라."

하시거늘 내가 그 휘항은 작으니 당신 휘항을 쓰시라고 하여 나인더러 가져오라 하였으니, 꿈밖에 썩 하시기를,

"자네가 아무커나 무섭고 흉한 사람이로세. 자네는 세손 데리고 오래 살려 하기 오늘 내가 나가 죽겠기 사외로워 세손 휘항을 내게 아니 씌우려는 그 심술을 알겠네."

하시니 내 마음은 당신이 그날 그 지경에 이르실 줄은 모르고 이 일이 어찌되올까, 사람이 설사 죽을 일이리오, 또 우리 모자가 어떠하랴 하였는데 천만 뜻밖의 말씀을 하시니 내가 더욱 서러워서 세손의 휘항을 갖다 드리며,

"그 말씀이 하도 마음에 없는 말이시니 이 휘항을 쓰소서."

---

45) 남바위와 같이 생긴 防寒帽

"싫어! 사외하는 것을 써 무엇할꼬."

하시니, 이런 말씀이 어찌 병 드신 이 같으시며, 어이 공순히 나가려 하시던고. 모두 하늘이 시키는 일이니 원통하고 원통하다. 그러할 제 날이 늦고 재촉이 심하여 나가시니, 대조께서 휘령전에 앉으시고 칼을 안으시고 두드리시며, 그 처분을 하시게 되니, 차마 차마 망극하여 이 경상을 내가 어찌 기록하리오. 섧고 섧도다.

소조 나가시매 대조께서 엄노하시는 음성이 들려왔더라. 휘령전과 덕성합이 멀지 않아서 담 밑으로 사람을 보내서 보니, 벌써 용포를 덮고 엎드려 계시더라 하니 대처분이신 줄 알고, 천지가 망극하여 창자가 끊어지는 듯하더라. 거기 있는 것이 부지러워서 세손 계신 데로 와서 서로 붙잡고 어찌할 줄 몰랐더니, 신시(申時)[46] 전후쯤 내관이 들어와서 밖 소주방(燒廚房)에 있는 쌀 담는 궤를 내라 한다. 이것이 어찌된 말인지 황황하여 내지 못하고 세손궁이 망극한 일이 있는 줄 알고 문정(門庭) 앞에 들어가,

"아비를 살려 주옵소서."

하니, 대조께서,

"나가라!"

하고 엄히 하시니 나와 왕자 재실(齋室)에 앉아 계시더니, 그때 정경이야 고금 천지간에 없으니 세손을 내어보내고 천지가 개벽하고 일월이 어두웠으니 내 어찌 일시나 세상에 머무를 마음이 있으리오. 칼을 들어 목숨을 끊으려 하였으나, 옆의 사람이 앗아서 뜻을 이루지 못하고 다시 죽고자 하되 촌철(寸鐵)이 없어서 못 하더라. 숭문당(崇文堂)에서 휘령전 나가는 건복문(建福門) 밑으로 가니, 아무것도 보

---

46) 오후 3시와 5시 사이

이지 않고, 다만 대조께서 칼 두드리시는 소리와 소조께서,

"어머님 아버님, 잘못하였으니, 이제는 하랍시는 대로 하고, 글도 읽고 말씀도 다 들을 것이니 이리 마르소서."

하시는 소리가 들리니 간장이 마디마디 끊어지고 앞이 막히니 가슴을 아무리 두드린들 어찌하리오. 당신의 용력과 장기(壯氣)로 궤에 들어가라 하신들, 아무쪼록 들어가지 마실 것이지 왜 필경 들어가셨는가. 처음엔 뛰어나오려 하시다가 이기지 못하여 그 지경에 이르시니 하늘이 어찌 이토록 하였는가. 만고에 없는 설움뿐이며, 내 문 밑에서 통곡하여도 웅심이 없더라.

소조 이미 폐위되어 계시니, 그 처자(妻子) 대궐에 있지 못할 것이요, 세손을 밖에 그저 두어서는 어떠할까 차마 두렵고 조심스러워서, 그 때문에 앉아서 대조께 상서(上書)하여,

'처분이 이러하오시니 죄인의 처자가 그대로 대궐에 있기 황송하옵고, 세손을 오래 밖에 두옵기 죄가 더한 몸이 되어 두렵사오니, 이제 친정으로 나가겠나이다. 천은으로 세손을 보전하여지이다.'

상서를 써 가까스로 내관(內官)을 찾아 들이라 하더라. 오지 않아 오라버님〔洪樂仁〕이 들어오셔,

"폐위(廢爲) 서인[47]하여 대궐에 있지 못할 것이니 본집으로 돌아가라 하시니, 가마를 들여오니 나가시고, 세손은 남여(籃輿)[48]를 들여오라 하였으니 나가시오리다."

하고, 남매가 붙들고 망극 통곡하고, 업혀서 청휘문(淸輝門)에서 저 승전(儲承殿) 차비문(差備門)에 가마를 놓고 윤 상궁이란 나인이 함께 타고, 별감이 가마를 메고 허다한 상하 나인이 모두 뒤를 따라

---

47) 爵位를 폐하여 庶民을 만듦
48) 뚜껑이 없고 의자같이 된 가마

좇으며 통곡하니, 천지간에 이런 정상이 어디 있으리오.

나는 가마에 들어갈 제 기절하여 인사를 모르니 윤 상궁이 주물러서 겨우 명이 붙었으니 오죽하리오.

집으로 나와서 나는 건넌방에 눕고, 세손은 내 중부(仲父)[49]와 오라버님이 오셔 나오고, 세손빈궁은 그 집에서 가마를 가져다가 청연(淸衍)과 한데 들려 나오니 그 정상이 어떠하리오. 나는 자처[50]하려다가 못 하고 돌이켜 생각하니, 십일 세 세손에게 첩첩한 지통을 끼치지 못하고[51] 내 없으면 세손이 어찌 성취하시리요. 참고 참아서 모진 목숨을 보전하고 하늘만 부르짖으니 만고에 나 같은 모진 목숨이 어디 있으리오. 세손을 집에 와 만나니 어린 나이에 놀랍고 망극한 경상을 보시고 그 서러운 마음이 어떠하리오. 놀라 병날까, 내가 망극함을 못 이겨,

"망극 망극하나 다 하늘이 하시는 노릇이니, 네가 몸을 평안히 하고 착하여야 나라가 태평하고 성은을 갚사올 것이니 설움중이나 네 마음을 상해오지 마라."

하고 선친께서는 궐내를 떠나지 못하시고, 오라버니도 벼슬에 매어 왕래하시니, 세손 모시고 있을 이가 중부와 두 외삼촌이니, 주야로 모셔 보호하고, 내 끝아우는 아이 때부터 들어와서 세손을 모시고 놀던지라 그 아이가 작은 사랑에 모시고 자고 있어 팔, 구 일을 지내니, 김 판서 시묵과 그 자제 김기대(金基大)도 와서 뵈옵는다 하며, 내 집이 좁은데 세손궁 상하 나인이 전수히[52] 나왔는지라, 남쪽 담 밖의

---

49) 洪麟漢
50) 스스로 목숨을 끊음
51) 本文에 빠짐이 있는 듯함
52) 모두

교리(校理) 이경옥(李敬玉)의 집을 빌려서 김 판서 댁이 그 며느리를 데리고 와 빈궁을 모시고 있게 하니 담을 트고 왕래하니라.

그때 선친이 파직되어서 동교(東郊)에 오래 계시다가 대조께서 대처분하오셔 아주 할 수 없게 된 후, 대조께서 다시 선친을 등용하오셔 영의정이 되시니, 선친이 천만 뜻밖에 그 처분 소식을 들으시고 망극경통(罔極驚痛)중 달려들어 가서 궐하에 이르러 기절하시니, 그때 세손이 왕자재실(王子齋室)에 계시다가 들으시고 당신 자시던 청심원을 내보내어 주시니, 당신이 또한 어찌 세상에 살 뜻이 계시리오마는, 내 뜻 같아서, 망극중 극진히 세손을 보호하려 하시는 정성만 있어서 죽지 못하시니, 세손을 보호하여 종사를 보전하실 혈심단충(血心丹忠)은 천지신명이 잘 아실 것이매, 모질고 흉악하여 목숨이 붙었으나 당하신 일을 생각하니 어찌 견디오시는고. 마음이 타는 듯하니 차마 어찌 견딜 정경이리오. 오유선 박성원(朴性源)이 집 대문 밖에 와 세손이 근신하라 하니, 석고(席藁)[53]가 당연하나 차마 어린아이를 어찌하리오. 낮에는 집에 계셔 지내더라.

나온 후 선친께서도 못 뵈옵고 망극하더니, 그 이튿날 선친이 상교를 받자와 나오시니, 모자가 선친을 붙잡고 일장 통곡하고, 성교를 전하시기를 내가 보전하여 세손을 구호하라 하시더라. 이때 성교 망극중이나 세손을 위하여 감읍함이 측량없더라. 세손을 어루만져 성은을 축수하고,

"나는 네 아버님 아내로 이 지경이 되고, 너는 아들로 이 지경을 만났으니 다만 명을 서러워할 뿐이지 누구를 원망하며 탓하리오. 우리 모자가 이때에 보전함도 성은이요, 우러러 의지하여 명을 삼음도 또

---

53) 바로잡음

한 성상이시니, 너에게 바라는 것은 성의를 받자와 힘쓰고 가다듬어
착한 사람이 되면, 그것으로 성은을 갚고 네 아버님께 효자가 되노
니, 이 밖에 더 큰일이 없도다."
하고 타이르더라. 그리고 선친께 감축천은하여,
  "남은 날은 주오시는 날이니, 하교대로 받자오려 하는 사연을 위
에 아뢰소서."
하고 통읍(痛泣)하니, 내 이 말에 일호도 틀림이 없더라. 처음부터
그리 되신 것이 서러웠지, 점점 그 지경에 이르신 바를 어찌하리오.
내 조금도 마음에 먹음 사온배 없어 감히 이렇다 원하옵지 못하더라.
선친이 나와서 세손을 붙잡고 통곡하고 위로하시되,
  "이 뜻이 옳으시니 세손이 현(賢)히 되시고, 성(聖)이 되시면,
성은을 갚사오시고, 낳으신 아버님께 효자 되시리이다."
하고 돌아가시니, 날이 갈수록 차마 망극한 경지를 생각하되 어찌할
바를 몰라서, 마음이 혼혼 망극히[54] 누웠더니, 십오일은 굳게 굳게 하
고 깊이 깊이 하여 놓으시고, 윗대궐 오르신다 하니 알 수 없더라. 대
궐 안의 비단 필도 내올 길이 없으니, 염습 제구를 다 선친이 차비하
여 유감이 없이 하여 주시니, 그 전 여러 해 동안 큰 병환에 의복을 무
수히 대어 주시고 이 수의를 다 차비하여 소조 위한 마지막 정성으로
갈진(竭盡)[55]히 하시더라.
  이십일 신시(申時)쯤 폭우가 내리고 뇌성도 하니, 뇌성을 두려워
하시던 일이나 어찌되신고 하는 생각 차마 형용할 수 없더라. 내 마음
이 음식을 끊고 굶어 죽고 싶고, 깊은 물에 빠지고도 싶고 수건을 어
루만지며 칼도 자주 들었으나, 마음 약하여 강한 결단을 못 하더라.

---

54) 마음이 흐리고(昏昏), 어쩔 줄 모름
55) 다하여 없어짐

그러나 먹을 수가 없어서 냉수도 미음도 먹은 일이 없으나 내 목숨 지탱한 것이 괴이하더라. 그 이십일 밤에 비 오던 때가 동궁께서 숨지신 때던가 싶으니 어찌 견디어 이 지경이 되셨던가. 그저 온몸이 원통하니 내 몸 살아난 것이 모질고 흉하도다.

선희궁이 마지못하여 그리 아뢰어 대처분은 하시려니와, 병환이 오시니 애통하오셔 은혜를 더 하시고, 복제(服制)나 행하실까 바라왔더니 성심(聖心)이 그 처분이오시되, 성노(聖怒)는 내리지 아니하시고, 인하여 가까이 하시던 기생과 내관 박필수(朴必壽) 등과 별감이며 장인이며 무녀들까지 모두 사형에 처하시니, 이는 당연한 일이오시니 감히 무슨 말을 하리오. 다만 지극히 원통한 바는 의대병환(衣帶病患)으로 무수히 여러 가지를 입으시다가, 어찌하여 생무명 한 벌이나 입으셨는데, 그날도 생무명 옷을 입고 계시더라. 대조께서 항상 뵈와도 도포를 입고 계오시다가 그날 처음으로 무명옷 입은 것을 보시고, 그 병환은 모르오시고,

"네 나를 없이하고자 한들, 생무명 거상(居喪)을 어이 입었느냐?"

하오셔 더욱 남은 것 없어진 것으로 아시고,

"상(常)에 쓰오시던 세간을 다 가져오라."

하고 명하시니 그 중에는 군기(軍旗)인들, 무엇인들 없으리오. 아무리 국장(國葬)인들 상장(喪杖)이 하나밖에 없으리오마는, 이상한 병환으로 상장을 여러 번 만드시되, 일생 사랑하여 좌우에서 떠나지 아니하온 것이 환도(環刀)와 보검들인데, 생각 밖에 그것을 상장같이 만들고 그 속에 칼을 넣어 뚜껑을 맞추어 상장같이 하여 다니셨고, 나에게도 뵈시기에 끔찍해서 놀랐었는데, 그것을 없애지 않았다가, 노하신 상감 앞에 그것이 있으니 더욱 놀라고 분하오셔 복제(服制)

를 어찌 거론하시리오. 소조의 병환은 모두 불효한 데로만 돌아가시니, 지원(至冤)할 뿐이다.

처음에는 조신의 복제는 여례(如例)히 할 모양으로 하더니 그것을 다 못 하니, 이 지경을 당하여 세손이니 건지는 것이 천은이려니와 병환으로 처분하오신 이상, 십사년 대리저군(代理儲君)[56]이오시니, 복제나 상하에서 행하였더면 상덕(上德)이오신데, 그것을 못 차렸으니 그저 서러우며 이십일은 할 수 없는 지경이니, 복위하셔야 초종제구(初終諸具)를 장만하리오되, 성의가 아니 하려 하신 것이 아니로되 복위를 아끼시고, 범절을 예(例)대로 하시기를 주저하시다가, 부득이 이십일일 밤에 복위하시고 대신들이 입시하여 초종 절차를 정하고 처음은 빈소를 용동궁(龍洞宮)에 하자 하더라.

선친이 이 지경을 당하여 조금 잘못하여 일호라도 성심에 어기면, 그때 성노(聖怒)가 불같으실 테니 내 집의 멸망은 둘째로, 세손이 보존 못 하실 것이며, 아무쪼록 성심을 잃지 아니하려 하시던 중, 돌아가신 이를 저버리지 아니하시고, 세손에게 유한을 끼치지 아니하오시려고 갈충진성(竭忠盡誠)하시더라. 좌우로 주선하여 복위 후 시호(諡號)를 내리시고, 빈궁(殯宮)은 시강원(侍講院)으로 하고, 삼도감(三都監)[57]은 법대로 하시게 정하고, 선친 스스로 도제조(都提調)[58]가 되어 몸소 보살펴서 묘소 범절까지 조금도 결절함이 없게 하시더라.

이처럼 선친이 돕지 아니하면 어느 신하 감히 말을 하며 성심이 어찌 돌아서리오.

---

56) 攝政의 王世子
57) 嬪殿都監 · 國葬都監 · 山陵都監
58) 相都

그날 시강원으로 모시게 하고, 새벽에 집으로 나오셔, 우리 모자를 들여보내실 제, 선친이 내 손을 잡으시고, 뜰에서 실성통곡하시며,

"세손 모셔 만년을 누려 노경 복록이 양양하소서."

하시고 우시니, 그때 나의 설움이야 만고에 또 다시 어디 있으리오.

들어와 (궁중에) 시민당(時敏堂)에서 발상하고, 세손은 건복합에서 발상하고, 빈궁은 내 옆에서 천연과 함께 하니, 천지간에 이런 정경이 어디 있으리오. 초종 의대(初終衣帶)를 차려 즉시 습(襲)을 하니, 그 극열(極熱)이로되 조금도 어떻지 아니하시더라 하니, 그 설움은 차마 생각지 못할 일이며, 습한 후에 염(殮)하옵기 전에 나가기 내 정경이 천고에 드물고 남에 없는 일이더라. 슬픔 가운데 하시던 말씀을 생각하니 호천극지(呼天極地)하여 목숨 산 것이 부끄럽고, 유명을 달리하니 그 충천하신 장기(壯氣)를 뵈올 길이 없으니, 산 사람이 죽지 못한 유한이 어떠하리오.

초종 범사에 섧기 이를 데 없고, 신하가 복제를 못 하니 대전관(大殿官)과 내관류(內官類)가 다 천담복(淺淡服)[59]이요, 밖에는 재궁(梓宮) 제전이 있고, 안에서 조비(造備)함이 두려워 기회를 보다가 다시 제를 감(鑑)하라 하시는 엄교(嚴敎)는 아니 계오시니, 조석상식(朝夕上食)과 삭망전(朔望奠)을 두루 예사로 지내더라. 세손 양궁과 군주를 입재실(入梓室) 전에는 차마 뵈지 못하여 성복(成服)날 나와서 곡하게 하더라. 세손 애통하시는 곡성은 차마 듣지 못하니 뉘 아니 감동하리오. 칠월이 인산(因山)이니 그 전에 선희궁이 나를 보시고, 재실을 대하여 머리를 두드리시고 가슴을 치며 통곡하시니, 그 정의에 다름없음이 또 어떠하리오.

---

59) 엷은 옥색의 祭服(六字服)

인산에 대조께서 묘소에 친림하오셔 제자(題字)까지 친히 써 주시니, 부자분이 유명지간에 서로 어떠하오실지 차마 생각할 수 없더라. 칠월에 춘방(春坊)[60]을 부설하시고, 세손이 완전히 국본이 되시매, 이는 비록 성은이시나 선친의 갈충(竭忠) 보호하신 공이 어찌 더욱 나타나지 아니하리오.

팔월[61]에 대조께서 선원전(璿源殿) 다례(茶禮)가 되매, 황송하나 가 뵙지 아니할 수가 없어, 진전(眞殿) 가까운 습취헌(拾翠軒)이라는 집으로 가 뵈오니, 나의 천만 슬픈 회포가 어떠하리오마는 만분의 일도 베풀지 못하고,

"모자 보전하옴이 다 성은이로다."

하고 아뢰더라. 영묘께서 내 손을 잡으시고,

"네 이럴 줄을 생각지 못하고, 내가 너 보기 어렵더니, 내 마음을 펴게 하니 아름답도다."

하시니, 이 말씀을 듣고 내 심정이 더욱 막히더라.

"세손을 경희궁으로 데려가오셔 가르치면 하고 바라옵나이다."

"네 떠나서 견딜까 싶으냐?"

하시기로, 내가 눈물을 드리워 아뢰되,

"떠나 섭섭하기는 작은 일이요, 위로 모셔 배웁기는 큰 일이로소이다."

하고, 세손을 올려 보내려고 정하니, 모자의 정리상 서로 떠나는 정상이 어찌 견딜 바리오. 세손이 나를 차마 떠나지 못하고 울고 가니, 내 마음이 베는 듯하나 참고 지내더라. 성은이 지중하셔 세손 사랑하심이 지극하시고, 선희궁께서 아드님 정을 옮기셔 좌와기거(坐臥起

---

60) 세자 侍講院

61) 영조 38년

居)와 음식 범백에 마음을 다하여 지성으로 보호하시니, 선희궁 심정으로서서 어찌 그리 아니하오리오.

세손이 사, 오 세부터 글을 좋아하오시니, 각각 다른 대궐에 떠나서 지내나, 학문에 전심하지 아니하오실까 하는 염려는 아니 하였으나, 못 잊어 하기는 날로 심하고, 세손이 자모(慈母) 그리시는 정이 간절하여 새벽에 깨어 나에게 편지하고 공부하기 전에 회답을 보고야 마음을 놓으셨는데, 삼 년을 떠나 지내는 동안 한결같이 그러시던 것이 이상하게 숙성하시니, 내가 경력한 병이 자주 나서 삼 년 동안 병이 떠나지 않으니 멀리서 의관(醫官)과 상의하여 약을 지어 보내시기를 어른같이 하오시니, 이것이 모두 천성 지효(至孝)이시겠지마는, 십여 세 어린 나이에 어찌 그리 하시는가 싶더라.

그 해62) 천추절(天秋節)을 맞으니, 내 자취 움직임직하지 아니하나 분부로 말미암아 부득이 올라가니, 나를 보시고 가엾게 여기심이 전보다 더하오셔, 내가 있던 집이 경춘전(景春殿) 남쪽의 낮은 집이었는데, 그 집 이름을 가효당(嘉孝堂)이라 하오시고, 친히 쓰신 현판을 달게 하시더라.

"네 효심을 오늘 갚아 이것을 써 주노라."

내가 눈물 드리워 받잡고 감히 당치 못하여 불안해 하였으니, 선친이 들으시고, 감축하여 하시는 말씀이,

"오늘날 이 가효(嘉孝) 두 자를 현판하게 하시니 자손의 보배가 될 것이니 효성을 흠탄(欽嘆)하노라."

하시고, 성은을 받잡는 도리로 집안 편지에 그 당호(堂號)를 써 달게 하시니 감격이 뼈에 사무치더라. 선왕(先王)이 자경전(慈慶殿)을

---

62) 영조 38년

지어 나를 있게 하시니, 그때 처지가 높고 빛나는 집에 있을 모양이
아니었으나, 성효(聖孝)에 감동하여 그 집에 여년을 마치려고, 가효
당 현판을 자경전 상방(上房) 남편 문 위에 걸어서 영묘의 자은(慈
恩)을 잊잡지 말고자 뜻하더라.

그해 섣달에 조칙(詔勅)이 나오니, 자상(自上)께서 세손을 데리
고 혼궁(魂宮)에 오셔 조칙(詔勅)을 받자오시고, 환궁하실 제 세손
을 도로 데리고 가시려다가 세손이 어미 떠나기가 슬퍼서 우는 양을
보시고,

"세손이 너를 차마 떠나지 못하여 저러하니 두고 가자."
하고, 말씀하시니 혹 당신은 사랑하시는데, 세손이 그 사랑은 생각지
아니하고 어미만 못 잊어 하는가 서운히 여기실 듯하여,

"내려오면 위가 그립삽고, 올라가면 어미가 그립다 하오니, 환궁
후는 위 그리사와 이러하올 것이니 데려가옵소서."
하니, 즉시 화안색(和顔色)하시며,

"그리하랴."
하셔 데리고 환궁하오시니, 세손이 모시고 가며 어미가 인정 없이 떼
어 보내는 것을 섭섭히 여기고 무수히 울고 가시니, 내 마음이 어떠하
리오마는, 내리는 것은 사정(私情)이요, 모시고 가 시봉(侍奉)하
여, 그 아버님이 못 다하신 자도(子道)를 잇는 것이 옳고, 정사(政
事)며 나라 일을 배워 아는 것이 옳으니, 떠날 제 못 잊는 정을 베어
보냈더라. 이것이 모두 이전 일을 경계하고 세손으로 하여금 일심으
로 위에 효성을 다하여 자애하오시는 성의를 조금도 어김이 없을까
하고 염려함이니, 이 어찌 세손을 위한 사정뿐이리오.

종국(宗國) 안위가 세손 한 몸에 있으니 나의 안타까운 마음은 하
늘이 알 것이요, 이것은 홀로 내 마음뿐 아니라 모두 선친이 나를 인

도하여 부녀의 사소한 사정을 돌아보지 아니하고 대의로 훈계하신 힘이더라. 우리 선친의 고심혈충(苦心血忠)이 모두 세손을 위하고 종국을 위하시던 일을 누가 다 자세히 알리오. 세손이 혼궁(魂宮)[63]을 떠났다가 내려오시면, 애통하던 울음소리야 누가 감동하지 않으리오. 혼궁의 목주(木主)[64] 의지 없으신 듯이 계시다가, 그 아들이 와서 슬프게 울면 신위가 반기시는 듯, 외로운 혼궁에 빛이 있는 듯, 애통중 도리어 위로하니, 내가 세손을 낳지 않았다면 이 종국(宗國)을 어찌할 뻔하였던고. 엎드러진 나라가 보전하려고 경오생(庚午生) 산후에 임신 경사가 있었던가 싶더라.

임오화변(壬午禍變)이 만고에 없는 일이니, 당신께서는 천만 불행하여 그 지경이 되오시나, 아들을 두셔 당신 뒤를 잇고, 상하 자효(慈孝)가 무간(無間)하니 다시야 무슨 일이 있으랴고, 꿈에나 생각하고 있으리오. 갑신[65] 이월 처분은 하도 천만 꿈밖이니 위에서 하신 일을 아랫사람이 감히 이렇다 하리오마는, 내 그때 정사(情事)의 망극하기는 견주어 비할 곳이 없으매, 내가 화변 때 모진 목숨을 끊지 못하고 살았다가 이 일을 당할 줄은 천만 죄한(罪恨)이로다. 곧 죽고 싶되 목숨을 뜻대로 못 하고 그 처분을 원하는 듯하여 스스로 굳이 참으나, 그 망극비원(罔極悲冤)하기 모년[66]에 내리지 아니하고, 선희궁께서 음식을 끊고 경통(驚痛)하시던 일이야 어이 다 기록하리오.

세손이 어린 나이에 고금에 없는 지통을 품고, 또 제왕가(帝王家)의 당치 못할 변례(變例)를 당하오셔 과하게 애통하시고 상복을 벗

---

63) 喪後 3년간 神位를 모신 궁전
64) 位牌
65) 영조 40년(1764)
66) 영조 38년(1762)

올 제 우는 소리가 철천극지(徹天極地)하여 초상이 천지 어둡게 막
히던 때 설움에서 더하시니, 연세도 두 해가 더 하시고(열세 살로),
당신 만나오신 배 갈수록 지원(至冤)하니, 이를 대하여 내 간장 쇠가
녹는 듯이 터질 듯, 곧 목숨을 끊고자 하되, 세손의 서러워하심은 차
마 못 견딜 것이더라. 내가 없으면 세손의 몸이 더욱 외롭고 위태로우
니 이 지경에 이르러서는 갈수록 세손을 보호하는 것이 으뜸이더라.

마음을 굳이 잡아 세손을 위로하되 서러울수록 천금의 몸을 보호하
여 유한이 많으나, 스스로 착하여 아버님께 보답하라고 여러 가지로
타일러 진정하시게 하더라. 세손이 종일 음식을 끊고 울며 과상(過
傷)하시는지라, 차마 위로하며 옆에 품고 누워 달래 잠을 들게 하나,
늦게 잠을 이루지 못하니 그 정경이 고금에 어찌 있으리오. 그날인즉
이월 십일이니 어찌하여 그 처분이 되신지 이상하며, 불의에 거둥 오
셔 선원전(璿源殿)에 오래 머무르시고 나를 와 보시니, 내 어이 감히
아뢰리오.

"모자의 지금 살아 있는 것이 성은이오니, 처분이 이러하오신들
무슨 말씀 아뢰오리까."

하니,

"네 그리 하는 것이 옳느니라."

하시니, 가뜩한 정리에 이 서러운 말이나 없다면 아니 하랴. 갈수록
내 명도(命途)에 기막히게 죄스러운 일이니 스스로 몸을 치고 싶은
들 어찌하랴. 만고에 없는 일이더라. 칠월[67] 담사(禫祀)[68]에 선희궁
게서 내려오셔 지내오시고, 가을 후는 모이어 고식(姑媳)이 상의
(相議)하시고 정녕히 약속하시더니, 홀연히 등창이 나 칠월 이십육

---

67) 영조 40년
68) 大祥 지난 다음 다음 달에 지내는 제사

일 하세하오시니, 망극하기가 어찌 예사 시어머니와 며느리의 정으로 이르리오. 당신이 나라를 위하여 자모로서 하지 못할 일을 하오시고, 비록 선군(先君)[69]을 위하신 일이나, 그 지통이야 오죽 하시리오. 상시의 말씀이,

"내가 못 할 일을 차마 하였으니, 내 자취에는 풀도 나지 아니하리라. 내 본심인즉 위종국위성궁(爲宗國爲聖躬) 위한 일이나, 생각하면 모질고 흉하니 빈궁은 내 마음을 알 것이어니와, 세손 남매는 나를 어이 알리오."

하시고, 밤에는 늘 잠을 못 이루시고 동편 뒷마루에 나 앉으셔 동녘을 바라보며 상심하시고, 혹 그런 처분을 하지 아니하여도 나라가 보전할는가, 내가 잘못하였는가 하시다가, 또 그렇지 아니하더라. 여편네의 약한 소견이지 내 어찌 잘못하였으리오 생각하시곤 하더라. 혼궁(魂宮)에 오신 때면 부르짖어 울고 서러워하셔, 심중에 병이 되오셔 몸을 마치시니 더욱 슬프도다.

대저 모년사(某年事)로 지금 사람이 누가 나같이 알며, 설움이 나와 선왕 같은 이 있으며, 경모궁께 사이 없는 정성이 나 같으리오. 그러기에 내가 매양 선왕께 아뢰더라.

"등궁께서 비록 아드님이시나, 그때 오히려 충년이시니 나만큼 자세히 모르실 것이니, 모년에 속한 일은 무슨 일이든지 나더러 물으시지, 외인의 시끄러운 말은 곧이듣지 마오시오. 그것들이 일시 총애를 얻으려고 상감께 별 소문을 들어다가 아뢰도 모두 괴이한 말이니이다."

"누고 모르옵나이까. 그놈들이 부모 위한 정성이 없다고 무한히

욕을 하니, 욕도 피하고, 경모궁을 위하였다면, 인자도리(人子道理)
에 그렇지 않다 말을 차마 못 하여, 추증(追贈)하며 누구 시호(諡
號)하면 저희 하자는 대로 하여 가니, 그런 일에는 분명히 알며 끌리
어 흐린 사람이 되기를 면치 못하리라."
하시니, 내 선왕의 지통을 차마 생각지 못할 지경이더라.

　대저 모년사로 세상에 두 의론(議論)이 있어, 옳고 그른 것을 알
수 있고, 한 의론은 대처분이 광명정대하여 천지간에 떳떳하니 영묘
(英廟)의 성덕대공(盛德大功)을 칭송하여 조금도 애통망극해 하는
의사가 없으니, 이것은 경모궁을 불효한 죄로 돌리고, 영묘의 처분이
무슨 적국을 소탕하거나 역변(逆變)을 평정한 모양이 되니, 이렇게
말하면 경모궁께서 또 어떠한 처지가 되시리오. 이는 경모궁과 선왕
께 망극한 일이로다.

　또 한 의론은 경모궁께서 본디 병환이 아니신데 영묘께서 참언을
들으시고 그런 지나친 처분을 하시니 복수 설치(雪恥)를 하자는 것
이니, 경모궁을 위하여 원통한 치욕을 씻자는 말인 듯하나, 그것은
영묘께서 무죄한 소조를 누구의 감언을 듣고 처분하신 허물로 돌리게
함이니, 이렇다면 영묘께서 또 어떠한 실덕(失德)이 되시리오. 두
가지 말이 모두 삼조(三朝)[70]에 망극하고 실상(實相)에 어기니, 선
친은 수차 말씀 같아서, 병환이 망극하여 옥체가 위태하심과 종사가
매우 위태로웠으므로, 상감〔영조〕께서 애통 망극하오시나, 만만 부
득이하여 그 처분을 하시고, 경모궁께서도 본심이 도실 때는 짐짓 누
덕(累德)이 되실까 근심 걱정하였으나, 병환으로 천성(天性)을 잃
사와 당신도 하시는 일을 다 모르시는지라.

---

70) 영조·사도세자·정조

병환이 드오신 것이 망극한데, 병환은 성인도 면치 못한다 하니, 경모궁의 일호의 누덕이 어찌되리오. 실상이 이러하고 그때 사정이 이러하니, 바른 대로 말하여서 영묘의 처분도 만부득이하신 일이요, 경모궁께서도 불행히 망극한 병환으로 만만 부득이한 터를 당하셨던 것이매, 선왕도 또한 애통하여야 실상도 어기지 아니하고, 의리에도 합당하거늘, 위의 두 가지 논의 같으면 하나는 영묘께 실덕이 되고, 하나는 경모궁께 누덕이 되매, 선왕께는 망극하니, 이 두 의론이 모두 삼조에 대한 죄된 말이더라. 한 번 그 처분이 거룩하시다 하여 우리 선친만 죄를 삼으려 하여 뒤주를 들였다 하니 뒤주 아니신들 곡절은 다른 기록에 올렸으니 여기는 또 쓰지 아니하겠노라. 이런 말하는 놈이 영묘께 충성인가 경모궁께 충절인가.

선왕이 대처분을 위하노라 하면 물론 동서남북지언(東西南北之言)하고 용서하시고, 모년 모일에 시비 있다 하면 유죄 무죄가, 선왕 입으로 그렇지 않다 못 하실 줄 알고 그 일을 가지고 그 화를 삼아 저희 뜻대로 농간질을 하여 사람을 해하고, 저리 하여 충신이라 자처하니, 만고에 이런 일이 어디 있으리오.

사십 년 이래 모년사로 충역(忠逆)이 혼잡되고 시비가 도치되어 지금 정치 못하였으니, 경모궁 병환이 만부득이하셨고, 영묘 처분이 또한 부득이하신 것이고, 뒤주는 영묘께서 스스로 생각하신 것이요. 내런지 선왕이런지 지통은 자지통(自至痛)이요, 의리는 자의리(自義理)로 알아, 망극중에 보전하여 종사를 길게 지탱한 성은을 감축하고, 그때 여러 신하들이 하릴없어 말한 것을 후인이 상상하여 때 만남을 불행히 여길 뿐이지, 그 처분에야 군신 상하에 이렇다 말을 어찌 용납할 수 있으리오. 그 당시에 되어가던 일을 내 차마 기록할 마음이 없으나, 다시 생각하니 주상(主上)[71]이 자손으로 그때 일을 망연히 모르는 것이 망극하고, 또한 시비를 분별치 못하실까 민망하여 마지 못해 이리 기록하나, 그 중 차마 일컫지 못할 일 중 더욱 차마 일컫지 못할 일은 빠진 조건이 많으며, 내 백수(白首) 만년에 이것을 능히 써내니, 사람의 모질고 독함이 어이 이에 이르뇨. 호천 통읍(呼天痛泣)하여 명수(命數)를 한탄할 뿐이로다.

---

71) 순조

제 4 부

갑신[1] 이월 처분은 나라 지중하오신 일이오시니, 감히 이렇다 어찌 하오며, 처분 후야 더욱 감히 말하리오마는 내 그때 정사는 이를 것이 없어 부득이 약간 거두노라.

내 모년에 완명(頑命)을 결단치 못하고 살아 있다가 당한 한이 천만이며, 선희궁께서 과히 슬퍼하시오니 내 도리어 위로하고, 세손이 충년에 지통을 품고 또 당치 못할 일을 당하시와 과도히 애통하오시니, 상하실 일이 근심되오셔, 내가 또 도리어 위로하였으니, 섧도다. 뉘 모자가 없으리오마는 주상과 나와 같은 모자의 슬픔이 어디 있으리오.

그 해 칠월에 선희궁께서 내려오셔 입묘(入廟)[2]하오시는 양을 보오시고 오래지 아니하여 승하하오시니, 당신 슬픔이 병이 되오셔 몸을 마치신 것에 내 지통이 또 어떠하리오. 선희궁 아니 계오신 후로 궁중 모양과 안심이 점점 달라지고 정처(鄭妻)가 편애함을 믿어 여자의 천성으로 하성이 측량 없고 시기함이 심하여, 내외의 권세가 모두 그 몸에 돌아가서, 나에게 더욱 그 학대가 많으니, 내 스스로 소조

---

1) 영조 40년
2) 大祥을 치른 뒤에 神主를 사당에 모시는 것

(小朝)의 당하지 않을 수 없는 것을 탄식하나, 그때 사정과 사기(辭氣)가 탈날 배 아니요, 다른 시동생이 없고 두 그림자뿐이니, 옥체를 받들고 세손을 보호하는 것이 큰일이며, 나는 조금도 화기를 변하지 아니하니, 선친께서 또 내 마음 같으셔 매양 세손께도 그 고모3)를 잘 대접하라고 말씀하오시고, 나에게도 우애 있게 하라고 권하시더라. 근본은 이러하나 저러하나 우국(憂國)하신 간절한 고심이시더라.

선친은 또 정처의 양자 후겸(厚謙)이를 또한 대접하고, 그 시삼촌 정휘량(鄭翬良)을 당파가 다르나 좋게 친교하오시니, 그 사람도 우리를 감격히 여기더니, 돌아간 후에 후겸이 혼자 있어 등과 후로 사람의 꾐에 빠져서 마음이 변하더라. 이 대목이 우리 집의 제일 큰 화근이 되더라. 무자에 수원 부사를 하고자 신영상(新領相) 김치인(金致仁)에게 청하여 달라 하니 선친께서 하신 말씀이,

"내 한 말을 어찌 아끼리오마는 스물 된 아이에게 오천 병마를 맡길 벼슬을 시키기는 실로 나라를 저버리는 일이요, 저 자신을 사랑하는 도리 아니라."

하고, 시종 추천하지 아니하시니,

"어이 집을 돌아보지 아니하오리오?"

나와 자제들이 여러 번 말씀드렸으되, 선친은 종시 권세에 아부하여 대의를 굽히지 아니하오시니, 대저 그와 틀리게 된 곡절은 이 때문이니, 또는 오흥(鰲興)이 국구(國舅)4) 되니, 선비가 갑자기 존대(尊大)하여 범백이 생소하더라. 그래서 선친이 휴척(休戚)을 함께 하실 마음으로 지도하여 가르치심이 극진하여 범사에 탈이 나지 아니하도록 하여 주었으니 처음은 그도 감격히 여기더라. 나도 대비전 우

---

3) 和緩翁主, 鄭妻
4) 鰲興府院君 金漢耉

러름이 감히 먼저 들어왔고, 내 나이 많은 것을 생각함이 없이 일심으로 공경하고, 대비전께서는 나를 극진히 대접하시므로 일호의 사이가 없어 백년을 양가(兩家)5)가 서로 사랑할까 하였더니, 형세가 커지고 앎이 익은 후는 먼저 된 사람을 꺼리고 지도하는 뜻을 저버리는지라.

성심(聖心)이 기묘 이전은 선친을 척리(戚里) 폐부지친(肺腑之親) 밖에 합리(閤里)6)로 총애하셔서 장상(將相)을 맡겨 의정(議政)하시며 예대하오시기 천고에 드무시고, 선친이 병술에 대고(大故)를 만나 들어앉으시오니, 그 사이에 귀주(龜柱)와 후겸(厚謙)이 서로 부합하니, 후겸은 전의 혐의를 끼고 귀주는 제 집이 우리 집만 못한가 시기하고, 당치 않은 일에 노하여 형상 못 할 지경으로 모해하더라. 이것은 이(利)를 즐기고 세(勢)를 따르는 무리들이 스스로 겉으로는 사류(士類)인 체 자처하여, 좌로 꾀이며 우로 해(害)케는 중에 기회를 보아 가며, 지극한 벗과 가까운 친척이 모두 함께 기울어지니 내 집의 위태함이 급박하게 되더니, 영조대왕의 은혜가 갈수록 두터우셔서 선친이 모친상을 벗은 후에 영상을 거듭 받잡고 총애가 여전하시더라. 이럴수록 반세(反勢)의 꾐이 무궁하여 내외로 도와줌은 없고, 해하려는 이는 벌떼같이 일어나니, 속담에 「열 번 찍어 아니 넘어지는 나무 없다」는 말 같아서, 오늘 해하며 내일 해하여 불언중 은총이 절로 감하오시던지, 김귀주와 김관주(金觀柱)가 괴수가 되어, 경인7) 삼월에 한유(韓鍮)의 흉무(兇誣)를 지어 내더라.

---

5) 金漢耆 집과 作者의 본집 洪鳳漢의 집
6) 一家門里
7) 영조 46년(1770)

선친 몸 위에 무욕(誣辱)이 극하였으니 그 통분함과 억울함이 어디 비하리오. 영묘께서 특명으로 휴치(休致)하라 하오시니, 그때의 황황히 놀라움이 측량 없더니, 선친은 태연한 태도로 선마(宣麻)[8] 후에 영미정(永美亭)[9]으로 나가시더라. 내 잊을 수 없는 성음으로 임금을 우러릅고 선친을 의지하와 군신제우(君臣際遇)가 시종여일 하오시기를 바라다가, 소인(小人) 무리에게 미움으로 흥무를 만나서 일조에 물러나시니, 내가 벼슬 버림을 아껴서 아니라 선친의 단호한 충성의 혈심(血心)을 오히려 비치지 못하신가 막연히 놀랐고, 원통한 심사 또한 한 붓으로 어찌 다 쓰리오. 선친이 과거하오시기 전부터 대우가 자별하시고, 갑자가례(甲子嘉禮) 후 등과까지 하시니, 조정에 폐부의 신하가 없어서, 벼슬이 높지 못한 때로부터 나라의 대소사(大小事)를 의장하심이 특별하시더라. 입조(入朝) 삼십 년에 외임(外任) 초려(草廬) 이외에는 인견 않으신 날이 없으시고, 오영장임(五營將任)과 탁지(度支),[10] 혜당(惠堂),[11]을 떠나지 않으시고, 십년장상(十年將相)에 백성의 이해와 팔로(八路)[12] 고락을 당신 몸의 일로 아오셔, 군신간의 사이는 옛 사적(史籍)에도 거의 드물리라.

또 그때 과거가 잦고 문운이 형통하여 문내(門內)의 자제 연하여 등제(登第)하니 지처(地處) 남다르고, 정치가 밝은 시기를 영결치 못하여 운수인지 요행인지 집만이 매우 번창하여 지극히 과분(過

分)하니, 시방 와서 생각하면 영도(榮途)의 자취를 거두지 못하고 과환(科宦)이 몸을 적시니 사람의 시기함과 귀신의 꺼림이야 어찌 면하리오. 선친께서 물러나고 싶은 마음은 밤낮으로 간절하시니 주은(主恩)이 정중하시고, 처지가 자별하여 임의로 못 물러나시고 때 만나심이 어렵고 험하셔 옛사람의 직절(直節)을 다 못 하시니 이것이 모두 임금님 몸을 위해서 정성껏 받자오신 일이더라. 만일 조야에 강직한 사람이 봉승(奉承) 잘못한다 시비하면 당신도 웃고 마땅히 받으실 것이요, 낸들 어찌 마음에 두리오마는, 내 집을 치는 이는 귀주(龜柱)의 당(黨)이며, 곧 후겸(厚謙)의 당이니, 겉으로는 두 당이나 실인즉 속으로 상통하여 넘나드는 도당으로 흉한 말과 고약한 계교로 내 집을 멸망시키고자 하니, 하늘이 굽어 보시사 응당 살피심을 바라나, 일문이 놀랍고 쓰라림은 던져 두고라도 내 지극한 설움이 어찌 참을 일이리오.

그때 화색(禍色)이 점점 심하여 가니, 내 생각에 귀주는 풀릴 길이 없고, 정처에게나 내 집의 화를 면하도록 양해를 구하였더라. 그저 그 사람이 아들의 말을 듣고 전일의 은근하던 정이 달라진 지 오래였기 때문에 내 한 말로 움직이기 어렵더니, 사실인즉 그 아들 사귀어야 좋을 도리가 되지만, 오라버님은 무슨 일로 미운 배 되고 중제(仲弟)[13] 또한 그러하더라. 숙제(叔弟)[14]가 옥 있었으나, 성품이 어려서부터 의지와 기개가 고상하고 빙청옥결(氷淸玉潔) 같으니 구차 비루한 일을 할 사람이 아닌 줄 알되, 형제 중 나이가 적고 사람이 담략이 많더니, 내가 저에게 편지하여,

「옛 사람은 위친(爲親)하여 죽는 효자도 있으니, 지금 형편이 선

13) 洪樂仁
14) 洪樂任

친을 위하여 후겸이와 사귀어 집안을 구함이 옳으니라.」

하고 권하고 권하니, 숙제 내 말대로 힘써 몸을 돌보지 아니하고 옛사람의 권모술책으로 후겸과 친하였으니, 숙제가 세상의 미움을 자못 받고 몸을 더럽힘은 이 누이 탓이었으리라.

숙제는 오라버님께 글을 배워 문재(文才)가 숙성하여 당장 소과하고 전시(殿試)에 장원을 하여 조부의 업적을 이어서 앞길이 만리 같다가 가진 것을 펴지 못하고 가문의 화를 염려하여 천생의 본심을 지키지 못하고 후겸과 사귄 것을 스스로 부끄러운 마음으로 맹세하고, 집이 평안하면 세상에 나가지 아니하려 하더니, 반리(磻里) 집을 동서(東西)로 옮겨서 장만하고, 나에게 그 뜻을 편지로 알리더라. 멀리 못 갈 몸이니 장래 근교에 배회하며 경궐(京闕)을 의지하고 벼슬을 떠나서 자연과 더불어 종신하겠다던 사연이 눈시울 뜨겁게 생각되더라.

신묘[15] 이월에 선친이 당하신 환난은 또한 천만 뜻밖의 일이니, 귀주의 숙질이 비밀히 도모하여 우리 집안을 멸망시키려 하였는데, 영조대왕께서 지극히 영명하시나 춘추가 높으시니 어찌 미처 살피시리오. 화기(禍機) 박두하여 청주에 귀양을 당하여 어느 지경에 이를지 모르게 되더라. 이때 세손이 외가(外家)를 보호하려 중궁전(中宮殿)에 말씀을 많이 하시더라. 그날 한기(漢耆)가 후겸과 함께 우리 집을 멸망시키려고 정하고 아뢰자 하였는데, 후겸의 생각이 전일 같았으면 어찌되었을는지 몰랐는데, 숙제와 사귐으로 인하여 그랬던지, 즉석에서 함께 해할 의논을 그치고 그의 어미〔鄭妻〕도 들어와서 풀어 아뢰었는지, 화색(禍色)이 좀 잠잠해지매, 눈앞의 고마움을 은

15) 영조 48년(1772)

인으로 생각하였으나 당초에 그런 일 없었던 것만 하리오.

이때 귀주 숙질이 무함(誣陷)함이 다름이 아니라, 인(裀)의 형제가 이어서 나니 영조대왕께서 화근이 될까 근심하시게 되더라. 이에 대하여 선친의 마음이 어찌 우려 아니 계시리오마는, 드러난 죄가 없으면 은원(恩怨)을 먼저 말할 것이 아니기 아뢰시되,

"신의 처지에 세손께 지극한 몸이오니 신이 좋은 색으로 저희를 대접하여 원(怨)을 부르지 아니하게 하는 것이 좋사오이다."

상께 아뢰니, 선친은 저희들을 잡것에 반하는 일이나 없게 하신 뜻이나, 그것이 위인이 잘못 나서, 가르침도 받지 아니하고 좋지 못한 일이 많더라. 선친이 불행히 여기시고 염려함이 측량 없으시나, 그 후에 가르쳐서 감동할 인물이 아니기 때문에 신(信)을 둔 일이 없더라. 당신 고심으로 나라에 무사코자 하시던 일이 뜻 같지 못함을 한탄하시더니, 경인[16] 후 귀주네가 이 일로 모함하다가 뜻대로 안 되매, 또 저 일로나 모함할까 하여 이때에 화기(禍機)가 급하더라. 다행히 세손의 덕으로 매우 진정되었으나, 인정 천리가 당신의 외손 세손께 위한 정성이 어떠하실 것이 아닌데, 도리 밖의 일로 해치려 하니, 인정의 흉험함이 무겁고도 무섭도다.

청주에 귀양가 계오시다가 즉시 귀양이 풀렸으나, 논란의 상소가 그치지 않으니 과천(果川) 촌집에서 죄를 기다리고 계시더니, 사월에 서용(叙用)하오시고 선친이 유월에 입시하시니, 부녀가 서로 만나서 반기고 원한을 풀었더라. 팔월에 한유(韓鍮)의 흉악인 상소가 다시 났는데 이것은 또 귀주의 흉한 음모더라. 부운(浮雲)이 백일을 가려서 엄한 분부가 내려서 죄명이 중하시매, 문봉 묘하(廟下)로 칩

---

16) 영조 47년(1771)

거하시고 오라버님 내외를 데려다 지내셨으매, 그때의 정이 어떠하
리오. 경인 영미정(永美亭) 계오실 때 큰 집은 서울서 사당을 모시고
있고, 숙제의 내외가 모시고 지내니 숙제의 부인이 집에 들어온 지 오
래지 못하여 선비 별세하시니, 매양 추모하고 시아버지(洪鳳漢)를
지극히 공경하고 백사를 우러름이나 시부 사랑함이 정성스럽더라.
영미정에 모시고 있을 제 지자부[17]로 못 할 일을 지성을 다하여 받들
더라. 신묘 이월에 화색(禍色)이 급하니 그때 임신한 지 수삭이었으
니, 찬물에 목욕하고 동망봉(東望峰)[18]에 올라가오셔 시아버지를
위하여 하늘에 자주 빌더니 그 해 구월에 아이 밴 몸으로 세상을 떠났
으니 임신중 몸을 돌아보지 않고 찬물에 목욕한 탓 같아서 내가 각별
히 참석(慘惜)하더라.

　임진 정월에 선친이 은사(恩赦)를 입어 임금께서 부르시는 조서
가 간곡하시매, 마지못하여 삼호로 다시 와서 머무르시고 입시하시
니, 천안(天顔)이 기뻐하시고 이전과 다르심이 없더라. 칠월 이십이
일에 관주와 귀주가 또다시 흉소(兇疏)를 올렸는데 어느 일이 무함
(誣陷) 아니며 어느 말이 흉모가 아니리오. 세변(世變)의 측량키 어
려움과 인심의 흉악함이 제 처지 남과 다른데 무슨 원한으로 이 지경
까지 이르렀는지 이상하지 않을 수 없더라. 영묘(英廟)께서 현명하
심이 해와 달 같으시며 선친 무함을 벗겨 주시고 두 척리(戚里)[19] 집
이 이러한 줄 크게 진노하오셔 귀주를 육단부형(肉袒負荊)[20]하여
사죄케 하오시고 귀주에게 처분 내리시더라.

---

17) 맏며느리 아닌 며느리
18) 崇仁洞 뒷산
19) 作者의 친정 洪氏 집안과 英祖 繼妃 貞純王后의 친정 金氏 집안
20) 옷을 벗기고 매질하는 형벌

내가 그때 작은 집에 내려가서 대죄(待罪)하였더니 부르오셔 위로하오시고,

"내 내전에게도 너 보기를 이전과 달리 말라 하였으니 네 조금도 내전을 의심 말지라."

하오시니 천은이 망극하더라. 뉘 나라 은혜를 안 입으리오마는 나 같은 이 다시 어디 있으리오. 이 날을 내가 만난 일이 절절이 괴이하여 처변(處變)할 도리가 망극하나 상교의 간측(懇惻)하심을 감동하고 귀주의 불공대천지수(不恭戴天之讐)는 잊지 못하려니와 자전(慈殿) 섬기옴에 이르러는 일호도 감히 마음에 지체함을 품지 못하와, 지성으로 섬김을 궁중이 다 보는 바요, 자전께오서 또한 나를 대접하심이 항상 같으시니 내가 자덕(慈德)을 우러러 잘 통함이야 이를 것이 없더라. 자전께서는 자연 염려도 하오시니 귀주가 나라에 모역일 뿐 아니라 내 마음에도 자전께 죄인인 줄로 알노라.

계사[21]에 선친이 회갑 되오시니, 왕모(할머니)께서 갑년(甲年)에 미처 생신을 지내지 못하고 별세하신 일이 지한(至恨)이 되오시고 추모가 새로워 잔을 드시지 아니하오시고, 뿐 아니라 조반도 안 잡숫고 상심하여 울음으로 지내시니, 내 감히 음식을 하여 드리지 못하고, 진지를 차려 권하니 수저는 드시되 잡숫지 아니하더라. 또 그 달이 선비의 회갑달인데 일찍이 별세하오셔, 두 분 함께 이 해 이 달을 즐기시는 것을 뵈옵지 못하니, 우리 남매의 악연한 정성과 추모지통(追慕之痛)이 비할 데 있으리오. 그 해 시월 영묘께서 갑일(甲日)을 무모하게 지냈다 하오셔 경저(京邸)[22]에 사연사악(賜宴賜樂)하오시니, 풍류 한 마디를 들어 은영(恩榮)을 표하고 온 집안이 감축

---

21) 英祖 49년(1773)

22) 서울집, 즉 洪鳳漢家

함은 더욱 깊더라. 숙제〔(洪樂任)〕의 집이 그릇된 가운데 좋은 아내를 잃고, 어린 아이들의 형용과 신세 쓸쓸함이 이를 데 없으므로 너무 슬퍼하고, 두 아들을 두었기 때문에 재취코자 아니 하더니, 두 며느리를 해를 연하여 맞아 가계(家計) 모양이 됐으니, 그 어머니의 숙덕에 보답할까 하더라. 갑오 겨울에 둘째 아들 잃으니, 이런 변상(變喪)이 우리 집에 처음이었고, 집안이 쇠하려는 징조를 비롯함인가 싶고, 숙제가 한 아들을 두고 재취하지 않음은 도리어 그른지라 선친이 권하오시고, 여러 번 편지로 그 고집을 돌리게 하여 을미[23] 가을에 재취했더니 삼 남(三男)과 일 녀(一女)를 얻어 백수모경(白首暮境)에 자녀가 많으니, 내 모양이 자식을 내준 배라고 말할 수 있더라.

이 해[24] 섣달에 중부(仲父)[25]께서 영상 벼슬을 받았으니 선친께서 미처 물러나오지 못하여 흉당(兇黨)의 참무(讒誣)를 만나신 일이 한이 되니, 우리 집 사람이 벼슬을 버리고 국은을 축수하고 한가로이 있음이 당연한 일이요, 국사의 위태로움이 백척간두(百尺竿頭)에 오름 같은 때에 이 대배(大拜)를 하시니, 놀랍고 근심과 두려움이 스스로 몸을 동인 듯이 움직이지 못하고 어려워하더라. 집안이 최성(最盛)하니 하늘이 가득함을 서러워하시고, 관위(官位)가 극진하니, 재앙이 저절로 생겨서 그런지, 을미 겨울에 큰 죄를 지으시니 겁낸 탓이시나 망발은 극진하니, 본심을 헤아리지 못하고 죄명이 지중하여 집안이 망할 기틀이니, 가슴이 막혀서 긴 말은 못 쓰고 통곡할 뿐이로다. 섧고 섧도다.

---

23) 영조 50년(1774)
24) 영조 51년(1775)
25) 洪麟漢

병신[26] 삼월 초닷새날에 천붕지통(天崩之痛)을 당하여 망극함을 어찌 다 형언하리오. 내가 열 살에 영묘를 모셔 삼십여 년의 지극하오신 자애를 입사와 갖은 어려운 때라도 나를 사랑하심은 일호도 변치 아니하오시고, 심지어 「지기구식(知己舊識)이라」 하오시는 은교(恩敎)까지 얻잡고, 만난 바와 세도(世道)의 어려움을 생각하면 내 한 몸 보전함이 어느 일이 선왕의 하늘 같은 성은(聖恩)이 아니시며, 내 집을 구제하심이 종시(終始)로 무휼(撫恤)하오신 은택이시니, 자식이 되어 이 은혜를 또 어찌 잊으리오. 주상(主上)을 간신히 길러 구오(九五)[27]에 오르시는 양을 보니, 어미의 지정으로 어찌 귀하고 기쁘지 아니하리오마는, 지통이 마음속에 있고 집안 재앙이 천만 가지로 박두하여 중부의 죄만이 망극할 뿐 아니라, 흉악한 상소가 어이 일어나서 선친의 처지가 더욱 망극하시니, 내 어리석으나 주상 어미로 앉았으니, 선친을 꼭 해하려 하는 것은 나를 업신여긴 뜻이니, 내 몸이 없어져 이런 꼴을 보지 말고자 하였으되, 주상을 버리지 못함은 인정의 당연함이라. 슬픔을 서리 담고 하늘만 바라더니 칠월에 중부(仲父)의 당하심을 보니 집안이 망하더라. 내 처지에 이것이 어인 일이랴. 통곡하며 통곡하나 또한 사정(私情)에 지나지 못하더라. 나라 위한 지성은 갈수록 더욱 힘을 써 임금의 명찰만 바랐는데 선친이 삼호에서 근신하며 처분을 기다리시다 무욕(誣辱)이 더욱 심하매 창황히 문봉묘하러 가시고, 집안이 다 따라가니, 나의 하늘에 사무친 슬픔이야 또 어디에 비하리오. 이 몸으로 선친의 지원(至冤)을 깨끗이 씻어 드리고 죽음직하건마는, 주상의 일을 생각하여 모진 목숨을 구구히 끌고 있으니, 하나도 인액(人厄)이요, 둘도 무지(無智)이

---

26) 영조 52년(1776)
27) 王位

나, 지심(至心)을 깊이 알아보면 바이 헤아림이 없다 하랴.

선대왕의 은혜를 지극히 입었으니 어찌 제전에 참여치 아니하오며 곡읍(哭泣) 폐하리오. 집안 당한 처지가 망측(罔測)하나 감히 아니치 못하더니 중부 일 나시고, 선친의 처지가 더욱 망극하시게 되더라. 나는 자식이 예사로이 몸을 가짐이 염치와 인사 다망함이라고 생각하였으니, 문을 닫고 칩복(蟄伏)하여 사생화복(死生禍福)을 같이 하려고 문 밖을 나간 일이 없고, 다만 대전이 오신 때면 머리를 들었으니 주상이 어찌 나 슬퍼하는 것을 보고자 하시리오. 매양 나를 대하시면 불안하고 슬퍼하오셔, 도리어 내 근심을 위로하여 화기를 보이시매, 선친의 처지가 망극할 뿐만 아니라 숙제의 죄명이 대안(大案)에 올라 도리어 어이 없더니, 집안 운수가 첩첩에 궁험(窮險)하여 정유[28]에 오라버님이 별세하시니 원통하고 원혹(冤酷)토다.

선형(先兄)께서 당신이 집안의 큰몸으로 덕행·문학이 범류에서 뛰어나 여러 아우와 사촌까지라도 배우고 들어서 집안이 번영한 중이라도 글을 좋아할 줄 알고 비루한 일들을 아니 하여, 남들이 괴이한 국척으로 알지 아니하게 하였고, 오라버님이 비록 몸이 경열(卿列)[29]에 오르시나 문을 닫고 글을 읽어서 위로 나이 어린 삼촌이 있으나 아래로 수하 사람들이 보고 감화하며 일어남은 모두 오라버님의 힘이며 공이더라. 내 비록 깊이 앉아서 집안 일을 자세히 모르나 깊은 골에 난초가 피면 바람으로 인하여 향내가 멀리 풍김과 같아서 내가 자연 잘 들은 바라 매양 흠탄하기 때문에, 집이 비록 그릇되었으나 오라버님 믿기를 태산교악(泰山喬岳)같이 바라다가, 연세 오십이 못되어 집안 처지를 주야로 염려하오시고 당신이 불행히 과거하여 아들

---

28) 정조 元年(1777)
29) 2품 이상의 벼슬

까지 이어 조정에 오른 일을 뉘우쳐 하늘을 깨치실 웅장하신 지기 (志氣)를 일조에 품고 조석으로 정성(定省)하오신 외에는 한 방 안에 들어서 문을 닫고 글만 읽으시고, 조그만 언덕과 시원한 숲 사이로 일찍이 올라서 소요하지 않으시고, 당신 형제가 입조하여 영화를 도와 선친께 걱정시켜 드린 것만 설워 하오시다가, 일찍 돌아가시니 이 어찌 천리(天理)리오.

하물며 선친이 병으로 위독하신 중에 역리지척(逆理之慽)을 만나 애통하오셔 집이 그릇된 중에 또 그릇되어 진실로 눈 위에 서리니, 창천을 우러러 눈물만 흘릴 뿐이며 당신이 근신하오심이 이상하고 주밀이 극진하여 나를 매양 보시면 검박함을 훈계하오시고, 가끔 제왕의 사적과 착한 후비(后妃)의 말씀을 간곡히 하셨으니, 어느 말씀을 탄복하지 아니하리오. 집안이 번영함을 우려하셔서,

"국척의 집 보전하는 것이 음관(蔭官)이나 주부(主簿) 봉사 같은 말단 벼슬은 길이 누리나니, 마누라 누님께서 본집 잘 되는 것을 기뻐하지 마소서."

하시니, 내 집이 국척되기 전에도 대대로 그런 말직은 듣지 못하였다가, 그 말씀이 옳은 줄 알되 웃었더니 지금 생각하니 밝은 말씀이런가 싶더라. 풍의(風儀)가 엄정하시고 얼굴이 수려하시어 선비를 많이 닮으셨으니, 내가 뵈오면 매양 반갑기 측량없고, 선대왕께서 매양,

"아무는 대용(大用)할 신하라."

하시고, 주상께서 큰외삼촌 대접이 스승같이 하오셔, 특별하신 은혜가 당신 지체뿐 아니시니 집이 무사하더면 당신 공명일 뿐더러 일신의 빛남이 어떨 것이 아니로되, 집안 액운으로 중년에 홀연히 별세하시니, 내 슬픔이 한갓 집안 위한 마음뿐 아니라 통석함이 골수에 박혀 있어서, 수십 년이 되었으되 가슴이 막히고 눈물이 흐르도다.

상사 때 주상이 제문을 친히 지으셔 덕행·문장을 칭찬하오셔 치제(致祭)하오시니, 그때 집안 모양으로 이 특별한 은혜가 계시니 감축하고, 그 후에 친히 서문(序文)을 지으셔 문집을 내어주오셔 애영(哀榮)이 극진하시니, 구원(九原)[30]의 앎이 계오시면 함루결초(含淚結草)하심이 어떠하시리오.

정유 팔월에 숙제의 화색(禍色)이 더욱 망극하니 하늘을 우러러 처분을 기다리더라. 성명(聖明)이 살피오셔 생명을 살려 주시고, 무술[31] 이월에 일월이 비치셔 지원(至冤)을 깨끗이 씻으매, 숙제에 대하신 성은은 천지와 하해 같으셔 만고에 드무시고, 내 동기를 살려 내니, 그때 감격함을 어찌 형용하리오.

선친이 그때 올라오셔 궐 밖에 대죄하시고 무사한 후에 입시하시고 안에 들어오셔 나를 보시니, 삼 년 동안 망극한 상면과 무궁한 경력을 지내시고 노쇠하심이 극도에 이르셨고, 내가 놀라운 기쁨으로 가슴이 막혀 오래 떨었고, 선친이 숙제가 살아남을 감읍하시오며 생전에 만남을 반가워하고 곧 나가시더라. 내가 손을 잡아 무궁히 수하셔 집안이 나아져 다시 뵈옵기를 암축하고 눈물로 하직하였으니, 내 죄역이 갈수록 중하고 깊어 하늘이 앙화를 내려, 그 해 섣달 초나흘에 대고(大故)를 만나셔 천고의 영결이 길이 되니, 궁천지통(窮天之痛)과 철지지원(徹地之冤)이 망극하고 망극하도다.

뉘 부모를 잃지 않으리오마는, 나 같은 슬픔이야 고금에 다시 있으리오. 기품을 헤아리면 칠순을 이어 못 누리오시리마는 나라를 위하여 수십 년 초심하오시고, 흉당(兇黨)의 무욕(誣辱)을 수없이 보시고, 마침내 집이 전복되어 몸이 오혁하셨으나, 간절한 혈심(血心)

---

30) 地下
31) 정조 2년(1778)

을 씻지 못하오시고 지극한 원한을 품고 촉수(促壽)하기에 이르셨으니, 이 일이 누구의 탓이리오. 그것은 모두 불초불효(不肖不孝)한 나를 두오신 때문이니, 내 뼈를 갈아도 이 불효는 속죄하지 못할 것이니, 모진 목숨을 또 건지어서 땅 위에 보전함은 주상의 성효(聖孝)에 이끌림을 면치 못하며, 선친과 화복을 함께 못 하니 부끄럽고 슬픔이 천지에 사무치더라.

어느 뉘 부모의 자애를 안 입으리오마는 나 같은 이 없으니, 일찍이 부모를 떠나 있다가 선비를 중도에 여의고 자모의 정을 겸한 때도 나를 잊지 못하셔 추호만한 일이라도, 내 뜻을 어그러치실까 염려하시더라. 명도를 슬퍼하는 것이 심중의 고통이 되어서 힘에 미치는 것은 내 뜻을 받기로 힘쓰시니, 궐내가 작정한 진상물 외에 동궁 처소는 용도가 넓지 못한데, 기간 불언중 요구에 응하는 재물은 허다하여, 이루 형용할 수 없으니, 당장 급한 일이 무수한데 내 마음을 쓰이지 않기 위하여 재물이 얼마인지 모르고 삼십 년 장상(將相)의 내외 요임(要任)을 일시도 떠나지 않았으나, 곳곳의 부고(府庫)가 충만하여 나라에 전심하여 재물을 보용(保用)하게 하여 일호도 낭비하심이 없었으며, 재주와 국량이 비상하여 만부득이 쓰고자 하신 것은 미치지 못할 듯이 거행하오시며, 이것이 작은 일이나 지극한 정리를 믿어 급한 때를 무사히 지내고 나면 내가 다행할 뿐 아니라, 일에 임하는 궁중 사람들이 손을 모아 감축하더라.

임오 가례 때에 모든 일을 준비하오셔 나를 도우시고, 망극지변(罔極之變)의 초종의대(初終衣帶)를 모두 애써 감당하오시고, 삼년 제향을 돕는 물종(物種)과 대소상 때의 제물도 용동궁(龍洞宮) 이궁 해포로 밀린 부채에 쓰지 말라 하시고, 모두 도우셨으니 정성 안 미치신 것이 무엇 있으리오.

청연 형제(淸衍兄弟)의 길례 때도 선친이 도와주시니, 이렇게 전후에 나에게 들이오신 재물이 몇만 금인지 모르니 이것이 모두 나랏일을 위하신 일이나, 나의 불안은 자연 심하여 매양 조용히 말씀할 제,

"내게만 이리 진심(盡心)하오시고 동생들을 어이 돌아보시지 아니하옵시니이까?"

하면, 선친은 웃으시며 이르시되,

"나라가 태평하면 저희들이 살 것이니, 집안이며 논떼기 장만하여 준 것도 옛사람에 비기면 심히 부끄럽도다."

하시니, 당신 처지에 이 말씀이 어찌 감복치 아니하리오.

당신이 사군(事君)에 충성을 다하심과 집에 있어서의 효우(孝友)하심과 직무에 청렴결백하시고, 사무처리에 계셔 모든 관리와 전국의 백성의 은혜와 덕을 입지 않은 이 별로 없으니, 이는 사언(私言)이 아니라 온 세상의 공언(公言)이매 내가 길게 말할 필요가 없더라. 어머님〔任氏〕을 일찍이 여의심으로 외가(外家)에 정성이 극진하시고, 외조부모의 제사에 반드시 제수를 당하시고, 종질들 무휼(撫恤)하심도 각별하오시고, 빈궁한 친구와 일가를 두텁게 구제하여 끼니를 잇는 집이 얼마인지 모르더라. 천성이 소박하여 당신 처지가 어떠하시며 관위가 어떠하리오마는, 계시는 방에 좋은 종이로 벽을 바르시지 아니하고, 그림 한 장 붙이는 일이 없고, 고운 등배[32]를 깔지 않고, 고운 병풍을 치지 않고 집기 한 가지 놓으신 일이 없으셔, 일생을 무명 바지와 무명 창의(氅衣)를 입으셨더라. 그리고 반찬은 잘해 잡수신 일이 없고, 말년에 몸을 죄인으로 자처하고 수만 초가집

---

32) 보료, 또는 화문석

엘 거처하오시고, 두 가지 반찬을 못 놓게 하시더라니, 천성이 착하지 아니하오시면 어찌 이렇듯 하시리오.

일찍이 두 군주(郡主)의 족두리에 구슬 얽은 것을 보시고,

"몸이 가려워 못 보겠다."

하시고 나를 경계하오시니, 이 한 가지 일로 미루어 백 가지 일을 알 수 있으니, 섧도다. 당신의 덕행이 이러하오시고 사업이 이러하오시고, 몸을 닦으며 일에 처하심이 이러하오시나, 나중의 운수가 기험(奇險)하셔 주은을 종시 보전치 못하고 지하에 원한을 품으시니, 이 일을 생각하면 종천지통(終天之痛)이 가슴에 박혀 일시도 살고 싶은 마음이 없더라. 그러던 중에 수영(守榮)이가 오라버님 삼 년 상중에 또 화변을 만나 승중(承重)[33] 하니, 내 몸의 상복(喪服)이 겹겹이더니, 내가 너를 생후로부터 장질로 각별히 생각하다가 양대(兩代) 안 계신 뒤로 집안의 중대한 책임이 나이 적은 너에게 지워졌더라.

중제(中弟)의 성품이 효우(孝友)하고 자상하더라.

세리(勢利)에 담연하여 경인 후에, 경제(京第)를 떠나 삼호에 살면서 세상에 나오고자 아니 하고, 모든 일을 공평히 처리하였으니 선친이 매양 기대하시더라. 삼호에 머무신 때는 중제가 선친을 모셨고, 신묘 귀양 때도 따라가서 모셨고, 병신 구월에는 고양(高陽)으로 따라 옮겨 갔더라. 그리고 화고(禍故) 만난 후 형제가 서로 의지하여 울음으로 지내는 중에도 아우를 거느리는 조카를 가르침이 한 몸같이 극진하더라.

내 선친 아니 계오신 후, 중제에게 모든 집안일을 의탁하니 중제는 선친 계오실 때같이 내 마음을 알아 매사를 근심 않게 잘 처리하였으

---

33) 長孫으로 조상의 제사를 받드는 일

니, 나의 기대가 화고 후에 백 배나 더하더라. 계매(季姉)³⁴⁾가 기묘(己卯)에 출가하여 간곤하기 이를 데 없으나, 자녀를 계속 낳고 남편이 입과하여 급제까지 하여, 나라의 은혜를 입고 안락하기를 바랐으니, 천만 뜻밖에 우리 집이 그릇되고, 제 시집의 화고는 망측하여 옥 같은 자질이 진흙 속에 떨어지매, 제 집안을 위한 망연한 근심 가운데, 이 아우 못 잊는 마음이 어디에 비하리오.

제가 하향하여 상거가 멀지 아니하나, 선친이 국법을 무섭게 여기셔 불러 보시지 아니하고, 내가 또한 한 자의 편지를 통하지 못하니 제 설움이야 더할 것이 없다가, 선친이 화변을 만나니, 의지하여 바랄 바가 끊어져 슬퍼하고 생애가 더욱 망연하더라.

중제는 선친 하시던 바와 조금도 변함이 없이, 한 푼의 돈과 한 되의 쌀과 심지어 간장이라도 다 염려하여 의논하여 궁도(窮途)에 의지하니 동생이 상정이나 이것이 말세에 잊지 못할 우애요, 그 부인³⁵⁾이 또한 우애가 극진하여 남편의 뜻을 받아 환난중에 주선함이 친동생보다 더하더라. 이 내외가 아니더면 제가 어이 지탱하였으리오.

계제(季第) 다섯 살 적에 선친께서 김공 성응(金公聖應)의 차자 지묵(持黙)의 맏딸에게 정혼하였는데, 그 후 그 처녀가 담종(痰腫)으로 성인할 가망이 없게 되더라. 김공 성응이 선친께 그로 인하여 퇴혼(退婚)하자 하더라. 선친께서는,

"우리 두 집이 이미 약혼하였으니, 시방 와서 처녀가 병들었다고 언약을 저버리면 사부의 도리가 아니요, 병 때문에 비록 부부의 도를 못 이루어도, 이것이 모두 저희 팔자니 하늘에 붙이리라."

하고, 퇴혼을 아니 하시고 혼인(婚姻)을 이루나, 인륜의 도(道)는

---

34) 李復一의 아내
35) 洪樂信의 妻李氏

못 차렸으니, 병술[36]에 그 댁이 갑자기 죽으니 아우가 무슨 정이 있었으리오마는, 지나치게 슬퍼하고 오래 재취하지 아니하더라. 선친께서 신의를 중히 여겨 퇴혼하지 않으신 것은 예에 드문 일이요, 아우가 오래도록 불쌍히 여기고 재취하지 아니하온 일도 또한 쉽지 않은 착한 마음이더라. 그 해에 할머니를 잃으니, 제 정리가 두 번 어머니를 잃은 것같이 슬퍼하더니라.

내가 모든 일에 못 잊어 함이, 이름이 동기지만 자식과 어찌 다르리오. 제 기상과 박식으로 집안의 번영함을 보나 제 몸에 좋음이 없고 이십이 갓 넘을 제 집안이 그릇되니 동서로 표박하고, 집안 걱정 외에도 숨은 근심이 있어, 반생을 즐거움을 모르고, 내 심중에 불쌍함이 동기 중에서 각별하다가, 마침내 아버님 잃은 고통을 또 만나니 가엾은 생각이 백 배나 더하여 잊지 못하더라. 삼 년을 마치고 삼 형제가 별같이 흩어지니 서로 돌아보며 동으로 돌아보아 각각 그리워하는 마음이 한량 없더니라.

선친께서 나를 낳으신 하늘 같은 큰 은혜와 천륜 밖에 뛰어나신 자매며, 나로 말미암아 마침내 집안이 이러하니, 내 생각할수록 이 몸이 없어져 불효를 사죄코자 하나, 모년부터 결단치 못함이 주상을 위하여 못 함이요, 무술[37]에 따르지 못한 것도 주상의 고위(孤危)하심을 잊지 못한 까닭이더라. 동궁 모신 정렬(貞烈)에도 득죄(得罪)하고, 선친 섬기는 효성에도 저버린 사람이 되니, 스스로 내 그림자를 보아 낯이 덥고 등이 뜨거워서 밤이면 벽을 두드려 잠을 이루지 못하기를 몇 해를 하였던고.

국운(國運)이 불행하여 흉변이 자주 나니 나라를 위하여 근심하

---

36) 영조 42년(1766)

37) 정조 2년, 作者의 父親喪 때

고 두려워함이 간절하더니, 기해[38]에 국영(國榮)의 수원관(水原官)에 추천해 주지 아니하여, 선친에 대한 역심이 더욱 흉악망측하더라. 어느 때인들 난신적자(亂臣賊子)가 없으리오마는 이런 역적이 또 어디 있으리오. 사사로운 집안의 지통뿐 아니라, 국세가 외롭고 위태로우므로 간장이 마디마디 녹다가 임신 경사[39]를 얻었으니, 그 경사롭고 즐거움이 측량없어 서럽던 마음에 태평만세를 기약하더니라.

갑진[40]에 선친에 대한 죄를 풀어 용서하오시는 은교(恩敎) 계오시고, 또 시호(諡號)를 내리오시니, 내 생각으로는 선친의 혈충단심(血忠丹心)으로 이 일 받으심이 늦은 것을 설워하니, 당신은 구원(九原)에서 감축하실 것이니, 나는 감격의 눈물을 흘릴 뿐이요, 수영을 종손으로 벼슬을 시키시니 성은이 갈수록 축수하나, 제 자취가 불안스러워서 별로 기꺼함이 없더니라.

주상(主上)을 위로할 말이 없어, 황천에 원하여 성자를 주시어 국가 만년의 반석되기를 빌고 빌었더니, 조종의 신령이 도우셔 경술[41] 유월에 큰 경사를 다시 얻으니, 그 경사로움이 천지에 끝이 없고 상천의 고마우심을 무엇으로 갚으리오. 손을 모아 사례할 뿐이라. 이 몸이 살았다가 나라의 경사를 다시 볼 줄을 어찌 기약하였으리오. 내가 아이 낳던 날을 당하면 나를 낳아서 기르신 부모님 은혜를 추모할 뿐 아니라, 세상에 나온 것을 설워하여 대전성효(大殿誠孝)로 힘써 지내매, 이 날이 있을지 모르다가 천만 꿈밖에 내가 살아 있는 세상에서

---

38) 정조 3년(1779)
39) 정조 6년, 文孝世子가 출생한 일
40) 정조 8년(1784)
41) 정조 14년(1790)

이런 경사를 보니, 저 하늘이 나를 불쌍히 여기사 이 날의 대경을 만나게 하시니, 스스로 몸을 어루만져 상천의 어여삐 여기심을 축수하여 이 복을 받자와 평생을 돌아가고 싶은 마음을 돌이키니 나라의 경사를 즐겨하는 줄을 알 것이로다.

주상의 효성이 탁월하셔 자전(慈殿)⁴²⁾을 극진히 받자오시고, 부모로 인한 숨은 고통이 있어 유명지간(幽明之間)에 설워하오시니, 만나신 바 참지 못할 일이니, 내 몸에 당한 일은 신명께서 다 아시매 내 어찌 일호라도 어김 있으리오. 주상의 슬픔과 설움을 내 도리어 설워하고 추모하는 일은 일국(一國)이 감동할 것이요, 살아 있는 어미에게 천승지양(千乘之養)으로 하오시는 것이 극진하니 내 또한 무슨 여감(餘感)이 있으리오.

곤전(坤殿)⁴³⁾과 중원하셔 양전(兩殿)이 화락하오시며, 제빈(諸嬪)을 고루고루 거느리시고, 두 누이를 사랑하심은 더 말할 것이 없으시어, 내 어미의 구구한 정으로도 더 바랄 것이 없더라. 나는 두 딸원한 천륜의 정뿐이지 저희들을 못 잊어서 부족함이 없삽고, 심지어 서제(庶弟) 둘⁴⁴⁾에게도 죄악이 부자지간에 용납지 못할 것이로되, 성덕으로 극진하신 은혜가 천고에 드무시니, 누가 감동하지 않으리오마는 내 근심이 밤낮으로 놓이지 못하노라.

내전이 후덕하오시고 인후(仁厚)하셔 중궤(中饋)⁴⁵⁾가 진선 진미하오시고, 자전 받드옴과 나를 섬기심이 지성이시고, 가순궁(嘉順

---

42) 영조의 繼妃, 貞純王后
43) 正祖妃
44) 恩彦君 裀과 恩信君 禛
45) 主婦의 責務

宮)⁴⁶⁾이 성효롭고, 또 공손하고 검소하여 성궁(聖躬) 섬기옴과 원
자(元子)를 보호하고 교훈함이 지극하니 아름답고 유공하니 나라의
보배가 아니랴.

종사(宗社) 면면하기를 이 한 몸에 빌며 궁중에 화기가 넘침이 근
대에 보지 못한 일이니 내 위로 자전(慈殿)을 받드와 궁중의 범절이
있음을 우러러 치하하고 자랑하는 마음이었더라.

내가 미망(未亡)한 슬픔을 품고 경력이 많으나, 주상을 성취하여
성덕이 저렇게 거룩하시고, 원자는 여섯 살의 어린 나이지만 총명 우
효(友孝)하여 주상을 닮았사오니, 우리 나라가 성자신손(聖子神
孫)이 대대로 이어 억만 년 태평하기를 빌고, 두 군주(君主)를 길러
서 저희들이 각각 귀주(貴主)⁴⁷⁾의 교만이 없어, 나라 우러러 모시는
정성이 극진하면서 한 마음으로 근신하더라. 이것은 왕희(王姬)로
서 드문 일이니, 저희들 평생 조심하고 부지런함을 힘입어 길이 복을
누릴 듯이 기특하게 여겼더라. 또 외손(外孫) 아이들이 잘못 나지 아
니하여 혹 준수하며 청려(淸麗)하고, 저희들 묘년에 며느리를 보며
사위를 얻으니 그윽이 기뻐하되, 다만 청선(淸璿)이 숙녀의 현덕으
로 신세 그릇되어 어미 운수와 흡사한 줄 것을 슬퍼하노라.

집안이 그릇된 후에 동생들이 궁향(窮鄕)에 칩거하니, 생전에 보
기를 기약치 아니하더니 경술 대경 후 은사(恩赦)가 정중하셔 나에
게 알아 두라 하시니, 세상에 거두지 못할 자취로되 성은이 황감하여
염절(廉節) 없음을 무릅쓰고 황망히 들어오니 성의(聖意)가 나의
이전의 무슨 근심을 씻게 하오셔, 동생을 생전에 다시 보게 하오시니
갈수록 천은이라.

---

46) 정조의 後宮, 순조의 生母
47) 귀한 딸

화고(禍故) 후에 만나 보니 말이 없고 눈물뿐이며, 성택(聖澤)을 노래하듯이 깊이 찬송하여 산중에서 병 없이 오래 살며 여생을 마치시기를 바라며, 지난 해에 내 나이 예순이었다 하고, 세 동생과 두 삼촌에게 모두 가자(加資)[48]를 주시니, 폐칩(閉蟄)한 몸에 이 얼마나 고마운 천은이랴. 분수에 넘쳐서 감축 황송하기가 측량이 없더라. 유월 내 생일 때 두 삼촌을 뵈오니 기쁨이 세 동생 보던 때와 경희(驚喜) 일반이라.

내 숙계부(叔季父)[49]와 나이가 서로 같아 한 집에서 자라날 제 친애함이 남의 숙질과 다른지라, 숙부는 나를 매양 유희할 것을 하여 주시고, 계부는 나이 일 년 적어서 사랑함이 각별하여 글 읽으시는데, 곁에서 서수(書數)[50]를 펴 드리더니라.

조모께서 덕행이 지극하셔 아들과 손자 손녀를 가리오시는 일이 없으시고, 모친께서 수숙(嫂叔)을 길러 내는 정이 자모 같으셨으니, 우리 숙질(叔姪)간의 정이 동기와 다름없었더니라.

숙부는 지취(志趣)가 담백하셔 일찍이 과거 보지 아니하시니 내가 존경하고, 계부는 풍채와 예절이 맑고 높고 문학이 겸전(兼全)하셔 주상이 입학하실 때 맡아 보시고, 즉시 입조하여 성망이 높아서 조정의 큰 그릇이더라. 나의 기대가 범상치 아니하더니 무수한 고생을 겪고 의외에 보오니 기쁨이 또한 동생 본 듯한지라.

숙모[51]는 내 입궐한 후에 들어오셔 자주 뵈온 바 없으나 성품과 식견이 보통 여편네와 다르셔 우리 모친과 중모(仲母)께 동서됨이 부

---

48) 正三品 이상의 品階를 올리는 것
49) 숙부 洪駿漢과 계부 洪龍漢
50) 독서 횟수를 기록하도록 종이로 만든 것
51) 洪駿漢의 妻 徐氏

끄럽지 아니하오셔 일가(一家)가 칭찬하더니, 중년에 돌아가오셔 집안 부녀의 변상(變喪)이 이어서 나매, 이것이 또한 불행이로다. 계모(季母)[52]는 내 이종(姨從)[53]이신데 성질이 온공하고 겸손하여 진실로 부덕이 되어 있으시며, 어려서부터 놀아서 정이 각별하더라. 내 집에 들어오시매 선비가 딸같이 사랑하시더라. 나와 친하기 더욱 간절하여 만나면 옛 정과 옛 말을 다 펴더니 집이 그르게 된 후 음성과 안색이 침울하여 산중에서 세상 소식을 끊고 지내셨고, 계부는 경서 읽기를 일삼고 계모는 길쌈을 힘써 산중의 낙을 삼더라. 두 아들과 네 손자가 쌍쌍이 벌여 있었으며, 집안의 슬픔은 지한(至恨)이었으나 부부가 해로하여 회갑을 지내시니, 임하(林下)의 낙은 실로 산중의 분양왕(汾陽王)[54]과 같더라. 나는 당신네를 위하여 기뻐하였고, 내 집이 필 때에 형제 숙질이 차례로 종적을 감추어 높은 벼슬을 사양하고 임천(林泉)을 따랐더면 집안의 화기(禍機)가 어찌 생겼으리오. 이 일을 생각하면 부귀가 빈천만 못한 것을 깨달음이라.

이 해를 당하니 지통(至痛)이 무궁하여 정사를 이를 바 어찌 있으리오.

주상이 추모하여 너무 슬퍼하오시매, 내 비통은 둘째요, 옥체가 손상하실까 염려하여 슬픔을 마음대로 다 못 하고, 정월[55]에 즐기지 아니하온 행동을 민망스럽게 당하고, 경모궁〔思悼世子〕회갑 되시는 날, 자친(慈親)을 모시고 가서 절하고 뵈오니, 곤전(坤殿)도 나오시고, 가순궁(嘉順宮)도 가고, 두 군주(君主)도 따른지라.

---

52) 洪龍漢의 妻宋氏
53) 妹母夫 宋參判의 딸
54) 唐의 郭子儀
55) 정월 27일은 죽은 사도세자의 생일

나의 무궁한 비통이 함께 일어 신위를 우러러 내 가슴에 가득한 슬픔으로 울 제, 음용(音容)이 아득히 멀어서 한 마디 알음이 없으시니, 유한은 무궁하고 심장이 막히나, 대전이 너무 상심할까 염려하고 말리시니 설움을 다 펴지 못하고 돌아오매, 만사가 모두 꿈만 같아서 마음을 진정치 못하나, 다만 주상이 착하오셔 추모의 애통도 지극하오시고 궁원제향(宮園祭享) 범절에 일국의 기구로 받자옴이 거룩하오시고, 원자(元子) 또 이상하여 당신 자손이 이 나라를 만만대로 누리실 것이니, 이것이 모두 당신의 본질이 지극히 착하시기 때문에 자손이 대신하여 복을 누리는 줄 알고, 내 또한 심중에 위로받고 기꺼하노라.

기유(己酉)에 원소(園所)[56]를 수원으로 옮겨 모셨으나, 그때 재궁(梓宮)도 뵈옵지 못하고 슬픔이 심하더니, 주상이 추모가 심하시므로 어미 뜻을 받자와 원행(園行)을 함께 하자 하오시고 데리고 가시더라. 나는 여편네 행색이 예문(禮文)에 어길까 염려하였으나, 주상의 효성을 막지 못할 뿐 아니라, 이 해에 원소를 뵈오면 길고 긴 세월에 한 번 기회요, 만년 유택(幽宅)에 지극한 원통을 조금이라도 풀고자 좇아 원상(園上)에 오르니, 모자가 서로 손을 잡고 분상(墳上)을 찾아 천만지통을 울음으로 고하니, 천지가 망망하고 유명이 막막하여 새로운 슬픔을 측량치 못하더라. 작년에 거둥하여 애통을 너무 하셨으므로 그때 제신(諸臣)이 창황망조(倉皇罔措)하게 지냈다 하므로 놀랐더니, 이번에도 하 서러워 용루(龍淚)로 풀이 다 젖었으니, 내가 놀라 스스로 억제하고 주상을 붙잡고 모자가 위로하며 북받치는 슬픔을 서로 억제하였으니, 이때의 심정은 무심한 석인(石

---

56) 王世子 王孫의 私親들의 산소

人)도 반드시 감동하였을 것이로다. 두 군주가 따라 올라 울었으니 그 설움을 더욱 어찌 형용하리오.

주상이 원소 이봉(移奉)하시기를 수십 년 경영하여 큰 일을 이루시니, 그때의 애쓰신 효성으로 아드님 잘 두신 것을 내가 감동하였더니, 이번에 가서 뵈오니 내 무슨 지식이 있어 원소의 좋음을 알까마는 산세가 기이숙명(奇異淑明)하여 봉우리마다 정신을 맺었으니 잘 옮기신 것을 마음으로 다행하다고 기뻐하였고, 석물(石物) 배치하신 것이 모두 기이하여 마음 쓰시지 않은 것이 없으니 감탄하였더라. 내 모진 목숨은 갈수록 염치없이 산 것이 부끄럽고, 슬픈 가운데 그것을 생각하니 돌아가실 때 주상이 열 살 갓 넘으신 어린 나이시더니 천간만난(天艱萬難) 중에 무사히 성장하여 보위(寶位)에 오르시고 청연 형제(淸衍兄弟)가 열 살 안의 유아였더니 끼치신 골육을 간신히 보전하여 거느리고 와서, 내가 당신 자녀의 성취를 마음 속으로 간절히 고하니, 이 한마디만은 내가 살았음이 보람 있었다고도 하리로다.

내려갈 제, 주상이 내 가마 뒤에 바롯[57] 서시고, 나라 거둥의 위엄을 다내 앞에 세우오셔 찬란한 정기(旌旗)는 풍운을 희롱하고, 진열한 풍악은 산악을 움직이고, 노량진의 배다리는 평지를 밟음 같고, 망해(望海)의 높은 산은 반공에 솟은 듯, 태평연월(太平畑月)을 강호에 유람하니 마음이 편해지고, 안계(眼界)는 멀고 높아 심궁(深宮)에 있던 몸이 일시에 장관하니, 실로 쉽게 얻을 일이 아니더라. 행차중 주상이 나의 안부를 자주 물으오시니 행로에 빛이 나며 이 몸이 영화로워 효성에 감탄하였으니 도리어 불안하더라.

원소 다녀온 이튿날 화성 행궁(華城行宮)에 큰 잔치를 배설하여

---

57) '바짝'의 옛말

관현(管絃)을 잡히고 가무가 흥겨운 가운데 내외 귀인을 모두 부르시고, 환갑 잔치에 쓰는 기구의 채화(彩花) 금수가 영롱하고 궁중진미는 수륙이 겸비한데, 우리 주상이 옥수에 금배를 친히 잡아서 이 노모에게 헌수(獻壽)하더라. 전에 드물고 이제 없는 일을 내 몸에 친히 당하니 귀하고 외람됨이 측량 없고, 옛날을 추모하는 뜻과 달라서 진실로 즐길 수는 없으나, 주상이 지효(至孝)로 하오시는 뜻을 어기지 못하여 받으니 나의 마음은 측량 없이 불안하더라.

미망인이 세상의 갖은 풍상을 겪고 비환애락(悲歡哀樂)의 신세의 이상함이 역사에 나타난 후비(后妃) 중에서 나 같은 팔자가 없으니, 주상이 나를 위하셔 이번 일을 하도 굉장히 하오시니, 그 성심을 생각하면 내 마음이 백 배나 슬프더라. 이 잔치 베푸신 데 보는 곳마다 화려하며 풍성하여 지성이 안 미치신 데 없으매, 재물을 허비함이 무수히 보였으니 내 마음이 더욱 불안하나, 일호도 국재(國財)의 경비를 소모함이 없이 전부를 내수사(內需司)로 손수 마련하신 것이니, 효성도 지극하시고 재략(才略)도 이상하심을 만만 흠모하더라. 또 문물 위의(威儀)의 숙련함과 모든 일 집행하는 질서가 주상의 교화로 아니 미친 것이 없으니, 걱정 불안과 추모의 비통 가운데서도 중심의 회포를 잊지 못하릴러라.

원소를 뵈옴과 내외빈을 모으심은 한명제(漢明帝)가 음황후(陰皇后)를 모셔 광무릉(光武陵)에 전배(展拜)하고 모후 본가에서 일가를 모아 즐기던 사적을 보았는데, 이번 일이 명제의 일 같아 미담으로 후세에 전할까 하노라.

외빈은 팔촌친(八寸親)까지 청하니, 육촌 대부(大父) 감보(鑑輔) 씨 아들 선호(善浩) 씨가 여러 아들을 데리고 머리지어 일가를 거느려 들어오고, 외가는 오촌을 넘기셔 외사촌 산중(山重) 씨가 아들 감사 태영(泰永)의 사촌 아우 도영(道永)과 그 아들 셋이 참례하였으니, 옛일이 생각나더라.

내빈은 조 판서댁 고모와 계모(季母) 송씨와, 선형(先兄) 부인 민씨, 종제(從弟) 심능필(沈能弼)의 처와, 오빠의 딸 사복첨정(司僕僉正) 조진규(趙鎭奎)의 처, 중제(仲弟)의 부인 이씨, 숙제(叔弟)의 부인 정씨, 숙제의 딸 유기주의 처, 중제의 딸 이종익의 처, 대동 재종질 참판 의영(義榮)의 처 심씨, 의영의 종제 세영(世榮)의 처 김씨가 모이고, 선친 측실(側室)은 선친 시중을 들었더라도 천한 사람으로서 대궐 출입은 못 하였지만 행궁(行宮)은 좀 다르기 때문에 나를 보도록 불러들이시니, 그의 몸에는 이런 은영(恩榮)이 없으며, 그 아들 낙파(樂波)[58]가 감관(監官)으로 위인이 영리한 고로 비록 서족이나 주상께서 가까이 불러 어여삐 여기시고, 그 밑의 세 아들이 또 성장하여 다 똑똑한 인물이니, 그 어미의 팔자가 천인으로 이러하기 가히 드물다 하리로다.

불쌍하다, 내 계매(季妹)여. 제 남편을 십 년 동안 떨어졌다가, 대사(大赦) 있어 특별히 석방하오시니, 그 처지에 이런 은혜가 또 어이 있으리오. 그 부부가 다시 만나서 천지 같은 은덕을 축수하고 지내더니, 작년 명릉(明陵) 거둥에 제 집이 가까웠는지라, 여자의 마음도 임금을 그리워하는 마음이 간절하여 시골집[59]에서 구경하고 있으니, 주상께서 어떻게 아셨는지 사람을 보내어 존문(存問)하오시고 낙파로 돈과 필목을 많이 주오시니, 하사물(下賜物)은 전부터도 계시거니와 이번엔 가난한 집에 빛이 나고 동리 사람들이 놀라 향민(鄕民)들이 역적 집으로 업신여기다가 이번 은수(恩數) 후 편하게 살게 되

---

58) 作者의 庶弟
59) 作者의 書齊

니, 이런 은혜가 또 어디 있으리오. 내가 저를 수십 년 이별하고 매양
불쌍하여 하룻밤도 마음이 놓이지 아니하니 주상께서 자세히 살피시
고 특별히 국법을 굽히셔 나를 만나게 하오시니 제 황공함은 말할 것
도 없거니와, 내 사심(私心)에 매우 불안하되, 내가 다시 생전에 저
를 보게 하시는 성은에 감격하여, 형제가 부득이 상교(上敎)를 받자
와 서로 만나 보니 꿈결 같아서 심신이 놀랍더라. 제 젊었던 얼굴과
아름다운 자질이 칠팔 분 변형하였으니, 반갑고 아까워서 손을 만져
도 눈물이요, 뺨을 대도 눈물이매, 슬픈 말 기쁜 말이 엉킨 실 풀 듯,
다소 경력을 이루 다 못 펴고 오륙 일이 얼른 지나 또 손을 나누더라.
생전에 못 보리라고 생각하였을 적도 있건마는 새로 놀라서 다시 보
기 어려우니, 이후 생사 화복은 상천에 믿어 두니, 내 마음과 제 축원
을 길게 말하여 무엇하랴. 제 어진 심덕으로 사남 오녀에 또 손자가
셋이니 제 시집이 저렇지 아니하면 유복을 칭찬할 때가 있을까 바라
노라.

　계고모(季姑母)[60]께서 두 살에 어머니를 여의시니, 선친이 각별
히 우애하오시고, 매서(妹婿)[61]도 어려운 사람으로 중망이 있어서
대접하오심이 한갓 남매의 정뿐 아니요, 입조 후에 서로 사랑함이 범
연하지 아니하더니, 세고(世故)가 속출하고 인사 끝이 많았던 중간
말이야 다 하여 무엇하리오. 필경은 두 집이 다 그릇되매 고모의 슬픔
이 첩첩이 쌓여서 불행함이 그지없더라. 작년의 조공(趙公)의 일이
해명되어 완전한 사람이 되고 고모께 성은이 두터워 입궐하오시고,
또 내빈으로 으뜸이 되어 오더라. 비록 팔십의 노령이시나 강건함이
소년과 같으시고 청명한 미목과 자상하신 마음씨와 민첩하고 슬기로

---

60) 趙曮에게 出嫁한이
61) 季姑母의 남편

운 재기(才氣)가 조금도 감치 아니하시니, 실로 봉래(蓬萊) 바다의 액운을 여러 번 겪은 마고(麻姑) 같으시니, 돌이켜 선친이 칠순도 못하신 일을 생각하여 눈물을 금치 못하고, 그 계고모를 뜻밖에 만나 뵈오니 군곤하고 액운이 심한 가운데서도 모든 범절이 쇠하지 아니하오시고, 주상께서 양반다운 부녀시라 칭찬하오시니 당신께 광휘(光輝) 어떠하시리오.

우리 형님 민부인(閔夫人)[62]께서 대갓집 큰며느리로서 옛날 우리집이 대궐과 수응하여 봉친(奉親)하는 범절이 날로 변화하여 예사 부녀는 하루도 받들기 어려웠으나, 그 다병(多病)하신 중에도, 좌우를 잘 다스려 의식 절차에 하나도 궁색함이 없고, 사람과 집 다스림에 법이 있더라. 규문(閨門)의 엄숙함이 조정 같아 부귀에 처하시기를 삼십 년을 하시매, 예사 부녀로서는 할 수 없는 일이더라. 집안의 공론으로도 장부로 났으면 정승 할 그릇이라고 일컫더니라.

오 남매를 성인하셔 제각기 뛰어나 부력이 비할 데 없더니, 중년에 미망(未亡)이 되고, 수영의 전처가 충헌 김공(忠獻金公)의 현손녀(玄孫女)로 들어왔으니, 여편네로되 큰 집 규범이 있어서 형님의 뒤를 이을 듯하더니 불행히 잃으시고, 박·송(朴宋) 양녀(兩女)[63]를 잃으셨고, 또 취영(洪就榮)의 변상(變喪)이 나매, 당신을 뵈올 적마다 노경에 그러하심을 슬퍼하여 눈물이 나서 큰 집이 고위(孤危)함을 민망히 여기더라. 그러다가 수영이가 신해(辛亥)[64]에 아들을 낳아 이름이 세상에 나타나, 그놈이 슬기롭고 깨끗하여 큰 그릇답게 생기고, 궁중에 들어와 어린 것이 원자를 잘 모시고 놀 줄 알아서 매

---

62) 洪樂仁의 妻
63) 朴氏와 宋氏에게 출가한 洪樂仁의 두 딸
64) 정조 15년(1791)

우 기특하더라. 주상이 원자를 데리고 앉으시고, 수영이는 제 아들을 데리고 놀면, 주상이 기뻐 웃으시고, 내 매양 국가를 위하여 염려 무궁하다가, 군신 상하가 다르나 이 경사를 보고, 국가를 위하여 희행(喜幸)함이 이를 데 없어, 민부인을 이번도 만나 서로 치하하고 위로하더라. 또 조태인댁(趙泰仁宅)[65]이 어려서부터 제 고모[66]를 데리고 궁중 출입을 지금까지 계속하고 있더라. 제가 왕래할 적마다 나는 아우 생각이 심하더라.

제 얼굴 모양이 온화하고 덕 있어 보이기가 돌아가신 선비를 많이 닮았고, 위의가 수려하기는 모부인(母夫人)[67]을 닮았고, 또한 척리(戚里)의 여러 부녀 중에서 뛰어났으매, 궁중이 칭찬하여 외간 부녀로 보지 아니하시고, 주상으로 각별하신 은권(恩眷)을 받으셨고, 내가 저를 위하여 기쁠 뿐 아니라 선형(先兄)의 자녀가 각각 하나씩 있는데 주상께서 자애하오셔 이렇듯 극진히 하오시니, 내가 선형을 생각하여 더욱 기꺼하는 중 이번 못거지에 두 삼촌과 세 동생이 다 특별 대접을 입어서 달려와 참례하였으매, 선형의 그림자 없어 감회가 더욱 심하더라.

내 지친(至親)의 부녀들을 보니 위로되는 회포가 적지 아니하오나 옛일을 생각하니 마음이 섧도다. 우리 집이 경신(庚申)[68] 후에 지냄이 어려웠으니, 중고모(仲姑母)[69]께서 효우(孝友)가 지극하오셔 계모 부인께 지성하고 선비의 사랑이 친동기 같으셔, 매양 빈궁하

---

65) 作者의 조카딸
66) 作者의 季妹, 李復一의 妻
67) 洪樂仁의 妻閔氏
68) 영조 15년, 作者의 祖父, 領議政 貞獻公이 죽은해
69) 李彦衡의 妻, 李平南宅

신 때 도우심이 많고, 내가 어려서 본 일을 생각하니 임술(壬戌) 계해(癸亥) 연간에 정헌공(貞獻公) 삼년상을 마치고 용도가 절핍한 때, 여러 차례 고모가 보내시는 것을 기다려 향화를 올릴 적이 많았고, 동생님들 사랑하심과 여러 조카를 사랑하심이 자기 아들과 같으셨고, 성질이 너그러우셔 마음에 두는 일이 없으시매, 복록이 세상에 비할 데 없고 주상이 동궁 시절에 예우(禮遇)도 많이 받자와 계시더니 일조에 하늘의 재앙이 내려서 흉화가 비할 데 없어서, 그 장하던 복록이 연기같이 사라졌으매, 매양 생각하면 가슴이 막히더라. 그러던 중에 계고모를 뵈오니 중고모의 생각이 간절하여 슬픔을 금치 못하고, 여러 사촌들을 작금년(昨今年)에 보니 모두 아름답고 글을 잘하여 사자(士子)의 풍도가 있어서 집에 가는데 들으매, 내가 기특히 여기고 숙계부를 위하여 기뻐하더라. 그러나 귀양간 두 사촌을 생각하매, 남만 못한 인물도 아니련마는 어찌 운명이 그리 기궁하여 집안 골육이 모두 성연에 참례하되, 저희들만 그러하니, 저희들 슬픔은 말할 것도 없고 내 마음 상측(傷惻)함을 또한 어찌 참으리오. 시방 생각하니 이 사촌의 형이 그 장한 포부와 개자[70] 한 인물로 일찍 돌아갔으니, 그때 불쌍하고 참혹하기 비할 데 없더니, 도리어 팔자가 좋아 화고(禍故)를 보지 않고 돌아간 듯 싶더라.

숙제(叔弟)는 반리(磻里) 집을 일찍 유의(有意)하였던 고로 화란유리(禍亂流離)할 때, 몸 담을 곳이 있으나, 중제(仲弟)는 남의 집을 빌려 있는 고로 매양 민망하더니, 반리로 옮겨서 형제가 함께 지내니 궁도(窮途) 중에 다행하더라. 계제는 회계 정사(情舍)에 들어가서 슬픈 현처와 수석(水石)을 즐기며 한가로운 심정을 나누며 사

---

70) 용모와 기상이 화락하고 단정하고 아담함. '계계하다'의 변한 말임

남 삼녀를 두고 손자까지 얻으니 비록 궁한 몸이나 눈앞의 유복은 남 부럽지 아니하되 형제 각각 떠나 있어서 내가 항상 민망히 여겼더니, 우연한 변고로 두루 집을 옮겨 살았는데, 문 안에 집을 하여 삼형제 집이 한 언덕을 격하여 솔밭같이 있어서 지팡이 짚고 소요하며 형제 가 우애롭게 지내니, 집도 비록 각각이나 뜻은 옛날 장공예(張公 藝)71) 같아 내 동생의 소식은 함께 들어서 떠난 정회를 위로하더니, 남들은 심상히 여기나 내 마음은 매우 기꺼하노라.

수영(守榮), 취영(就榮), 후영(厚榮)의 삼질(三姪) 밖에, 중제 의 차자 철영(徹榮)과 계제의 삼자 서영(緖榮), 위영(緯榮), 귀영 (貴榮)이는 작금년에 연하여 보니, 모두 아름다워 여러 종형제와 다 름이 없고 어린 아이들까지 못난 인물이 없으니, 이것이 다 선친의 적 덕여음(積德餘蔭)이시니 하늘의 보호하심이 어찌 우연하리오.

수영이 처음으로 벼슬 자리를 받을 때에, 내 진심으로 벼슬 두 자가 놀라웁더니, 병오 나랏일로 수영 외에 취영, 희영, 후영의 사 종형제 를 부르오셔, 그후 음관(蔭官)을 이어 다하여 사 종형제가 미말서관 (微末庶官)이라도 모두 한 것이 과분하다고 생각하던 중, 취영이를 홀연히 잃으니, 제 준매한 자질로 묘년(妙年)에 저리함은 가문의 여 앙(餘殃)이 아직도 그치지 않은 모양이더라.

수영은 대갓집 여풍(餘風)으로 근신하고, 매사에 주밀하여 종자 (宗子)로서의 중한 책임을 잘 감당함을 기꺼하고, 취영도 재학(才 學)과 위인이 일문의 중한 보배더라. 그리하여 수영과 취영에 대한 추앙이 거의 같았고, 취영은 유아(柔雅) 담소(淡素)하여 짐짓 선비 였으니 내가 또한 어여삐 여기니, 비록 음관이라도 몸들을 결코 무례

---

71) 唐代에 9世 同居하였다는 友愛의 人物

히 갖지 않고, 혹 외임(外任)을 하거나 말직에 처하여도 내 마음이
놓이지 않더라. 혹 맡은 일에 소홀함이 있어서 나라에 허물을 뵈올
까, 남의 나무람이 있을까 근심이 끊임없으매, 이것 또한 집을 위한
고심이라. 우리 집이 누세(累世) 제상 가(家)로 선인께 이르러는
위극인신(位極人臣)하시고 뒤이어 중계부(仲季父)와 선형이 차례
로 입조(入朝)하셔 성만(盛滿)함이 극하더니 중제(仲弟) 또 이어
하니 두렵기 측량 없고, 기축(己丑)에 숙제(叔弟) 또 뒤를 이으니
인정에 기쁘지 않다 하리오마는 태성(太盛)한 문호를 근심하여 즐
겨하지 않았더니, 오래지 아니하여 문호(門戶) 전복하니, 사람을 헤
어 보면 흔한 급제 참여하기 괴이치 아니하나 숙부같이 폐과(廢科)
하였으면 가화(家禍) 그토록 망극치 않았을 듯하니, 근본인즉 부귀
에 묻은 화(禍)니 벼슬이 어찌 두렵지 아니하리오.

너희들 각각 소과(小科)도 못 하고 거적 사모(紗帽) 아래의 몸 되
니, 인정상 아낌이 없으랴마는, 조금도 내 집이 다시 벼슬하기를 바
라지 아니하더라. 수영이 너부터서 앞서서 임금 섬기기에 정성을 다하
고, 벼슬살이에 있어서 청렴결백하고 처사를 삼가는 가운데 충후(忠
厚)히 하고, 집을 다스려서 화목한 가운데 강직 명철히 하고 제사 받
들기를 정결히 하고, 홀로 된 어머니를 극진히 효양하고, 맏누이를
형같이 알고, 익주(翊周)[72]를 불쌍히 여기고, 숙계조(叔季祖)를 할
아버지[洪鳳漢]로 우러러 받들 듯하고, 제부(諸父)를 선형(先兄)
같이 섬기고, 나 어린 고모를 누이 보듯 하고, 여러 종제(從弟)들을
가르치며 사랑하여 동기같이 하고, 먼 일가에 이르러도 환대하며, 문
하의 궁한 사람을 버리지 말며, 비복에까지도 믿음을 받아서 선인과

72) 洪最榮의 아들

선형 하시던 덕행을 이어서 집안 명성을 떨어뜨리지 마라. 그리하여 나라에 착한 척리가 되고, 집에 착한 자손이 되어서 전복된 집안을 다시 일으킴이 네 한 몸에 있으니 믿고 믿노라. 우리 주상이 성수무강하오시고 성자신손이 계계승승하여 종국(宗國)이 억만 년을 반석 같고, 우리 모자손(母子孫)이 대대로 번성하여 나라와 같이 태평하기를 길이 축수하노라. 내 경력한 일과 축원하는 말을 동생에게 써줄 것이로되 네 청하는 바를 따라 너에게 써주니, 제부께 뵈고 장(藏)하여 두어, 내 수적을 네 자손에게 멀리 전하기를 바라노라.

——신축 신춘 13일 壺洞大房 필서

제 5 부

화평 옹주(和平翁主)는 선희궁 처음 따님으로 영묘(英廟)께서 자애 자별하오시고, 그 옹주가 성행(性行)이 온화 유순하여 조금도 교만한 습(習)이 없고, 당신만 자애받잡고 동궁(東宮)께는 없사오신 일 스스로 불안하고 민망하여 매양

"그리 마오소서."

간하옵고, 동궁의 당하는 일은 못 미칠 듯이 도와드리고, 대조께서 대로하실 때는 이 옹주의 힘으로 진정하고 풀린 때가 많으니, 소조께서는 고마워하시고 매사에 믿어 지내시니, 무진(戊辰)[1] 전에 동궁을 보호함이 전혀 이 옹주의 공이라. 그 옹주가 장수하여 부자분 사이에 조화를 주선하였더면, 유익한 일이 많으실 텐데 일찍 세상을 떠나시니, 부왕께서 슬픔이 과도하신 중, 본디 정처(鄭妻)[2]를 화평 옹주 다음으로 사랑하시더니, 화평 옹주 없는 후로는 성체를 두실 데 없으시고, 성회(聖懷)를 붙이실 데 없으시매, 자연 정처에게 정이 옮겨져 각별한 총애를 하셨으니 이를 어찌 다 기록하리오. 그때 정처의 나이 겨우 십일 세니, 궁중의 아이로 어린 유희나 알 뿐이지 무엇을 알

---

1) 영조 24년(1748), 이 해에 和順翁主가 죽었음
2) 和緩翁主

리오마는, 위로 선희궁이 계시고 부마(駙馬) 정치달(鄭致達)이 집의 부숙(父叔)도 인시 아는 재상들이요, 부마도 상스럽지 않아서 동궁께 대한 정성도 나타내고자 하여, 자기의 아내만 사랑하시고 동궁께 자애가 덜하신 것을 불안 송구하여 아내를 가르치는 듯도 하더라. 그리하여 정처가 나중에 기괴했지, 그 전에도, 경모궁께서는 유익하고 해로움이 없더라. 동궁께서 능행수행을 하시게 하고, 온양 거둥도 힘껏 주선하더라. 그 밖에 위급한 때를 구해 준 일이 한두 가지가 아니더라. 처가 밉고 저러하되 바른 말이야 아니 하리오.

만일 일성위(日城尉)[3]가 일찍 죽지 않고 유자 생녀하여 가정에 자미를 붙였던들, 정처가 궐내에 있어서 그 무궁한 작변(作變)을 안 했을 뻔도 하더라. 정처가 과부가 된 후로 부왕께서 내어 보내지 아니하오시고 항상 곁에 두오셔 일시도 떠나지 못하게 하오시고, 만사가 모두 그 사람의 권세인 듯하던 차에, 임오 후는 궐내에 일이 없고, 선희궁이 또 상사나셔 엄한 훈계를 받지 못하고, 시집에 아무도 없고 오직 어린 양자(養子)[4]뿐이라, 꺼릴 것과 조심할 것은 없고, 부왕의 총애는 날로 두터우시니, 마음이 자라고 뜻이 방자하게 되더라.

대저 그 사람 성품이 여편네 중, 호승(好勝)과 시기와 질투와 권세(權勢)를 좋아함이 유별해서 온갖 일이 일어나매, 대강 이르면 부왕께 나 밖에 또 뉘 총애를 받으랴 하여 나인이라도 신임하오시면 싫어하고, 세손을 장중(掌中)에 넣고 일시(一時)도 욕득을 못 하게 하고, 내가 세손의 어미인 것을 미워하고 제가 마치 어미 노릇을 하려고 하더라. 내가 장차 대비가 되고 제가 못 되는 것을 미리 시기하여 갑

---

3) 鄭致達
4) 鄭厚謙

신처분(甲申處分)⁵⁾도 그가 지어낸 일이고, 또 세손의 내외 사이가
좋을까 시기하여 백 가지 이간, 천 가지 이간과 험담으로 양궁 사이를
빙탄같이 만들더라. 세손이 혹 궁녀를 가까이 하실까 질색하여, 눈을
떠보지 못하시게 하여 사속(嗣續)이 나지 못하도록 하고, 세손의 외
가를 꺼려 흉한 계교로 이간을 붙여 세손이 외가에 정이 떨어지도록
하였으니, 이것이 곧 기축의 별감 사건⁶⁾이더라.

세손이 장인을 좋아하시면 청원(淸原)⁷⁾을 질투하고, 심지어 세손
이 송사(宋史)를 산삭(刪削)하려고 밖에 나가시면 그 책까지 시새
울 정도로, 모든 일에 저만 권세를 쓰고, 제게만 따르게 하고, 다른 이
는 세상에 없다는 투니 이 어찌된 사람이뇨. 이것이 모두 국운이매 하
늘이 무슨 뜻으로 모년⁸⁾이 있게 하셔 종국(宗國)이 거의 전복할 뻔
하게 하시고, 또 이런 괴이한 여편네를 내어 세도(世道)를 괴란하
고, 조신(朝臣)이 어육(魚肉)이 되게 하니 알 수가 없을 뿐이로다.

모년화변(某年禍變)의 기틀인즉, 전혀 부자분 사이가 예사롭지
아니하시기로 전전하여 그리 된 일이니, 나의 평생의 뼈에 새긴 지한
지원(至恨至冤)이요, 부왕께서 아드님께도 그러하시니, 한 마디 먼
자손에게 또 이러하실지 알리오. 김귀주(金龜柱)가 내 곁을 해코자
하는 기미가 있으매, 만일 세손이 또 성심에 못 드시면 저것이 어찌하
잔 말인고. 세손의 안위와 성심을 돌려 놓기는 전혀 정처에게 있으므
로 내가 다른 대궐에 있을 제 매사를 그 사람에게 부탁하여 아무렇든

5) 영조 41년 思悼世子의 3년상이 지나자, 思悼世子의 兄 孝章世子의 養子로 삼은 일
6) 영조 45년에 世孫이 외입한다는 鄭妻의 奸計로, 外祖父 洪鳳漢이 훈계하다가, 세
   손의 원한을 사게 한 事件
7) 정조의 장인 淸原府院君 金時默
8) 영조 38년(1762), 思悼世子의 대처분 사건

성의(聖意)에 어기지만 말게 하여 달라 하고, 세손께도 경계하여,

"그 고모를 후대하여 어미 보듯이 보라."

하고 일렀으니, 내 마음이 아프고 그 정이 척연(慽然)하니, 그때는 나를 다 옳다 하여 과연 일마다 돕고 말씀도 극진하니, 영묘께서는 그 사람의 말대로 만사가 좋으셔 홍이 있어도 옳다 하며 그리 들으시고, 착하여도 그 사람이 나무라면 할 수 없게 되더라. 세손은 본디 사랑하시나 모년(某年) 후 이어 변하지 아니하오신 것은 정처의 힘이어니와, 세손을 맡아서 차지하기로 하여, 위의 말씀처럼 천괴백괴(千怪百怪)가 나타났으나 실인즉 내가 알았으면 세손을 위한 고심으로 그 사람을 지성으로 잘 대접하지 아니하고 손의 안위도 또 어떠하였을지 알았으리오.

정축 연간에 터무니없는 와전(訛傳)이 나 동궁께서 정치달(鄭致達)을 죽인다는 말이 낭자한 일이 있더라. 그때는 동궁께서 일호도 그런 의사가 없었으매, 나의 선친이 입대하오셔 이 사연을 아뢰고,

"진정하실 도리를 하오소서."

하니 소조(小朝)께서,

"그런 일이 없소."

하오시고, 정휘량(鄭輝良)[9]에게 수서(手書)하오셔 진정하게 하시니, 정휘량이 감격 감격하고, 신사(辛巳) 서행(西行)[10] 일도 잘 주선하여 화해가 되고 자연 서로 친하여, 그 자가 그 질부[11]에게 선친의 고마운 말도 하고, 나를 우애로 받들라고 하더라. 그래서 그 사람이 선친께 정성스럽게 굴고, 칭찬도 하더라. 그러다가 정휘량이 죽은 후

---

9) 鄭致達의 삼촌, 벼슬은 鎬翔政

10) 영조 37년 思悼世子의 關西微行

11) 鄭妻, 和緩翁主

그 집에 어른이 없게 되니 그 사람이,

"후겸(厚謙)을 가르쳐 성취하기를 선친께 믿노라."

하여, 나에게도 선친께 여쭈어 달라고 부탁하니, 선친이 인자하신 마음으로 그때 그 사람을 좋게 대접하오시고, 후겸을 때때로 가르쳐, 괴이한 데 들지 아니하도록 진정으로 교훈하오시고 그 사람더러도,

"이러이러하니 그리 말면 좋겠다."

하고 말씀하시니 후겸이 본디 어려서부터 괴망한 독물이라, 제 친부형도 아니요, 제 어미의 세도를 믿고 벌써 오만방종한 마음이 났으니, 어찌 선친의 가르치는 말을 좋아하랴. 또 제 어미에게 저를 흉본다고 원한을 품고 무어라 한 듯하더라. 또 그 사람도 극성맞은 마음이라, 아들의 허물을 말하는 것이 듣기 싫어, 그 후로는 그 사람의 기색이 아주 다르기에, 내 마음에 느낀 바 있어 부질없이 선친께,

"말이 가르쳐 달라 하되, 내 일가 아니요, 좋은 뜻에 원한을 이루기 쉬우니 이후는 아는 체 말으소서."

하고 권하였더라. 인하여 서로 끊고 오래지 아니하여 해를 이어 대소과(大小科)를 하고, 사랑하시는 딸의 아들도 귀엽게 사랑하심이 비할 데 없어서 총애가 날로 더하더라. 그렇게 되니 그에게 아부하는 자도 많고 꾀이는 이도 많아서, 귀주가 후겸과 야합에서 내 집과 각립(角立)하니라.

임오(壬午) 후 갑신(甲申) 전은 선희궁께서 내 마음 같으셔, 세손이 착하시고 그만 하오셔 매사를 예법으로 인도하오시고 엄중히 훈계하오시니, 아기네 마음에 재미없이 알으시고, 내 또한 자모의 지극한 마음으로 당신 행신이나 살피고 귀에 거슬리는 말이나 하고, 본디 내 성품이 아첨을 못 하는데, 하물며 자식에게 무슨 좋은 말을 하여 들리리오.

이러할 제 그 고모는 생사 화복이 다 그 수중에 있어, 그 입을 좇아 잘 되고 못 되기가 경각에 결단이 나게 되니, 성손이 어찌 무섭지 아니하시리오. 그렇듯 하여 권세에 따르고, 또 무섭기 때문에 정처에게 자연 정(情)이 들게 되니, 정처는 그 정을 잡아 세손을 저만이 차지하고, 어미 노릇을 하려고 우리 모자의 정을 앗으려고 을유 연간부터 계교를 꾸몄던 것이니, 갑신 전은 세손이 할머님께 의지하였으니 그 고모가 권술(權術) 부릴 길이 없었더니, 선희궁이 안 계신 후는 만사에 꺼릴 것이 없고 모든 것이 마음대로 하게 되자, 그제야 세손을 낚아서, 위에 말씀을 잘 드려서 귀애하시게 하더라. 그리하여 세손이 고모를 고맙게 여겨서 정성이 지극하게 만들어 놓더라. 그리고 궐내에서 아니 입는 누비 의복붙이, 고운 운혜(雲鞋)[12]붙이와 칼 같은 것으로 아기네를 기쁘게 하여 드렸고, 음식으로도 궐내의 예사 음식 이외에, 별별 음식이 내게야 있을 수 있으랴. 선친은 더욱 그런 것을 모르오셔 의복, 음식, 놀이개는 드리시는 일이 없고, 어미는 잘못을 타이르는 바른 말이나 하고 꾸짖기나 하고, 외가에서도 각별히 정들게 해드리는 것이 없으니, 아기네 마음에 점점 어미와 외가는 무미하고, 그 고모는 정들고 귀한 것이 되더니 전에 외가만 아시던 정이 점점 감해 가시더라.

을유[13] 겨울 즈음부터는 진지 자실 때 고모와 겸상하셔, 그 찬을 자시다가도 내가 앉았으면,

'겸상도 어찌 여길까?'

'음식도 어찌 볼까?'

하오셔 꺼리고, 숨기고자 할 것이 아니로되, 내가 무어라고 할까 하

---

12) 구름 무늬가 있는 가죽신
13) 영조 41년(1765)

여 보이려고 하지 아니 하시더라. 그런 눈치가 차차 나타나니 세손은 십삼 세 어린 나이라 책망할 것이 못 되고, 그 사람들이 좀 인심이 있을 양이면, 자기 오라버님 아들이요, 내 남다른 정리(情理)가 그 아들 의지하고 자기에게 부탁하였으니, 우리 모자의 정리가 가련하고 불쌍하니, 함께 가르치고 도와 착하게 되기만 바라는 것이 인정과 천리(天理)에 당연한 일이어늘, 이 사람의 뜻이 홀연 이러하여, 우리 모자의 사이를 이간하려 계교를 낸 것이 어찌 흉악 아니 하리오. 그러나 내 모른 체하고 말을 내지 아니하더라.

병술 봄에 영묘께서 병환으로 달포나 편찮으셔 중궁전(中宮殿) 처소를 회상전(會祥殿)으로 옮겨 오셔 정처와 세손께서도 주야로 동처하여 계시고, 나는 문안에만 와서 잠깐 잠깐 다녀갔으니 무엇을 알리오. 그때에 귀주와 후겸이 일심이 되고, 중궁전께서도 세손에게 좋도록 말하오시고, 정처는 나를 이간하려는 고로 중궁전에 가서 한 통이 되었으니, 이는 귀주가 후겸을 좋아하는 연고라.

그러저러하여 불언중에 영묘께 선친을 해하려는 참언이 들어갔으나, 본디 믿으시는 정의가 장하셔 쉽게 틈이 생기지는 아니하더라. 그러던 중 선친이 거상으로 삼 년을 집에 들어앉으시니, 조정에서 날마다 뵈옵는 것과 다르시고 그 사이에 많은 참소가 있더라. 또 무자(戊子)에 후겸이 수원 부사를 하려고, 선친께 영상 김치인(金致仁)에게 청하여 달라는 것을 선친께 기별하니, 선친이 회답하시되,

"말 한 번 하기를 아끼는 것이 아니라, 스물 겨우 된 아이에게 오천 병마(五千兵馬)를 맡기는 벼슬을 시키자 함은 실로 나라를 저버리는 일이요, 저를 사랑하는 도리가 아니라."

하오시고, 종시 말을 해주지 아니하오시니라.

후겸이 나이 차차 자라고, 남의 꾐도 듣고 권세를 쓰게 되자, 이전

의 혐의와 수원 부사 문제 등 여러 가지로 좋게 여기지 아니하더라. 정처와 중궁전께 정이 들어서 극진하였고, 귀주 부자며 후겸이가 모두 한 뭉치가 되어서 선친을 해하려고 벼르던 중, 선친이 탈상 후 또 영의정에 임명되어 위에서 총애하심이 여전하시매, 성은은 감축하오나, 이럴수록 저희들 꺼림은 더하더라. 정처가 그 아들과 귀주의 말을 듣고 선친을 전처럼 칭찬하기는커녕, 오늘 해하고 내일 해하였으매 속담에, '열 번 찍어 아니 거꾸러지는 나무 없다'는 말처럼 선친에 대한 총애가 점점 적어지더라.

또 흉악한 일로 세상 인심을 소란케 하고, 내 집을 이 지경 되게 함은 곡절이 있더라. 병술에 홍은부위(興恩副尉)[14]가 부마가 되니, 용모와 처신이 아름다웠으니 세손이 그 매부를 어여삐 여기시었고, 기축에 그 아이가 반하여 별감을 데리고 외입이 무수하고, 동궁께는 모시고도 체면 없는 일이 많으니, 세손이 소년의 마음이라 좋아하오시고 물리치지 아니하오신 모양이더라.

세손이 홍정당(興政堂)에 계시니, 나 있는 처소와 멀리 떨어져서 바히[15] 물렀더니 홍은부위가 총관(摠管)으로 번을 든 때는 들어와 뵈옵고 놀더라. 그때 정처가 세손을 수중에 끼고 용납치 못하게 하여 한 가지 일도 자유롭지 못하게 하더라. 그리고 양궁 사이에 화락치 못하게 하고, 세손이 처가에 친후(親厚)하신 것을 시새워 이간하고자 하되 청원의 육촌 김상묵(金尙默)이 후겸을 사귀어 모주(謀主)가 된 때더라. 상묵의 안면으로 청원의 집은 아직 그냥 두고, 외가를 먼저 이간하려는 뜻이 있는 가운데, 세손이 홍은부위 사랑하시는 것을 시새워, 한 화살로 둘을 쏘는 계교로 하루는 밤에 나를 와 보고 정담

---

14) 淸璿郡主의 남편 鄭在和
15) 전혀의 옛말

하여 말하되,

"세손이 홍은에게 혹하여 이번 진연(進宴)에 외방 기생의 말도 하고, 진연날 저 가까이 한 계집도 가르쳐 보시게 하고, 별감들이 사 귄 유들을 알으시게 하고, 그 밖에 상스러운 일이 많으니 그럴 데가 어디 있으리이까? 옛적에 사도세자님을 생각해 보시오. 별감에서 시 작하여 차차로 물들어 그러하셨는데, 세손이 아직 소년이신데 그런 말씀을 하여 올리고, 저 상스러운 홍은을 사랑하여 외입을 하시니 그 런 일이 어디 있으리이까? 이것을 처치하지 아니하오면 대조(大朝) 께서 아시고 모년 화변(某年禍變)이 또 나오리이다. 소인에게 세손 보도를 부탁하셨는데, 이제 금하지 아니할 수는 없으니, 소인이 여쭈 었다 하면 말이 좋지 아니하고, 한낱 자식도 고독일신에 해로우니, 나라를 위하여 마지 못하여 이 말씀을 하오니 스스로 안 양으로 하시 고, 그 별감들을 귀양이나 보내면 좋겠사오니, 일이 커지기 전에 조 처하면 좋겠고, 영의정께서는 외조부시니 간하려 하여도 할 수 있을 것이요, 별감들을 다스려도 법으로 할 일이오이다."

하고, 진정으로 나라를 위하고, 세손을 걱정하는 양으로 자세히 말하 더라. 내 종신의 지한지통(至恨至痛)이 당초부터 사람을 잘 돕지 못 하고, 별감들 잡류(雜類)에게 물들어서 차차 그리 되셨는가 하여, 세손이 착하게 되기만 바라고 바라는데, 그 사람의 말이 그러하므로 나는 솔직한 마음으로 믿었더라. 그 사람이 세손께 정이 있으므로 세 손을 위하여 탄식하는 줄만 알았지, 어찌 이 일로 어미를 이간하고 외 조부를 푸대접하게 하려는 흉계를 꾸미는 줄 알았으리오.

'모년 화변이 다시 나겠다.'

이 말이 차마 무섭고, 그 사람이 그리 하는 것을 내가 만일 금하지 아니하면 그 사람이 자기 말을 세우려 대조(大朝)께 여쭈어 큰일을 일으키기는 괴이치 아니한 일일러라.

내 그 말에 놀랍고 홍은의 일이 분하여, 내가 세손에게 말하여 못하게 하겠다고 말하였더니 그 사람이 또 하되,

"일을 어찌 급히 하시리이까? 차차 하시되 소란치 아니케 하시오. 영상(領相)[16]께 그 별감들을 다스려 달라고 편지를 써보내되, 자제들도 모르게 봉서를 세손 빈궁을 주오셔 김 판서〔金時默〕더러 갖다가 영상께 드리고 비밀로 하여 이놈들을 없이 하시오."

그 사람의 이런 말은 청원까지 걸리게 하려는 계교런가 싶으나, 나는 아득히 그 흉악한 마음을 모르고, 세손이 외입하실까 하는 염려가 급하여 김 판서에게 주라는 말을 따르지 않고, 선친께 편지하여 이 사연을 다하고,

"이 별감들을 귀양 보내 주소서."

하고 청하니 선친은,

"요란스러울 테니 못 하겠노라."

하시고, 자제들도 못 하게 하는 것을, 내가 놀란 간장이라 역설하였더라.

'모년 화변이 또 나겠다.'

하는, 두려운 생각과 세손 위한 고심으로 여러 번 기별하였으나, 선친은 종래 듣지 않으셨으니, 정처가 나를 격려하더라.

"영상께서 나라를 위하시어 옳은 일을 아니 하시니, 영상이 저러하면 설사 세손이 외입을 하신들 뉘 막으리오?"

하고, 기가 막힌 듯이 한탄하니 내 더욱 갑갑하여 삼사일 동안 밥을 굶고 선친께 기별하였더라.

---

16) 作者의 父親(洪鳳漢)

"만일 이놈들을 다스려 주지 아니하오시다가, 세손이 필경 외입하면, 내가 살아서 무엇하리오. 절식하고 죽으려 하노라."

하고 울면서 보채었더라. 선친께서 여러 번 망설이시다가 마지 못하여,

"세손 위하옵는 마음으로 사생화복을 몸 밖에 두노라."

하고 청원과도 상의하더라. 그때 형조 판서 조영순(趙榮順)이 처음에는 반대하다가 나중에 선친 말씀을 듣고,

"제왕가는 다르니 장래의 일이 크려니와, 대감의 나라 위한 고심혈성(苦心血誠)으로 사생화복을 내어놓고 하시니 마음이 고맙다."

하고, 별감들을 잡아서 한 말도 묻지 아니하고 귀양만 보내었더라. 그 뒤에 선친이 세손께 상서하여,

"홍은 같은 상스러운 아이를 어이 가까이 하십니까? 홍은이 외입하기로 별감들을 치죄하였나이다."

하고, 뵈온 때도 많이 간하시니, 세손이 철 없는 마음에 무안하여, 어미와 외조부의 당신 위한 혈성(血誠)은 아지 못하시고 노여워하시는데, 이때에 정처는 제가 그 말을 처음 꺼냈으니, 진심으로 세손의 행신을 허물없게 하고자 하였으면 자기도 응당,

"자모의 마음으로 그러하시기에 당연하고, 외조부가 나라 위한 마음으로 세손의 덕망에 흠이 갈까 염려하고 그러신 것이 옳은 일이니, 조금도 섭섭히 여기지 마오셔 그 말씀을 들으소서."

하는 것이 아니라, 흉악무쌍하게도 나에게는 그리하라고 탄식하고, 세손께는 도리어 충동하여,

"그 일을 그대도록 할 일이오. 저리 소란케 하여 세상에 모를 이 없으니 마누라[세손]께서 무슨 사람이 되겠소. 외조부라고 묻어 덮어 주진 아니하고, 허물을 드러내려고 하니 그런 인정이 어디 있으리

오."

하고 이간질을 무수히 하더라. 그때 세손이 정처에게 쥐어 무슨 말이든지 다 들으시는 터이니, 날마다 그 같은 말로 선친의 흉을 보고, 후겸도 들어와 세손의 덕을 해로울 대로 하여 안팎으로 돋우더라. 세손은 소년 마음에 외조부에 대하던 정이 와락 변하더라. 어미에게야 어려하실 염이 아니로되 어찌 전과 같이 무간(無間)하리오. 그때 세손의 노여움과 무안함이 측량 없으시니, 내 도리어 기가 막혔고, 내나 선친이 모두 당신의 흉허물이 되실까 간절한 고충이니 후일을 염려할 여유가 전혀 있을 수 없었고, 세손께서도 그렇게 노여워하시나, 내게나 외조부에 하시는 일이 여전하였으니, 우리 부녀는 잘한 줄만 알았지 후환을 일호도 근심하였으리오. 그후 을미 연간에 홍국영(洪國榮)이 말하되,

"기축사(己丑事)로 전혀 미안히 되시니라."

하기로 비로소 깨닫고, 선왕〔正祖〕이 등극하신 후에 그 말씀의 시종곡절을 다하더라.

"정처의 모년 화변이 다시 날 것이란 말도 무섭고, 예사 사람도 어미가 아들을 위하여 착하게 되기를 원하는 마음이 다 있는 법이니 생각해 보옵소서. 내 모년 화변을 내걸고 한 아들을 의지하여, 국가 중탁(重託) 이외에 어미 사정(私情)을 겸하여 상감이 진선진미하오시도록 하는 마음이 어떠하겠삽나이까. 그 사람의 말을 갑자기 듣고 놀란 가슴에 두렵고 근심되어, 만일 금치 아니하면 대조(大朝)께서 알으시고, 또 모년 화변이 나리라 하니, 그 사람의 변덕이 무상하니 필경 대조께 여쭈면 큰 야단이 나 어느 지경이 되었겠삽나이까. 그것이 더욱 답답하여 선친이나 동생들이 다 그리 못 하겠다는 것을 내가 폐식자결(廢食自決)하려고까지 하여 그렇게 처치하시게 하였던 것

이니이다. 내야 순직한 어미 마음으로 한 일이지만, 정처의 흉계로 나에게는 다스리라고 권하고, 당신께는 흉을 드러낸다고 충동해서 어미와 외가를 이간하려는 것을 어찌 생각하였나이까. 이로 인하여 귀주와 후겸의 무리가 밖에 소문 퍼뜨리기를, 홍씨가 세손께 득죄하였으니, 홍씨를 아무리 쳐도 세손께서 외가를 위하여 붙드오실 정은 없으시니, 세손 뵈온 홍가인데 세손께서 떨어진 후에야 홍가 치기가 아주 쉽다고 하였더이다. 그제야 소위 십학사(十學士)런지 무엇 무엇 하는 것들이 귀주와 후겸의 새 세력을 따르고, 밖으로 '척리 치면 사류(士類)된다' 하여 내 집을 치기 시작하여 점점 화가 미쳐 이 지경이 되었으니, 실은 내 손으로 선친께 화를 끼쳤으니 지금 생각하여도, 내가 선친이나 당신 위한 혈심(血心)이었으니 부끄럽지를 아니하오마는, 일인즉 내 탓이니 실로 불효한 죄 만 번 죽어도 속(贖)하지 못할 것이니이다."

"그때 일이야 내 소년 적 일이니 지금 말하여 무엇하리이까. 과연 나도 뉘우치도다."

하고 웃으시더라. 그리고 그 후라도 이 말이 나면 부끄러워하시는 안색으로,

"이미 잊은 지 오래라."

하고 피해 버리시더니 경신 책봉사(册封事)에 조영순(趙榮順) 복관작(復官爵)하시고 희색이 만면하여 나에게 하시되,

"조영순의 일이 매양 목에 가시 걸린 것같이 마음에 안되었더니, 오늘 푸니 시원하여이다."

"과연 다행하오. 우리 집에서 시킨 일로 죄명이 치중하기로 그 집에서 나를 오죽 원망하였을까 보오. 항상 마음에 불안하기 측량 없더니 복관직하여 주신다 하니 실로 다행하오."

"조영순은 본디 죄가 없삽나이다. 그때 정처가 모년 화변이 다시 날 것이라는 위협의 풍설을 퍼뜨린 말로, 억울하게 조영순의 죄가 되었으니, 실로 지원(至冤)하오이다. 그때 봉조하(奉朝賀)[17]께서 사옹원(司饔院)에 있으셔 여러 대신 듣는 데서, 모년 화변이 다시 나겠다 하더라고 누가 나에게 전하기에 듣고, 사실인즉 여러 곳으로 알아본즉, 그때의 재상은 들었다는 이 없고 또 말이 변하여 사옹원에서 하신 말씀이 아니라 정광한(鄭光漢)이 전문으로 듣고 퍼진 말이 여러 곳으로 났으니, 분명히 정처의 그 말로 인하여 중간에 뜬 소문이요, 봉조하가 안 하신 것을 잘 알았으니, 봉조하도 애매하시거늘 하물며 조영순이 가당하오니이까. 이제는 그 문제는 결말이 난 것이니 조영순을 위한 것이 아니라 봉조하를 위하여 변명하여 드리는 일이오니이다."

하시니, 내 선친을 위한 말을 많이 하오시더니, 이로 보면 기축사(己丑事)를 추회(追悔)하시고 모년 부출(某年復出)이란 말이 선친에게는 애매하신 것을 알 수 있고, 다만 정처가 당초에 계획하고 모자 사이와 외가의 정을 이간시키려던 일이 어찌 흉악하지 아니하리오. 따라서 그 후로 인심과 세도가 변하여 후겸은 안으로 응하고 귀주는 밖으로 모략하여 경인에 비로소 한유(韓鍮)의 흉소(兇訴)[18]를 내어, 이어서 신묘 임진사(壬辰事)[19] 같이 내 집이 그릇된 근본은 기축사라.

---

17) 從三品 이상의 官員이 벼슬을 그만둔 후에 받는 職名. 여기서는 正祖의 외조부 洪鳳漢
18) 洪鳳漢을 역적이라 상소한 사건
19) 洪鳳漢이 사도세자의 庶子에게 동정한 것이 世孫에게 二心이 있다는 이유로 削職 당한 사건

임진 칠월 귀주의 상소가 있은 후, 선왕께서도 그때는 혈성(血誠)
으로 외가를 구하려 하오시고, 정처의 마음과 후겸의 의론도 내 집을
죽이진 못하리라 하여 선친을 구하고 귀주에게 엄교(嚴敎)가 여러
번 내리시게 하더라. 병술 이후는 중궁전과 무관한 사이로 변하고,
후겸이가 귀주와 함께 선친을 해하려던 것이 변하여 내 집을 붙들고
귀주는 치는 셈이 되매, 정처가 전에 있던 처소가 중궁전과 가까움을
혐의하여 떠나려고 영선당(迎善堂)이라는 집으로 옮겼고, 그때는
세손께서 나이도 점점 많으시고 강학(講學)도 지극히 부지런하더
라. 따라서 정처에게서 잠시도 떠나지 못하시던 것이 조금 덜한 듯하
니, 이 일로 보아도 정처가 남편과 자식이 있어 가정의 자미를 알았더
면 이토록 탁란(濁亂)한 짓을 못 하였을 듯하니 애닯도다.

후겸이는 글자도 하고 행실이 예중(禮重)하여 기특한 줄로 말하
고, 세손께서는 제 아들만 못한 양으로 말하니 전들 어찌 감히 그리
무엄하리오. 세손이 차차 따로 계신 후, 행여 궁녀들에게 눈독을 들
이실까, 내관(內官)[20]이라도 사랑하오시고 마땅히 부리실까 하고
살펴보는 정처의 눈이 번개 같더라. 세손께서 잠깐 쉬실 때라도 마음
을 놓고 지내시지 못하고 양궁(兩宮) 사이 금하기는 경인부터 심하
여 털끝만한 대수롭지 않은 일에 들어서 흉을 잡고, 그 사이에 빈궁
(嬪宮) 해하던 일로 협박하던 소행은 천백 가지니, 어찌 다 기록하리
오. 세손이 본디 성품이 담연(淡然)하여 금실이 친밀치 못하시거니
와 그 사람이 손에 화복을 잡고 앉아서 한사코 내외 사이를 멀리 하
니, 설사 화락하려는 뜻이 계신들 어찌 감히하실 수 있으리오. 이리
하여 아들을 낳을 가망이 없으니, 선친이 양궁의 금실이 화락하여 쉬

20) 宦侍

생산하시기를 주야로 축천(祝天)하여 입대하신 때면 그리 마시라고
간절히 말씀하오시고 자제들도 따라서 근심이 측량 없더라.

정처는 두 분 사이를 그토록 금하여 행여나 아들을 낳으실까 겁을
내고 귀주네가 외간에 말지어 놓기를,

'세손께서 아들 못 낳으시는 병환이 계시다.'

하여, 더욱 민심을 소동시켰던 것이니, 그 심술은 지금 생각하여도
흉악하니, 그 사람의 버릇이 무슨 일이 없고는 못 견디기 때문에, 내
집을 저주하기를 싫도록 하고, 세손께서 그 장인에게 정들어 귀하여
하오시고 김기대(金基大)[21]는 글자도 하고 춘방(春坊)[22] 출입을 하
여 사랑하시니, 세손의 처가를 마저 없이 하려고, 그 사이에 참소가
무수하더라. 빈궁도 홍정당(興政堂)에 계오시지 못하게 세손을 꾀
던 차, 의외에 임진 칠월에 청원의 상사가 나니, 세손이 주무시다가
부고를 들으시고 인후하신 마음에 깜짝 놀라 그 사람 있는 곳에 오셨
는데, 사색(辭色)이 참연(慘然)하여 거의 눈물이 떨어질 듯 슬퍼하
더라. 내가 보고 위로하여 염려하매, 정처 마음에 죽은 장인을 동정
하여 빈궁에게 후하게 구실까 새워서 하는 말이,

"그 일이 그리 대사로워 저토록 애상(哀傷)하니, 마치 그 사람의
탈을 쓰고 오신 것이 아니오이까?"

하는 말투를 내가 듣고 하도 끔찍해서, 내가 그때 그 사람을 미워하지
아니하려는 마음이로되, 그 말이 흉하고 불길하여 소름이 끼치더라.

"그게 어인 말이오. 오늘 취하온가? 말을 살펴 해야지, 시방 죽은
사람을 갖다가 이 귀한 몸을 비겨 말하시는가?"

하니, 자기도 흉한 말을 한 줄 알고 무안해 하고, 세손의 안색도 어이

---

21) 淸原府院君 金時默의 아들
22) 東宮

없어 하시더라. 그러자 금시로 속죄하듯이,

"잘못 하였노라."

하고, 그 죄로 그 아들도 자지 못하고, 며느리와 손녀도 다 종을 삼고, 자기는 절도(絶島)에 귀양보내서 가두어도 이 죄는 속하지 못하겠다 하니, 그런 불공한 말을 하고 아닌 밤중에 앉아 그 무서운 소리를 하더니, 나중에 그 언참(言讖)과 같이 되니, 실로 귀신이 시킨 듯이 하도다. 정처가 비록 인물이 괴이하여 천태만상이나 실은 한 여편네라 궁중에서 상스럽지 못한 일이나 하지, 후겸 곧 아니면 조정에 간섭하여 권세를 쓸 의사야 어찌 내었으리오. 내 후겸을 독물인 줄 아는 일이 있으니 경진에 경모궁께서,

"온양 온천행을 만일 못 이루어 내면 네 아들을 죽이겠다."

하오시고, 후겸을 잡아다 가두고 위협하오시니, 그때 후겸의 나이 십이 세더라. 어린것이 오죽 겁이 있으랴마는 조금도 두려워하는 의사가 없고 당돌하게 굴던 일을 생각하니 유별한 독물이 아니고야 어찌 그러하리오. 요놈이 일 되고(숙성하고) 바보 아니니, 착한 일을 않고, 교만하고 방자하기만 하여, 일찍 선친을 물리치고 제가 권세를 잡으려고, 제 어미를 이용하여 권세를 좋아하고, 호승(好勝)과 시기가 많고, 사람 해치기를 좋아하더라. 또 어미가 아들의 말이라 하면 모두 그대로 하여 변란이 무수하더라. 그 어미와 그 아들이 때를 얻고 모여 국가를 그릇 만든 일은 천의를 한탄할 뿐이로다. 후겸이가 밖에서 권세를 쓸 제, 조정의 백관을 노예같이 보고, 일세가 그 밑에 풍미하던 일이야 내가 궁중에 깊이 있어 어찌 다 알리마는, 드러난 큰일만 하여도 적지 아니하더라.

경인 신묘 연간에 귀주(龜柱)와 부동하여 선친을 해하려 한 일이

죽일 놈이요, 또 임진(壬辰)에 통청(通淸)[23] 일로 김치인(金致仁)[24]을 몰던 일이 망측하더라. 영묘탕평(英廟蕩平) 후는 무슨 통청하는 벼슬 망(望)이면 노론(老論) 소론(小論)을 섞어 넣지 순(純)으로는 못 하는 규모였더라. 그런데 그때 어찌하여 정재겸(鄭在謙)이 이조 판서로 대사성(大司成)을 청하는데 김종수(金鍾秀)를 수망(首望)으로 넣고, 아래로 두망이 모두 소론이라, 영묘께서 미처 살피지 못하셨더니, 후겸이 그때 김치인·김종수가 선친 치는 데 동심(同心)하였을지언정 제게 매사를 청령하지 않았던지, 그 통청하던 것을 제가 몰랐던지 그도 불쾌하고 저도 소론이요, 제 처가도 소론이니, 여러 소론이 후겸을 꾀어 순색통청(純色通淸)함이 극히 놀랍더라. 그것은 김치인이 권세 쓰는 것이니 이것을 그냥 두지 못하리라고 하였으니 후겸이가 어미에게 일러서 영묘께 참소하더라. 영묘께서는 편론(偏論)한다면 깜짝 놀라시는 성심(聖心)이신데, 김치인이 탕평(蕩平)하던 김재로(金在魯)의 아들 휴와, 조카 종수를 데리고 편론하는 줄 아시고 대로하셔 김치인과 조카 종수를 모두 절도로 귀양보내셨으니 그런 일이 어디 있으리오.

종수는 본디 내 집과 좋지 아니하온 사이니, 내 집을 돌려 놓고 부친이든지 두 삼촌이든지 숙제(叔弟)까지 후겸을 꾀어 해낸 일이라 하고, 숙제는 더욱 의심을 받아 혈원(血怨)으로 아니, 세상에 이런 맹랑한 일이 어디 있으리오. 내 집 사람이 상스럽지 아니하니, 김치인네를 미워하면 다른 일로 죄가 되도록 무함할 법은 하건마는, 내 집도 노론인데 노론 통청한다고 죄를 잡을 리가 어디 있으리오.

그때 성교(聖敎)가 청류(淸流) 명류(名流)로 죄를 주시려 하니,

---

23) 詮官에 老論과 小論을 섞어서 一望三通을 꾀한 사건

24) 金在魯의 아들, 벼슬이 領議政

성상에 청류 명류도 죄 주는 법이 있으리오. 이 일로 내 집에서 후겸을 가르친다는 말이 삼척동자라도 옳게 듣지 않을 것이니 가소롭도다. 내 집이 처음은 후겸 때문에 죽을 뻔하였으나 나중 또한 후겸 모자의 힘으로 보진하더라. 영묘께서 임금으로 계오시는 동안에 급히 떼어 버릴 길이 없었더니, 좌우간 서로 의지하여 가다가 필경은 후겸과 함께 죄를 입게 되더라. 지금 생각하면 신묘에 선친이 화를 입으셔도 후겸을 사귀지 말았더면 싶으나 사람의 자제가 되어 목전의 부모의 참화를 보고 어찌 차마 구하지 아니하리오. 그저 정처의 모자가 전생의 원수이니 한탄할 뿐이더라.

내 중부(仲父)가, 선친의 아우로 공명을 한 것같이 세상에서 말하되, 실은 그렇지 아니하더라. 등과초(登科初)에 영묘께서,

"형보다 낫다. 대용(大用)할 인물이로다."

라고까지 하셨으니, 나라의 제우(際遇)가 본디 융중하신지라, 경인 후에 선친은 소조(所遭)가 망측하시나 중부께서는 성권(聖眷)이 감하지 아니하오시고 선왕도 무간(無間)히 좋아하시더라. 집안 처지 망측한 가운데 평안 감사도 하시고 정승도 하시더라. 비록 영묘의 성권으로 인하여 그러하셨으나, 벼슬에 인연을 끊지 못하신 것이 과연 잘못이었으니 세상에서 의론하는 사람은 형님 처지는 망측한데 벼슬을 어찌 다니며 후겸이가 권세를 부릴 때에 어찌 부귀를 탐하랴. 죄를 삼으면 당신도 감수할 것이요, 내라도 일생 분개하는 일이지만 심지어 을미 대리(代理)[25] 일로 역적의 이름을 받아 참화를 입은 것은 지극히 원통하니, 세상에 이런 일이 어디 있으리오.

을미에 정승 다니실 제, 영묘께서는 점점 연세 늙으시고 후겸은 그

---

25) 王世孫의 代理聽政

때 권세도 없는 것이 가로 거쳐서 시끄러운 일이 많고, 또 국영(國榮)이가 세손께 총우가 장하여 특별한 일이 많으며, 중부가 본디 낙순(樂純)[26]이와 좋지 아니하던 사이더라. 또 국영의 모양이 경솔 천박하므로 그때에는 오히려 동궁께 숨은 총애가 있는 것을 자세히 알지 못하고, 다만 일가 어린아이로 보아 한 번은,

"영안위(永安尉)[27] 자손에 저런 망측한 놈이 날 줄을 어찌 알았으랴. 저놈이 집을 망칠 것이로다."

하고, 저를 보고 두어 번 꾸짖고 훈계하더라. 국영이는 제 털끝만 건드려도 죽이는 성품이었으니 선친께 와서,

"중부께 기별하거나 이조 판서에게 통하거나 하여 제 아비 낙춘(樂春)이를 벼슬시켜 주십시오."

하며 청원하더라. 선친께서 처음에는 밀어 막아 가시다가 수삼차 와 보채기 때문에 마지 못하여 편지하시니 국영이가 앉아 회답을 기다리다가 오래 회답이 오지 않으니 먼저 받아 보았더라. 그 중부의 회답에,

'이 미친 광동(狂童)을 어이 벼슬시키시라고 기별하오이까? 못하겠나이다.'

하였으니, 국영이 그것을 보고 낙망해서 죽을 듯이 갔더라. 그런 원한의 독을 품고서 필경은 참화를 지어 냈던 것이더라. 국영이는 털끝만 건드려도 상대자를 죽이고 마는 성품이니 그가 품은 독기가 어떠하리오. 죽기로 결심하였다가 필경 참화를 지어 냈던 것이니, 중부의 죄명이 대리(代理)를 저해한 밖에 국영이 제거하려는 것을 저군(儲

---

26) 洪國榮의 伯父 左相
27) 洪桂元, 作者의 五大祖

君)[28]의 우익(羽翼)[29]을 없애 버린다는 큰 죄명을 세웠더라. 이에 한 가지 명확한 증거가 있으니, 당신이 사로(事路)에 익고 민첩하였으매, 처음에는 국영의 권세가 그토록 강한 줄 모르고 꾸짖다가 나중에는 차차 알고, 그놈의 독을 만날까 조심하기 시작하더라.

그러던 중 을미 월시에 영묘께서 국영이를 제주 감진어사(濟州監賑御史)로 보내려 하더라. 이때 동궁께서 보내지 말아 달라고 하셨으니, 중부께서 아뢰더라.

"홍국영은 춘방구임(春坊久任)이오니, 다른 문관을 보내소서."

하니, 국영이 대신으로 유강(柳爓)이를 보냈으나 만일에 벼슬을 깎아 버릴 마음이 있었다면, 그 좋은 기회에 국영이를 우겨서라도 제주로 보내지 어이 가지 못하게 하였으리오.

그때 성수(聖壽) 높으시고 해소가 자주 오르셔 매사에 분간치 못하는 일이 많으시니 체국대신(體國大臣)[30]이면 바로 대리를 청하옵는 것이 응당한 일이더라. 그때 사세가 하루가 바쁘기 때문에 모두 그런 마음이 있었더라. 그러나 기사대리(己巳代理)로 만사가 다 탈이 났으므로, 내 마음은 대리를 원수같이 알아서 '대리' 두 글자를 들으면 심담이 떨렸고, 또 성후(聖候)[31]는 여지 없으매, 동궁이 어른 저군으로 계오시니 국본(國本)이 튼튼하더라. 그래서 나라의 안위가 대리하고 아니하기에 갈리지 아니하올 듯하고, 영묘께서 대리하실 분부를 하신 후, 안으로 정처는 '나라의 대사니 나는 모르겠노라.'고 하니, 중부는 그때 정처가 영묘께 조용히 말씀 못 한 지 오랜 줄 모

---

28) 王世孫
29) 보좌관
30) 조정의 元老
31) 임금의 병환

르시고, 혹 정처가 또 무슨 권변(權變)을 부려서 영묘께 충동여서 대리로 함정을 파놓고, 만일 중부가 갑자기 봉승(奉承)하면 야단을 내리고 벼르는 줄 꼭 알았으매, 영묘께서 대리를 두자 하는 말씀이 모두 시험하는 말씀으로 알고, 의심하고 두려워 그저 어물어물 하고, 인사상 사양하는 말로,

"그런 분부 어이시옵니까. 신자(臣子)가 되어 어찌 감히 봉승하오리까?"

하고 목전을 겨우 지냈더니, 영묘께서 정신이 점점 혼돈하여 헛소리를 반 넘어 하시게 되시니, 그때 정시령(庭試令)[32]도 내리시고, 일 없이 진하명(進賀命)[33]도 내리시고, 숙묘조(肅廟朝)[34] 재상 김진귀(金鎭龜)를 '약방제조(藥房提調)로 제수하라'는 전교까지 하시다가, 정신이 깨치시면 뉘우치고 '어찌 그 영을 반포할까 보냐' 하시는 적이 많더라.

이 대리를 짐짓 두고자 하시는 줄 알았으면, 중부가 학식은 비록 부족하시나, 그런 일붙이 눈치는 남보다 낫게 아시는 성품이니, 어찌 즉석에 받아서 당신의 공을 삼고자 안 하실 리가 있으리오.

일찍이 영묘께서 성심이 어지러우셔 헛소리하신 줄로 의혹하고, 그것이 또한 정처가 파놓은 함정으로 두려워 피하시다가 필경 저희(沮戲)하는 죄가 되더라. 고대신(古大臣)의 풍절(風節)로 책망하여 위에 쓰인 말처럼 병환은 깊이 드시고 국세는 위급한데 대리를 청하지 않는다고 죄를 잡으면 정정당당한 의론이니 당신이 비록 참화까지 만나도 원통하지 아니하려니와 동궁의 영명하신 것을 꺼려서 권세

쓰려고 대리를 막았다 하여 역적이라 하니 이런 원통한 일이 어디 있으리오.

중부의 망언이 을미 동짓달 스무날 입시에 영묘께서 하시되,

"세손이 국사를 아옵는가, 이병판(吏兵判)을 아옵는가, 노소론(老少論)을 아옵는가, 아니 민망하온가?"

이 물으심에 대하여 중부가 대답하기를,

"노소론이야 세손이 아오셔 무엇하시리까?"

하고 아뢰었으니, 이것이 소위 삼불필지(三不必知)[35]라. 그때 죄 되기는 이병판도 동궁이 불필지요, 노소론도 동궁이 불필지요, 국사는 더욱 동궁이 불필지라 하더라. 그러나 실은 영묘께서 한 가지씩 물으셔 거기에 대한 대답을 기다려 또 한 말씀을 하오신 것이 아니라, 성심에 세손을 어린 양으로 여기셔 '국사든 이판이든 노소론이든 아무것도 모르니 민망하도다' 하신 말씀이더라. 그러나 중부가 아뢴 뜻은 끝의 말씀이 노소론 말이기에 '노소론이야 알아 무엇하오리까' 한 말이더라. 대저 영묘께서 세손을 각별히 사랑하시나 제신이 과히 다 일컫는 말씀 들으시면 마음에 당신이 노쇠하시니 젊은 동궁에게 들러붙으려고 하는가 의심하실까 염려하여 세손께서 매양,

"대조(大朝)께서 들으시는데 나를 과히 칭찬하지 마라."

당부하고 약속하신 일이요, 또 영묘께서 편론(偏論)을 질색하셔 노소론(老小論) 자(字)를 말씀하신 일이 없사오셔, 연석(筵席)에서 신하들은 아예 노소론 말을 거들지 못하는 법이더라. 그래서 중부 소견에는,

"동궁이 노소론을 어이 모르시리까?"

---

35) 세 가지 일은 알 필요가 없다

하고 아뢰면, 영묘께서 윗말처럼 시험하오시다가,

"내 그리 금하는 편론을 세손이 안다는 말이냐?"

하실까 두려워서 적당히,

"알아 무엇하오리이까."

한 말씀이더라. 그 사세를 상상컨대 영묘께서 물으시기를 동궁이 이
병판을 아는가 하시고 그쳐 계오시다가 중부가,

"동궁이 이병판을 알아 무엇하오리까?"

한 후에 또,

"노소론을 아옵는가?"

하시고 그쳐 계시다가,

"알아 무엇하오리까?"

하는 대답을 기다리시고 또,

"국사를 아옵는가?"

하시고, 또 대답을 들으시기 전에도 그러할 리가 없고, 어훈(語訓)
도 그렇게 될 길이 없더니 본시 상하의 수작(酬酢)인즉 이 일도 모르
고 저 일도 모르니 민망하시다는 한마디 말씀이시고, 중부의 대답은
끝의 말씀이 노소론 말씀이기에 '알아 무엇하리까' 하였던 것이니,
즉 중부의 마음인즉 동궁이 매사에 모르실 것이 없이 다 아신다 하고
아뢰면, 성심에 또 어찌 여기실지 모르고, 전에 너무 칭찬하지 말라
신 동궁의 약속도 어기고, 더욱 꺼리시는 노소론 일을 피하려고, 당
신으로는 묘리 있게 아뢴 말씀이 애매한 말법으로 물으신 세마디에
대한 대답이 한 마디로 전부한 것같이 되었으니, 이것이 망발(妄發)
이라면 망발이지만, 그것으로 역적이 된다는 것은 천만 원통한 일이
더라. 당신이 비록 화를 입었으나 지하에 계신들 어찌 눈을 감으며 어
찌 마음에 항복하리오.

그때의 궁중의 사세와 세손의 뜻을 기별하여 알아 두게 하였으면, 중부가 세손의 뜻이 그러하신 줄 알고, 그런 실언도 안 하였을 것을 내 변통 없는 마음은 어찌 이리하랴. 집안에도 기별하기가 겸연쩍은 듯 번거한 듯하여 미리 기별하지 아니하고, 또 외가로서 대리를 봉승한다고 무슨 시비가 나거나, 정처의 참소 이간이 들거나, 성심이 격노하시거나 할까 하는 혐의를 피하려고 더욱 주저하고 집안에 의논도 하지 아니하던 것이더라. 지금 생각하면 모두 내 탓이요, 내 죄인 듯, 어느 것이 후회 되고 한 되지 아니하리오.

우리 집 사람이 벼슬도 많이 하고, 부귀도 장한 것이 전혀 동궁의 외가로 그러하였으니, 동궁을 믿고 자세하여 조정을 탁란(濁亂)한다 하면 그는 죄 될지 모르거니와, 제 권세를 쓰려고 그 믿는 동궁이 대리하시거나 등극하시거나 하면 무식한 척리의 마음에 더욱 즐거할 것이니, 동궁을 꺼려서 대리를 못 하게 하고, 누구를 의지하여 부귀를 하련다는 말인가. 영묘의 병환은 구십독로(九十篤老) 지경에 조석 모를 때인데, 목전에 불과하는 권세를 쓰려고 길게 바라볼 동궁께 득죄하려는 인정이 어디 있으리오. 동궁이 외가에 미안하게 여기신 안색을 나타낸 일은 없고, 나부터 몰랐으니, 당신이야 분명히 동궁으로 계신 동안에는 척리대신(戚里大臣)으로 대권(大權)을 더 잡을 줄로 바란 것이매 동궁께 불리하게 한다는 말을 어찌 인정과 천리의 밖이 아니리오.

그때 영묘께서 눈이 어두워 낙점(落點)[36]을 손수 못 하시고 좌우를 시켜서 표를 하게 하시고 다른 공사는 모두 내관에게 맡기매, 경묘(景廟)[37]께서 '세제(世弟) 좋은가? 좌우 좋은가? 하는 말씀 같아

---

36) 벼슬 候補者들 중에서 점찍어 결정하는 것
37) 景宗, 英祖의 兄

서 나는 세손을 맡기고자 하노라' 하오시니, 그때의 영상 한익모(韓翼暮)도 황겁하여,

"좌우를 근심하실 것이 없나이다."

하여, 그때 망발로 여러 상소가 올랐더라. 한익모도 중대한 일이라 목전에 갑자기 봉승치 못하여 적당히 어물거려 한 말이지 그 사람인들 타의가 어찌 있으리오마는 망발로 의론한다면 중부와 다른 것이 없더라. 대리봉승(代理奉承) 안 한 것을 논죄(論罪)한다면 영좌상과 좌상(左相)이 다 같되, 지금 와서 한상(韓相)은 흠 없는 완인(完人)이 되고, 중부는 홀로 극형의 안(案)에 올랐으니, 나라의 형정(刑政)이 어찌 이토록 고르지 못하리오. 그런 고로 선왕[正祖]이 미워하오시고 벼르셨던 것이니, 여산(礪山)으로 귀양가실 제 전교하여 여러 가지 죄목으로 여지없이 논란하여 다시는 세상 사람 노릇을 못 하게 속박하시나 끝에,

"역적의 뜻과 다른 뜻이 있다는 말은 만만과(萬萬過)하니 결단코 정외(情外)의 말이로다."[38]

하시니, 선왕의 성심도 본디 외가에 불만이 계오셨지마는 노모(老母)[39]를 앉히고 외가를 망하게 하실 뜻이야 어찌 계시리오. 또 국영이 원수가 아니매, 제 권세나 쓰려고 일세(一世)를 호령하느라고 나라 외가에 붙어 위엄을 보일 뿐이지, 저 아들이 죽을 죄가 없으매, 죽일 생각이야 어찌 미처 났으리오. 이 전교에서 처분하신 후는 아주 끝난 줄로 알았더니 병신[40] 오월에 김종수(金鍾秀) 들어온 후에 국영을 꾀어 홍가를 극역(極逆)을 만들어 놓으려고 청정(淸靖)하여 낸

---

38) 曰有逆情曰有異志此則萬萬過矣, 決是情外之言

39) 作者 자신을 말함

40) 正祖 16년(1792)

공과 충성이 더욱 끔찍하리라 하여 중부 귀양간 수삼삭 안에, 아무 죄도 다시 지은 일이 없이, 그 죄로 차차 가율(加律)하여 필경은 고화를 받더라. 처음 귀양 보내실 적의 전교와 어찌 어기지 않으며, 임자 오월 연교(筵敎)에,

'불필지(不必知)란 말은 막수유(莫須有)란 말과 같아서 죄 될 것이 없도다.'

하셨으니, 이것은 〈정원일기(政院日記)〉에도 있을 것이요, 반포된 연설(筵說)이라 뉘 보지 아니리오. 막수유란 말은 악비(岳飛)[41]를 죽이던 천고원옥(千古冤獄)으로 언문책에까지 있어서, 무지한 여자들이라도 지금도 원통하여 하는 바이니 선왕의 고명하신 성학(聖學)으로 이 문자의 출처를 모르실 것이 아니로되, 이 문자를 비하여 쓰실 적은, 그 일로 그리 되기는 원통하다는 말씀이고, 내 집 사람 아니라도 연설을 본 사람들이 성의의 소재를 누가 헤아리지 못하리오. 그때 전교에 막수유 말씀을 하시고,

"병신 삼불필지(三不必知)는 죄 될 것이 없고, 실은 모년(某年)일[42]로 이리하더라."

해명까지 하시니, 들어오셔서 나에게 말씀하시더라.

"삼불필지를 벗길 길이 없어서 민망하매, 이제는 모년 일로 돌려 보냈으니, 벗기 쉽게 해서 다행하오."

내가 놀라오셔,

"병신 일도 천만 원통한데, 모년 일은 아예 당치도 않은데, 그런 말이 웬일이옵나이까?"

"모년 일의 죄를 일컬어서 이러저러 하다 하였으면 어렵거니와,

---

41) 宋의 忠臣
42) 思悼世子의 禍變

모년 죄라 하고 죄명이 이러하다고 거들지 않았으매, 후에 가면 무슨 죈 줄 알며, 모년 죄는 갑자[43]에 다 풀려 하니, 이번에 병신 일은 풀린 셈이니 모년으로 옮겨 보냈다가 갑자년을 기다려서 다 풀어 버린 것이오."

하고 나에게 말씀하시더라. 근래는 더욱 깨달으셔 매양 말하시되, '화입은 대신'이라 하시고,

"무고하더면 척리로 주석원로대신(柱石元老大臣)이 될 뻔하였더라."

하오시고, 당신께 정성 있던 말씀과 당신이 좋아하여 매사를 논의하던 말씀도 하시더라.

"아무리 하여도 후는 있으리라. 세도(世道)와 조국(朝國)의 주인 될 사람이요, 영웅이니, 지금 대신이야 뉘 당하리오."

하오시고, 당신이 대인접물(對人接物)의 법과 온갖 규모와, 심지어 옷 입으시는 일까지라도 다 배웠다고 하시더라.

성심(聖心)이 만일 진정 역적으로 알으시면 어찌 귀하신 성체(聖體)에 비겨서 그런 말씀을 하시리오. 병진 연초에 삼촌이 화를 나의 비통이 비할 데 없어서 그때 자결할 것이나, 별다른 처치를 못 취함을 구구한 모의 마음에 만고에 없는 정지로 당신을 길러 임금이 되시는 것을 보려면, 몸을 보전하여야 성효(聖孝)에 해로움과 성덕에 누를 면할 것이라고 생각하였기 때문이더라.

"지금은 즉위한 지 초년(初年)이시고 국영에의 총명을 가짐으로써 지나친 거동을 하시매, 필경은 깨달으시기 머지 아니하리라."

하고, 참고 참아 목숨을 버리지 못하고 예사로운 듯이 지냈더니 중외

---

43) 純祖 4년(1803)

(中外)의 사람들이 나를 어리석고 나약하다고 꾸짖는 것을 어찌 달게 받지 아니하리오. 과연 선왕〔正祖〕이 깨달으심이 위의 말씀과 같더라. 또 갑자⁴⁴⁾에 내 집의 원한을 다 풀으실 제,

"중부(仲父) 일도 같이 풀어 주려고 하노라."

하오시고, 여러 번 간절한 말씀을 하셨으니 나는 금석같이 믿고 갑자 오기가 더딘 것만 민망히 여겨 기다리더니, 하늘이 나를 미워하시고 가운(家運)이 갈수록 막혀 선왕이 중도에 돌아가오시고, 만사가 모두 흩어졌으매, 이런 원혹(冤酷)이 어디 있으리오. 내 비록 여편네나 국조야사(國朝野史) 번역한 것을 많이 보았노라. 우리 나라에 원통한 옥사가 필경은 억울한 누명을 씻지 못한 적이 없더라. 그런데 내 삼촌의 일은 만만 원통하니 주상〔純祖〕이 장성하셔 시비를 분간하실 때면 응당 이 늙은 할미의 지한(至恨)을 풀어 주실 때가 있을까 기다렸으매, 내가 살아서 미처 보지 못할 것 같으니 이 글을 내가 없는 후에라도 주상이 보시면 필연 감동하여 삼촌의 삼십 년 쌓인 원한을 풀어 주실까 하늘에 빌고 비노라.

명종조(明宗朝)에 윤임(尹任)⁴⁵⁾이가 그 사위 봉성군(鳳城君)을 추대하려 한다고 죄의 증거가 되는 것과 심문할 죄명을 명백히 만들어 부정보감(副定寶鑑)⁴⁶⁾에 올리매, 이 책에 죄명을 보면 만고에 없는 극악한 역적인 듯싶으나 누가 감히 말하리오. 그러나 본디 옥사가 전혀 무옥이니 공의(公議)가 일제히 일어나서 누구의 말도 지극히 억울하다고 하여도 선묘(宣廟)⁴⁷⁾께서는 오히려 무섭게 추궁하더

---

44) 정조가 甲子에 世子가 15세이니, 洪氏 門中의 誣罰을 다 풀어 주겠다고 말한 것
45) 仁宗의 內舅
46) 역적을 다스리는 命撰記錄
47) 宣祖

라. 그러다가 공의대비(恭懿大妃)가 지원(至冤)하여 하시는 뜻을 받자오셔 윤임을 복관작(復官爵)하여 주더라. 윤임이 공의대비께 시외삼촌이요, 선묘께는 공의대비가 백모시니, 공의대비께서 시외 삼촌의 원죄를 씻으려 하오시고, 선묘께서 백모의 마음을 받으시니, 이 일을 하셨으니, 지금까지 공의대비의 정사(情事)를 위하여 슬퍼 하더라. 선묘의 처분이 효성스러운 생각에서 나오신 것으로 흠앙치 않을 리 없는데, 하물며 내 중부의 경우는 윤임의 죄명과 경중이 판이 하고, 나도 주상의 조모이며, 백모로서 시외삼촌 원통함을 호소하는 것도 좇으셨거늘, 이제 조모가 그 중부의 누명을 씻으려고 호소하는 것이, 내 정리로나 나라 체면으로나 아무도 탓하지 못할 것이니, 또 이 일을 선왕(先王)[48]이 크게 깨닫고 갑자에 누명을 씻겠노라 하신 말씀이 여러 번이시고, 병신과 임자에 두 번 분부가 더욱 분명한 증거 가 되매 이 일을 신설(伸雪)하는 것이 선왕의 유의(遺意)라, 금상 (今上)[49]께서 불안해 하시거나 주저하실 일이 아니라, 공의대비가 윤임의 일에 간섭하시다가 무망(誣罔)을 받아서 더욱 윤임을 신설 하려 한다 하더니, 나는 병신[50] 칠월에 내 중부 처분 때, 전교가 내 그 리하라 했다 하니 그렇다면 이는 내가 죽인 셈이 되지 아니한가. 세상 은 진정을 모르고 내가 삼촌이 화 입는데 구하기는커녕 그런 양으로 알고, 나를 절륜(絶倫)의 죄인이라 하여도 사양치 못할 것이매, 만 고에 제 삼촌이 화 입는데 그리하라고 할 사람이 어디 있으리오.

내 이제 오래지 아니하여 수명이 다할 것이니, 만일 중부의 누명을 씻지 못하고 돌아가면 만고에 삼촌 죽인 사람이 되어서 귀신도 용납

---

48) 正祖
49) 純祖
50) 洪麟漢, 鄭厚謙에게 賜死

할 곳이 없을 것이니 공의대비의 한때 무언(誣言) 들으신 일이 어떠하리오. 공의대비는 조카님을 감화하셨으니, 내 비록 정성이 천박하나 설마 주상을 감동시키지 못하랴. 매양 마음에 있으나 아직은 주상이 임의로 못 하실 때요, 나는 점점 노쇠하여 가니 그저 아득할 뿐이라. 국영이가 임진에 등과하니, 본디 아이 적부터 그리 될 것이 분명한 자질이더라. 제 아비 낙춘(樂春)이 광증이 있어서, 가르칠 것도 없으니, 제 스스로 광망(狂妄) 허랑(虛郞)하여 주색에 빠져 행실이 말이 아니어서 제 집에 용납치 못하고 세상에 버린 바가 되더라. 그러나 약간 재주가 있어서 못 하는 글로 억지로 하노라 하고 예민도 하고 민첩 대담하고 호기도 있어 하늘도 무서워하지 아니하고 땅도 두려워하지 않더라. 이때 미친 것이 항상 천하만사를 모두 제가 하겠다고 날뛰어 제 동료들이 놀라 웃지 않는 자가 없더니 수년 후에 과거에 급제하여 한림(翰林)을 수년 다니며 오래 궁중에 있게 되매, 영묘께서 사랑하오시고 매양,

"내 손자로다."

하시고 칭찬하더라. 또 소조께서는 나이도 비슷하고 얼굴도 어여쁘고 슬기롭고 민첩하니, 벌써 세상에 난리가 난 때더라. 동궁이 한 번 보시고 두 번 보시는 동안에 대접이 두터워서 지극히 무간한 사이가 되었고, 처음에는 요놈이 간계를 내어, 동궁께 직간(直諫)하는 체하나 실은 간하는 말이 모두 듣기 좋은 말이더라. 그리하여 동궁께서 강직한 사람인 줄 알게 된 후는 못 하는 바가 없더라. 세손이 동궁으로 계실 제 하인 밖에 사부(師傅)를 대접하시는 것이 빈객과 궁관(宮官)뿐이매, 그 자들이 강학(講學)이나 의론이나 하지 무슨 말을 하며, 하물며 외간설화야 어찌 감히 한 마디라도 수작하리오. 그래서 동궁이 안타깝고 갑갑하여 하시다가 국영을 만나, 아니 여쭙는 말이

없고, 아니 아뢰는 말이 없으매, 신통하고 귀히 여기셔 이전에 사랑하시던 궁관은 점점 멀어지고 국영이만 제일로 알게 되오셔 비유하면 사나이가 첩에 혹한 모양이더라. 국영이는 제게 믿거나 원한이 있거나, 저를 혹 나무라는 일이 있으면 백지(白地)에 참조하여,

"동궁을 비방하더라."

고 아뢰더니, 저를 과하게 사랑하시니, 제 인물이 으젓하여도 꺼림을 받을 터인데, 세상에 유명한 무뢰 경박자를 너무 사랑하시니, 어찌 말이 없으리오. 혹,

"동궁이 이 괴이한 것을 가까이 하시더라."

하고 근심하며 탄식하는 이도 있고 혹은,

"동궁이 한때 저를 사랑하시더라도 제가 어찌 감히 상스럽게 굴랴."

하니, 갑오 을미 연간에 집집이 국영 말이요, 사람마다 국영의 근심을 하게 되니, 전들 어찌 듣지 못하리오. 이런 말을 들으면 곧 동궁을 비방한다고 아뢰니, 소위 부언(浮言)이란 것이 이런 일이라, 세손께서 깊은 궁중에 계오셔 다른 사람은 보지 못하시고 국영의 말만 들으시니, 사랑하시는 터에 그놈의 간사스러운 심정을 살피지 못하오시고 곧이들이시니 세손이야 어찌 놈의 간계를 알았으리오.

이럭저럭 천고에 없는 총애를 받다가 대리 일로 큰 공을 세우고, 등극 후 칠팔삭 안에 특별히 발탁 승진하여 도승지와 수어사(守禦使)를 하고, 숙위대장으로 대궐에 있게 되자, 저 있는 곳을 숙위소(宿衛所)라 하고, 오군문(五軍門) 대장을 다 하고 벼슬 이름이 오영도총숙위(五營都總宿衛) 겸 훈련대장이란 것이니, 고금에 그런 은총과 그런 공명이 또 어디 있으리오. 제 마음대로 사람을 무수히 죽이는 등, 내 집이 특별히 화를 입더라. 그 이유는 내 삼촌이 저를 꾸짖은 원

한뿐 아니라, 국영의 백부 낙순(樂純)이가 내 삼촌과 원수 같아서 항상 죽일 마음이 있다 하더니, 국영의 초년정사(初年政事)는 제 백부의 말을 들었기 때문에 내 삼촌의 화가 더욱 심한 것 같더라. 사 년 동안에 신절(信節) 없는 일과 발호(跋扈)한 일이 수백 가지더라. 내 궁중에 있어서 어찌 자세히 알리오마는, 낭자하게 전하는 소문을 들어도 궁중에서 내의녀(內醫女)를 데리고 제 집 사람같이 지내고 약방제조(藥房提調)하여 외수라(外水刺)를 차리는데, 제 밥을 수라상과 똑같이 차려 먹더라. 그리고 상전(上前)에서 버릇없이 구는 버릇과 대신 이하를 능욕하기가 측량 없으매, 우리 선조의 적덕 밑에서 어찌 요망스러운 역적이 나리라고 뜻하였으리오.

국영을 처음은 오히려 작은 그릇이라 대수롭게 여기지 아니하고, 그런 큰 저지례 하리라고는 미처 뜻이 가지 못하더라. 김종수(金鍾秀)란 것이 병신 오월에 비로소 들어와서 국영의 아들이 되어 천만 가지 흉악한 괴변을 다 꾸며 내었으니, 국영의 죄만도 아니더라.

종수는 다른 사람이 아니라 내 오촌고모의 아들이니, 그 고모가 어렸을 제에 조부께서 사랑하여 그 질녀를 매양 칭찬하였더니, 그 고모의 아들이 나매 맏은 종후(鍾厚)요, 둘째가 종수였더라. 집도 같은 동네에 있고 정의가 각별하여 친소생과 다름이 없을 듯하더라. 그러다가 국혼(國婚) 후에 내 집은 위세가 번창하여지고, 저희는 비록 재상집이지만 선비로 명론(名論)하노라 자처하고, 전일에 친후(親厚)하던 정이 변하더라. 선친은 그 형제를 집안 아이로서 꾸짖기도 하신데 그 형제가 점점 틀어져서 꺼리는 빛이 현저하더라. 선친이 또한 그 형제의 명을 구하고 인정 없는 일이 많은 것을 근심하여 한탄도 하시매, 시비도 하시니 저희들은 원한을 품은 듯싶더라. 그러나 선친으로서는 자질(子姪) 가르치는 일로 하신 것이지, 말씀하신 후에야 마음에 두기나 하셨으리오.

그 고모가 선친과 종형제 항렬에 나이가 남매 간에 으뜸이라, 선친
께서 조부하시던 일도 생각하시고 동기 누님같이 보셔, 장임(將任)
적이나 외방(外方) 적이나 때에 물품을 계속 해보내시고, 정의가 각
별하셨으매, 저희들이 어미의 사촌을 죽이려고 간계 꾸미는 것을 어
찌 알았으리오. 정해에 종후(鍾厚) 가자(加資)[51] 추천을 하는데,
대신께 의논도 않고 산림공론(山林公論)[52]도 없이 이판〔吏曹判書〕
이 혼자 하였더라. 이때 선친께서 비록 근심중이나 공론으로 말씀하
오셔,

  "정격(政格)[53]이 아니로다."

하고 반대하오시니, 그 일로 원한이 뼈에 사무쳐 보복하려, 임진에
종수가 귀양갔던 일을 억지로 숙제(叔弟)의 탓을 삼아서 매양 하는
말이,

  "저희들 망하는 것을 보고야 말겠노라."

하고 벼르매, 천만 뜻밖에 지친간(至親間)에 의심받는 일을 불행히
여겼더니, 이때에 때를 얻어서 국영이와 한 마음이 되어서, 국영에게
충동하니 제 본디 세상을 속이고 허명을 도적질하였던 것이니, 국영
의 마음에 종수가 제게 와서 자제처럼 친근히 하고 노예처럼 복종하
고 비첩(婢妾)처럼 아첨하는 것을 기뻐하매, 그가 하자는 대로 해주
니, 내 집의 화변이 종수가 아니더면 국영이만으로는 이토록 하지 않
았을 것 같더라. 그 망측한 국영이가 아무런 상식도 없고 아무런 이유
도 없이 하찮은 원한으로 사람을 무수히 죽일 제, 종수가 또한 함부로

----

51) 正三品 이상의 벼슬
52) 儒林社會의 公論
53) 登用法則

제 원수를 갚아서, 두 놈의 원수 갚기로 유죄 무죄를 막론하고 무수한 사람이 죽었더라. 후생들은 국영이는 패한 고로 그 죄악을 더러 알거니와 종수는 태도를 천변만화하여 제 몸은 관계하지 않은 고로 그의 죄만은 자세히 모르게 되더라.

그러나 실은 십분으로 의론하면 국영의 죄악은 삼사 분이요 종수의 죄악은 육칠 분이더라. 내 매양 선왕〔正祖〕께,

"국영의 일이 제 죄뿐 아니라, 실은 종수의 죄라."

고 말씀드리면, 선왕도 그렇다고 하시더니라.

국영이 그 은총을 가지고 제 마음대로 못 한 것이 없으나 그래도 오히려 부족하여 제 누이54)를 들이고, 제가 척리가 되어 내외로 무한히 즐기려 하더라. 제가 소위 충신이라면 그때 중전(中殿)55)께서 정처의 이간으로 금실이 화합치 못하시매, 저를 골육지친같이 아시는 신하로서는 마땅히 곤전(坤殿)께 화합하오시기를 권할 것이지, 어찌 그런 일을 하였으랴. 중전이 그때 이십육 세시고 본디 복통이 없으셨으매, 병환이 계시다는 자교(慈敎)를 내시게 하여 양전(兩殿) 사이를 화합치 못하오시게 하더라. 만일 제 힘이 미칠 양이면 선왕이 춘추 근 삼십에 사속(嗣續)이 없으매, 공평히 장성(壯盛)한 처자를 가려 들여서 생남의 경사를 보시도록 축원하여야 옳을 것이더라. 그런데 홀연히 요악한 계교를 내어, 겨우 십삼세 된 어린 제 누이를 들이니 그것을 언제 길러서 사속을 보리오.

호왈(號曰) 원빈(元嬪)이라 하고 궁호를 숙창(叔昌)이라 하니, 원(元)자 뜻부터 흉하더라. 곤전이 계오신데 어디서 비빈(妃嬪)을 원자로 일컬을 도리가 있으랴. 천도가 신명하고 제 죄악이 찰 대로 차

---

54) 洪國榮이가 正祖의 후궁으로 바쳤던 제 누이 元嬪

55) 正祖妃 孝懿王后

서 기해에 제 누이 홀연히 죽으매, 이때 국영이 독살스러운 분을 이기지 못하여 제 누이가 죽은 것을 감히 곤전께 의심하여, 선왕을 충동하고 내전 나인(內殿內人) 여럿을 잡아다가 칼을 빼놓고 무수히 치며 혹독한 고문을 하더라. 그리하여 억지로 곤전께 허물을 씌우려고 참소가 미칠 뻔하였으매, 외간에 소란한 풍설이 이르지 않은 곳이 없어서, 포목전 · 갓전 등 시정의 상정 상인이 문을 닫고 도망치기까지 하였으니, 이런 만고의 극악한 역적이 어디 있으리오. 제가 부귀를 길이 누리려던 계교를 이루지 못하였으면 천심이 두려워서 조금 위세를 거두고, 명문에 간선하기를 권하여 일 반분(半分)의 속죄를 하여야 할 터이니, 국영의 사음에는 다른 비빈을 고르시면 그 집 사람에게 정이 옮기실까 염려하여 다시 간선을 못 하게 하려는 야심으로 덕상(德相)[56]을 시켜서 흉악한 상소를 올렸더라. 인(裀)[57]의 아들 담(湛)이를 수원관(守園官)을 시켜 군호(君號)를 완풍(完豊)이라 하여, 제 누이의 양자를 만들어 담으로 선왕의 아들같이 되게 하더라. 이리 함으로써 외가가 되어서 길이 영화를 누리려 하니, 선왕이 춘추 삼십이 못 되오시고 병환이 안 계신데 사속 보실 길을 아주 막아 버렸더라.

선왕이 비록 일시 총명이 가로막히셔 제 하자는 대로 매사를 따라하셨으니, 실은 당신을 위한다는 국영의 농간에 속으셨던 것이니, 일이 이렇게 되었으니 성왕의 지혜로 어찌 그 요약한 속심을 깨닫지 못하시리오. 담이 아직 어린것을 갑자기 데려다가 임금 아들같이 삼고, 제 생질로 하여서 친신(親信)히 부리시는 내관이 붙들고 출입하여 거의 동궁과 같이 처우하더라. 제 아비 인이는 허황광패(虛荒狂悖)

---

56) 吏曹判書 宋德相
57) 正祖의 庶弟 恩彦君

한 인물이라, 제 아들이 그렇게 된 것이 제 몸의 큰 화근인 줄을 모르
고 그로 인한 세도를 부리고 소위 궁묘충의(宮墓忠義) 수위관(守衛
官)을 줄 제 인연한 것을 시키니, 그런 무지한 것이 어디 있으리오.
그때 내 집의 동생들이 나에게 편지로,

'이런 국사와 이런 거조(擧措)가 어이 있겠나이까?'

하고, 분개 한탄함을 이기지 못하더라. 내 이 모양에 대하여 절통한
분개가 철천극지(徹天極地)하여 선왕께 아뢰기를,

"이 무슨 일이며, 이 어찌된 뜻이오니까. 생각을 하오. 마누라가
아주 늙으셨나이까, 병환이 계시니이까? 아들 얻고 싶은 마음은 노
소와 귀천이 없으매, 당신께서 종사의 부탁이 어떠하관대, 삼십이 되
도록 아들 없는 것도 초조 민망한데, 지금은 남의 손에 휘어 스스로
아들 못 놓기로 자판(自判)하시니, 이 무슨 일이오니까?"

하고 슬퍼하였더라.

그때 국영의 세도가 태산 같아 아무도 말할 이가 없더라. 빈소는 정
성왕후(貞聖王后) 빈전(殯殿)하였던 데 하고, 무덤은 인명원(仁
明園)이라 하고, 혼궁(魂宮)은 효휘궁(孝徽宮)이라 하고, 의정부
이하 진향하고 복제(服制)를 행하였으니 그때 제신이 어찌 꾸지람
을 면하리오. 내 분통하고 철천하여 이를 갈아 차마 보지 못하여, 만
나면 울고 보면 어루만져서 서럽고 슬퍼하였고, 선왕이 차차 그놈에
게 모든 일을 속으신 줄 깨달은 듯하오시고, 국영이가 담이를 조카라
하고, 궁중에서 동궁처럼 추켜 들며, 침식을 함께 하여, 정상은 날로
흉교(兇敎)하고, 행동은 날로 위험하니 선왕이 어찌 뉘우치지 아니
하오시며 분하게 여기지 않으시리오. 국사가 망연하여 어찌할 바를
모르시는데, 나의 지성으로 분하고 서러워,

"사속(嗣續) 넓힐 일을 헤아리라."

하고 뵈올 적마다 권하였고, 본디 인효(仁孝)하신지라, 내 정상과 당신 신세를 돌아보아서, 감동하고 옳게 여기셨으니, 내게 대하시는 기색은 점점 더 지극하시고 국영의 죄악은 더욱 쾌히 깨달으셨으니, 기해 구월에 국영이를 치사(致仕)[58]시켰으매, 전에 사랑하시던 일로 시종 보전케 해주려고 하시더라. 그러나 제가 치사한 후에 하는 행동이 더욱 해괴망측하므로 강릉으로 쫓아 보내셔 거기서 제 스스로 죽으니, 자고로 흉역과 권간(權奸)이 많았지마는 국영이 같은 것은 다시 없더라. 제가 처음에 사원(私怨)으로 사람을 함정에 빠뜨려 걸핏하면 역적으로 몰아서 죽였더라.

그리하여 선왕의 성덕에 누를 끼쳤으니, 그 죄가 하나요, 양전(兩殿)이 화합치 못하시게 하고 제 어린 누이를 들여서 부귀를 제 마음대로 하고자 하니 그 죄 둘이요, 제 누이가 죽은 후에 사속 보실 길을 막고 담을 제 죽은 누이의 양자로 하여 동궁을 만들고 제가 나라의 외가 노릇을 하여 다시 길게 음모를 꾸몄으니 그 죄 셋이요, 곤전의 나인을 혹형하여 곤전에 범하도록 무복(誣服)을 받고, 곤전께 흉악한 계교를 행하려 하였으니 그 죄 넷이로다. 더구나 밖에서 위를 향하여 임금을 업신여기어 무례 불충의 말을 무수히 하였으니 내가 직접 보지 못한 일이니 어찌 다 기록하리오. 인신(人臣)으로서 이 죄 중의 한 가지만 있어도 극형을 면하지 못할 것인데, 국영의 몸에는 전후 고금에 듣지 못하던 천죄 만악(千罪萬惡)이 실려 있으되 종시 와석종신(臥席終身)을 하였으니 천도의 무심함을 어찌 한탄치 아니하리오.

종수(鍾秀)가 제 스스로 명론(名論)하노라 하되, 처음에 후겸에

---

58) 벼슬을 그만둠

게 붙어 벼슬을 도모한 것이, 제가 태천 현감(泰川縣監)을 하직하던 날, 영묘께서 초록 명주 한 필을 친히 내려 주오셔,

"관대(冠帶)하여 입으라."

하고 주시니, 저를 편론한다고 괘씸히 여기다가, 홀연히 이 은권(恩眷)이 있으니, 후겸에게 성의가 없으시면, 어찌 이런 일이 있으리오. 제 본디 이(利)를 보면 달려드는 버릇이라, 후겸에게 붙으려 하다가 후겸이가 받아 주지 않으니 이를 갈더라. 그러다가 국영에게 붙어서 국영의 천죄만악(千罪萬惡)을 안 도와준 것이 없더라. 국영이가 치사할 때에 종수는 후겸을 시켜서 만류하시라는 상소를 내어,

'나라의 충신이요, 범이 산중에 있는 형세〔虎豹在出之勢〕이니, 이 사람이 하루도 조정에 없지 못할 것이옵니다.'

하였으니, 저희들 형제가 처음에는 국영에게 속았다 하고, 국영이가 담을 들이고, 덕상(德相)이 상소를 내고 다시 간택 못 하게 하는 행동이 있는 후로, 온 나라 사람이 역적이라고 규탄하더라. 이때 덕상이 후겸으로서 부득이한 일로 아닌데 평안도에서 급급히 상소하여 행여 남에게 뒤질까 초조히 굴었으니, 세상에 당역(黨逆)하는 명론이 어이 있으리오. 그 후에 종수가 차자(劄子)[59]를 올려서 국영을 쳤더라. 이것은 선왕이 친히 시키신 일이니 내 매양 선왕께,

"종수가 국영의 아들인데 제 아비를 논박하니 저럴 데가 어디 있으리오."

하면, 선왕이 나에게,

"제 마음이 아니요, 저도 살아나려 하니 어찌할까 보니이까."

하셨으니,

---

59) 간단한 上疏文

"천변만화하는 구미호(九尾狐)인가 보오이다."

하고 내가 또 말하면 웃으시며,

"좋은 형용이라."

하셨으니, 선왕이 어찌 제 정태(情態)를 모르셨으리오. 국영이 없어진 후는, 국영 이전 일을 모두 바로잡아, 내 삼촌같이 원통한 사람은 진실로 누명을 씻어 주어야 천리(天理)에 합당하고 인심을 위로할 때였더라. 그러나 국영의 죄악도 분명히 드러나지 못하고 원통한 사람은 지금 아직 누명을 씻지 못하니, 이것은 국영이가 없으나 종수가 국영의 심법(心法)을 전하기 때문이더라. 종수가 국영을 데리고 병신 초부터 일을 같이 하여 왔고, 이 일이 무죄한 사람을 제 사혐으로 국영을 꾀어 죽였으니, 죄가 국영이보다 더 하더라. 내전께 없는 병을 있다고 모함하고, 국영의 어린 누이를 들이고 원빈(元嬪)이라 이름하여 곤전을 앗으려 하고, 담을 양자하여 선왕의 아들 보실 길을 막아서 종국(宗國)을 옮기려던 계교가 비록 국영의 흉심이나, 그 계교는 종수가 가르친 것이 분명하더라. 만일 그렇지가 않으면 제가 등한한 조신(朝臣)과 달라, 천고에 없는 총애로 못 올린 말이 없고 안 따르신 일이 없으니, 국영의 전후 일을 한 번도 말한 적이 없고, 심지어 제 형을 권하여 원류소(願留疏)까지 올렸으니, 국영과 동심한 것이 어찌 분명치 아니하리오.

제 일생에 한 것이 나라에 직언 한 번 한 일이 없고, 그른 일 바르게 한 일이 없고, 한다하는 것이 '홍가(洪哥) 치기'와 옥사 내는 데만 기(氣)를 쓰고 달려들었으니, 만고에 이런 배암 같은 독물이 다시 있으리오. 선왕이 그놈의 정상을 다 아시되, 특히 살림이 검박하고, 벼슬에 탐탁(貪濁)치 않아서 인심을 덜 잃었기 때문에 덮어 두고 이전의 정(情)을 보전하시려고 시종여일하시더라. 제 소위 검박청렴도

겉치레요, 세상에서 모두 저를 어미에게 효도한다고 일컬었으니, 어미 마음을 따를 양이면 어미 사촌이 종수의 지친(至親)이니, 비록 죄가 있더라도 저만이 사람이 아니거든, 어미를 앉히고 제 홀로 나서서 어미의 종제를 죽였으니, 어찌 진정한 효성이리오. 세상이 국영의 일을 다 알되 종수의 일은 오히려 모르더라. 국영이 겉껍질이요, 종수는 실로 골자이기 때문에 이렇게 써 자세히 알게 하노라.

내 나이 칠 세 되던 신유에 숙제(叔弟) 나매, 자질이 얼음같이 맑고 옥같이 깨끗하여 범류(凡類)에 뛰어나매, 부모가 기애(奇愛)하심과 나의 편애함은 말할 것도 없고, 영묘께서 숙제가 궁중에 들어온 때면 어여삐 여기셔 내 중제(仲弟)와 형제를 앞에 세우고 다니셨으니, 경모궁(景慕宮)[60]께서는 더욱 사랑하시니, 문장이 숙성하여 대소과 삼장장원(三場壯元)[61]하고, 문장재망(文章才望)으로 명성이 굉장하더라. 내 동기간의 지기(知己)로 처하여 집안의 기대가 깊더니, 입신한 지 얼마 되지 아니하여 처지가 망극하여 처참하게 한탄하더니라.

경인 신묘 간에 선친 몸에 화색(禍色)이 날로 급하여 가니, 내 생각에는 귀주(龜柱)는 풀 길이 없고 정처에게나 화기(禍機)를 완협(緩頰)코자 하나, 그 사람이 아들의 말을 듣고 전일과 달라진 지 오래라 서먹서먹한 말로 움직이기 어렵더라. 사세가 그 아들을 사귀어야 혹 풀 도리가 되나 선형(先兄)과 중제(仲弟)는 무슨 일로 후겸에게 미운 바 되고, 숙제가 있으되 지조가 고상하고 규모가 조촐하여 부귀에 물들지 않고 세로(世路)에 추종하기를 싫어하더라. 그래서 심상히 친구가 없고 집의 문객도 얼굴 아는 이가 적더라. 그런 위인으로

---

60) 思悼世子, 作者의 남편
61) 初試・覆試・殿試에 모두 壯元

구차하고 비루한 일을 하고자 할 리가 있으랴. 그러나 형제 중에서 나이가 적고 후겸에게 미움을 받고 있지 아니하더라. 그래서 내가 숙제에게 편지하여,

'옛 사람은 어버이를 위하여 죽는 효자도 있었으니, 지금 형편이 어버이를 위하여 후겸을 사귀어 집안의 화를 구하는 것이 옳다. 옹주〔鄭妻〕의 아들로 상총을 믿고 권세를 좋아할 뿐이지 환시(宦侍) 아니요, 흉역이 아니니, 일시 후겸에게 가까이 하기를 꺼려, 아비의 위태함을 구하지 않으면 어찌 인자의 도리리오.'

하고 간절히 권하였으니, 숙제가 처음에는 죽어도 싫다 하다가, 화기 점점 박두하여 집안 멸망이 조석지간(朝夕之間)에 있고, 나의 권함이 긴급하자, 숙제가 마침내 제 몸을 돌아보지 아니하고 후겸과 친하여 선친의 참화를 면하였으니, 숙제가 자못 미움받음은 오직 이 누이 탓이라. 숙제가 그 문장 재식(才識)으로 부형을 이어서 입조(入朝)하여 전정이 만리 같다가 포부를 펴지 못하고 어렵고 험한 때를 만나서 노친의 화를 염려하여 평생의 본심을 지키지 못하고, 후겸과 사귄 것을 부끄러워하여 마음에 맹세하였더라.

'집이 평안하면 내 몸이 세상에 나가지 않으려노라.'

하고, 동교에 집을 장만하고 나에게 편지를 보내어 심정을 알렸더라.

'멀리 가지 못할 몸이니, 장래 근교에 머물러서 경궐(京闕)을 의지하고 자연 속에 몸 마칠까 하나이다.'

그때의 편지 사연이 내 눈에 선하매, 숙제의 마음이 이러하게 된 것은 후겸을 사귄 것이 부형을 구하기 위한 것이더라. 그리하여 부형의 화는 구하였지마는 후겸으로 인연하여 벼슬 한 자리라도 하면 본심을 저버리고 진실로 탐비탁란(貪鄙濁亂)하는 무리와 한패가 되고, 만다고 생각하였으니, 기축의 장원급제로 을미까지 칠 년 동안에, 본디 지

낸 옥당(玉堂) 춘방(春坊)을 수삼 차 지낸 밖에는, 응교(應敎)[62] 통정(通政)도 한 일이 없더라. 그리고 크고 작은 고을의 원 한자리 한 일도 없고, 호당(湖堂)을 시키려 하는 것을 마다하더라. 경인(庚 寅) 이전에 몸으로 쭉 있었지 일자반급(一資半級)[63]을 더한 일 없더 니 후겸이와 사귄 것이 이(利)를 탐하지 않음이 분명하였더라.

정처의 변화와 후겸의 간교로 집안의 변화가 다시 날까 조심조심 다녔을 뿐이니, 그 밖에 누구를 쓰며 누구를 막으며, 누구를 죽이며, 누구를 살리려는 것을 일체 알려고 한 일이 없더라. 후겸이도 또한 그 런 일도 의논한 일이 없었으니, 이것은 세상이 다 아는 바로다. 사람 이 권문과 체결하여 세상을 탁란하는 것이 제 몸에 이가 있어야 할 것 이어늘 부귀 공명 밖에 있는 숙제는 그 처지와 문학으로 장원급제한 칠 년 만에 가만히 앉아 있어도 오는 벼슬을 하였을 터에, 하물며 후 겸을 사귀어서 제 몸에 이롭게 하고자 하였으면 어찌 한 가지 요직과 한 품(品)의 가자(加資)를 못 하였으리오. 이 한 가지로 숙제가 부 형을 위하여 부득이 후겸을 친하였던 것이나 제 몸은 벼슬을 하지 아 니함으로써 본심을 증명하였던 뜻을 알 수 있더라.

상운(翔雲)[64]이 본디 간사한 놈으로써 제 폐족(廢族)으로 기회 를 노려 후겸이와 친밀히 지냈더라. 때마침 숙제가 후겸의 좌중에서 그를 알게 되어 왕래하게 되매, 숙제의 마음이 괴로웠으나, 후겸을 두려워하여 상운도 잘 대접하더니 그러다가 을미대리(乙未代理) 후 에 경과방(慶科榜)이 있었으니, 신임 제적(辛壬諸賊) 최석항(崔 錫恒)·조태억(趙泰億)의 자손 셋이 급제하여 공의(公議)가 모두

---

62) 弘文館의 정4품 官位를 바라는 것
63) 대수롭지 않은 벼슬자리
64) 副司直沈翔雲

분개하더라. 하루는 상운이 와서 숙제에게,

"내가 상소하여 최와 조의 삭과(削科)를 청하고자 하니 어떻소?"

하고 물으니 숙제 가로대,

"자네 처지로 마지 못해서 벼슬을 다니지만, 어찌 상소하여 조정의 일을 간섭하리오. 최와 조의 과거 일이 과연 해괴하매, 세상에 자연 공의가 있어서 의론할 사람이 있을 것이니, 자네가 아는 체할 바 아니라."

하고 충고하더니 상운이 노한 안색으로 불쾌하게 돌아가더니, 그날로 곧 서유령(徐有寧)[65]의 상소가 나서, 상운은 그 상소를 못 하나 수삼 일 후에 편지로,

'내가 오늘 아침에 상소를 하였으니, 소본(疏本)이 많기로 보내지 못하고 상소한 조건만 대략을 베껴 보내오.'

하고, 다른 종이에 제가 상소한 조목을 한 자씩만 벌여 썼는데, 당(黨)자, 관(官)자들 모두 여덟 조목이었고, 끝의 조목은 척(戚)자니 쓰지 말라는 말이더라. 다른 조목은 다 한 자만 썼는데, 척자 조목에는 그 의논한 글을 베껴 보냈는데, 그것은 우리 집이 척리(戚里)인 고로 보라 한 뜻이니, 숙제가 보고 그 상소가 무슨 사연인지는 모르나, 제 폐루(廢累) 종적으로 논사(論事)하는 것에 놀라 의지 답장에,

'자네는 스스로 잘 하였다고 생각하겠으나 보는 이는 반드시 나무랄 것이니, 잘한 상소인지 모른다.'

하고 걱정해 보냈더라. 그날 저녁에 그 상소 원본을 보고 깜짝 놀라

---

65) 벼슬이 副同値이었음

곧 그때의 대사헌 윤양후(尹養厚)에게 편지하여 상운을 잡아 엄중한 고문을 청하려 하고, 그의 형 윤상후(尹象厚)에게도 편지로 역권(力權)하더라.

양후가 아니 하였으니, 이 시종은 무술 숙제 공초(供草)[66]할 제 다 자세히 아뢰고, 그때 상운의 편지와 그 상소 조목 글자 열서(列書)한 종이까지 상전에 바치니, 양후에게 권하여 상운을 고문하라고 한 일은 상후가 알 것이라. 생존한 상후도 참증(參證)을 삼아 상후와 면질(面質)하기까지 청하더라. 상운의 상소로 숙제가 깜짝 놀라고, 상운을 알았던 것이 불행하여 상운의 청토(請討)를 타인의 백 배나 하였던 것이라, 상운의 상소 일에 간섭하였다는 것이 천만 애매한 것은 사리가 매우 명백하더라. 또 정유역변(丁酉逆變)[67]이 났는데, 상길(相吉)의 공술 공초에,

"저희가 추대를 도모하는데 의논하되, 홍모(洪某)는 척리니 지금은 쓰지 못하나 오랜 후에는 병권(兵權)을 잡을 것이매, 만일 그러하거든 습진(習陳)[68]할 때 거사(擧事)할 수도 있으리라 하더라."

하였으니 이것이 어찌 사람의 말이랴. 어불성설(語不成說)하다 하여도 곡절이 있지 삼척동자도 누가 곧이들을 말이랴. 만일 홍계를 무함(誣陷)하여 말하기를,

'홍가가 실지(失志)하고 나라를 원망하여 추대모의(推戴謀議)를 한다 하면 무함이 되거니와, 이 말은 장래 대장이 되어서 병권을 잡을 것이니, 그리하거든 일을 하자 하더라.'

하는 말이니, 장래에 대장을 하여 병권을 잡을 때면 임금에게 풀리고

---

66) 罪人이 공술한 草記
67) 정조 원년 鄭厚謙 등의 治罪 사건
68) 兵事訓練

총애를 받을 때가 될 것인데, 제 집 잘 되고 제 몸 대장까지 이르게 될 양이면, 이미 부귀가 극진하고 제 의망(意望)이 족할 텐데, 또 무슨 의사로 그 임금을 마다하고 다른 임금을 추대하리오.

또 설사 그놈들이 그런 이(理)에 당치 아니한 말을 하고 전연 아무 것도 모르고 앉았는 숙제에게 무슨 죄가 있으리오마는, 숙제는 본디 국영에게 미움을 받고 국영이가 해치려고 화색(禍色)이 급하였으매, 선왕〔正祖〕의 성덕(聖德)으로 겨우 일루의 명맥을 붙였다가 무술의 두 가지 일을 씻어서 다시 사람이 되더라. 그때에 전교(傳敎)를 거룩히 하여 공초(供招)가 절절이 조리 있고, 단연코 타의(他意)가 없어 극진함이 명백하더라.

"친리인정에 구하여도 실로 이러할 리 없고, 비록 편심된 자취가 있어도 그 마음을 용서하여야 옳은데, 하물며 본디 이 일이 없으니, 오늘날 사실을 밝혀 억울함을 풀어 주니 내 자궁(慈宮)에게 뵈올 낯이 있노라."

하고 기꺼하셨던 것이매, 숙제 내 오라비와 외구(外舅)로서 그 모양으로 문죄(問罪)를 당하니, 옛 사기(史記)부터 아조(我朝)까지 전연 없는 일이더라. 내 그때 원통하게 처참히 놀라 몸소 당한 것이나 다름이 없으매, 선왕의 성효(聖孝)에 감동하고 숙제의 지원(至冤)을 벗겨 완인(完人)[69]이 된 것을 감축하였던 것이더라.

그 후에 국영이 없고, 선왕이 전의 일을 점점 후회하셔서 외숙들[70]에게 환대하심이 해를 쫓아 더 하오시고, 심지어 숙제는 그만한 문장필한(文章筆翰)으로 세상에 쓰이지 못함을 더욱 아깝게 탄식하더라. 항상 종이를 보내오셔 글씨를 써다가 병풍 여럿을 만들어 당신도 치

---

69) 자신이나 명예에 흠이 없는 사람
70) 作者 惠慶宮의 형제들

시고 내게도 주시더라. 부벽서(付壁書)와 입춘(立春)도 써서 붙이셨고, 만천명월주인옹(萬川明月主人翁)[71] 서(書)를 써다가 현판까지 하시더라.

신해부터 주고(奏藁)[72]를 시작하여 왕복이 잦으시고, 중제 돌아간 후에 더욱 가의(加意)하오셔 오로지 숙제에게 물으시니, 정사부터 수권(手圈)[73] 만드오시는 일로 글을 빼고 고치는 것을 모두 숙제와 의논하오셔 짧은 편지와 하루에 여러 번 왕복하였더라. 그리고 보신 후면 기뻐하고 칭찬하시더라.

"얼굴과 기상이 요사이 재상으로는 당할 이 없으니, 지금 비록 침체하나 필경 윤시동(尹蓍東)[74]만은 하리라. 갑자에는 육십사 세이니 넉넉히 하리라."

또 문장이 정결하여 '당세 제일', 지기(知己)들이 모두 '회심지붕(會心之朋)'이라 하더라. 근년에는 무슨 글을 지으시든지 보내어 '평론하라' 하오시고 시는 갱운(賡韻)[75]을 시켜서 칭찬이 융중(隆重)하시고 사여(賜與)가 잦아서 무엇이든지 나누어 보내 맛보게 해 주시더라.

"문장이 길게 전함직하니 문집을 내어 주겠노라."

하고, 남다른 대접이 인가(人家) 부자 사이 같더라. 그리하여 내 집 사람이 노소 없이 성은을 입었거니와 숙제는 더욱 재생지은을 받잡고, 또 갖은 특별하신 대접을 받자와 천은에 감격하여 울고,

---

71) 정조의 自號
72) 洪鳳漢의 上疏文集
73) 글을 評定하는데 朱墨으로 찍은 圈
74) 左議政
75) 남의 詩에 和答하는 것

"몸이 부서지고 뼈가 가루가 되어도 만의 하나를 갚사올 길이 없도다."

하였으니, 숙제에게 이러하시던 것은 사람들이 다 아는 바이라. 주상 비록 춘추 어리시나 어찌 자세히 모르시랴. 내 본디 지통한 일 이외에, 내 집의 설움으로 반생을 간장을 썩히다가 갑자에 분명한 기약을 얻고 어찌 다행케 믿지 않으리오.

이제는 집이 평안할 기한이 있으니, 동생들이 산중에 오유(遨遊)하여 선군의 은혜를 입고 여년을 무사히 초조하게 기다렸더니, 어찌 오늘날 우리 선왕을 잃고 숙제로 하여금 참화를 받게 할 줄 꿈에나 생각했으리오.

경신대상(庚申大喪)[76] 때 내 집 사람 여럿을 열명(列名)하여 종척집사(宗戚執事)를 시켰으매, 이미 좋은 뜻이 아니려니와 그 중에 숙제가 들었다 하여 심환지(沈煥之)[77] 원상(院相)[78]을 위시하여, 흉한 말로 못 하리라고 논죄(論罪)하더라. 선왕 계실 제는 벼슬시키고 사은(謝恩)하고, 궐내 출입하여도 이렇다 말이 없다가, 엊그제 선왕이 아니 계시다고 이런 짓을 하고, 그 사람을 집사시켜도 다닐 리도 없거니와, 설사 다니기로서니 무슨 나라에 시급한 변이라도 있을 듯이 참지 못하고, 별안간에 있는 듯이 입재궁(入梓宮)도 미처 못 하고 내 정리로 생각하더라도 칠십 노인이 그 참경을 당하여 호천통곡하고 사생을 모를 줄 알며, 그 동생의 말을 그때 하니, 만고에 그런 흉악한 역적놈이 어디 있으랴. 또 내 집 사람은 다 못 들어오리라 하면 모르거니와 숙제더러 그러하니, 숙제 비록 대접이 망극하였으나 선

---

76) 정조 24년(1800)에 정조 昇遐함
77) 영조 辛卯에 鑴斁改
78) 王의 昇遐 후 26일간 承政院의 臨時官職

왕이 친문(親問)하시고 분명히 원무(冤誣)를 씻어 증명하시고, 선왕의 하교가 명백하여 소위 속명의록(續明義錄)에까지 올려 세상이 다 알고 예사 사람이 되었더라.

그런데 근 삼십 년 후에 홀로 고민하니, 그러면 자고로 현인군자가 불행히 한 번 화액에 걸리면 비록 억울한 죄를 씻어도 종신의 누(陋)가 될 것이니, 세상에 이런 의론이 어디 있으리오. 선왕이 선친의 주고(奏藁)를 다 만들어 놓으시고, 미처 간행치 못하고 홀연 승하하오시니, 당신을 따라 즉시 죽지 못한 일이 흉측하고 일루가 붙어 있으니 그 몸이 죽은 것과 같으니, 내 마음엔들 이때를 당하여 세상에 쉬 날 줄 어찌 생각하였으리오. 선왕을 생각하여 내 서러워하는 심사를 위로하려 하던 뜻이든지 일끝을 내어 내 집을 더 그릇 만들려 하던 일이든지, 팔월 열흘 후에 밖에서 일 보는 자가,

"자상(自上)으로 분부 내리오시고, 내각(內閣)에서 밖에 반포를 내려고 하도다."

라고 말하더라. 오히려 세도(世道)가 이토록 흉악하고 무서운 줄을 깨닫지 못하고, 선왕이 십 년을 애쓰시고 지은 육십여 편 어제가 계시니, 반포는 하나 못 하나 박아 내어 줄까. 본초(本草)[79]를 내어 주었으니, 이 일이 네 위친지심(爲親之心)과 선왕이 꼭 하고자 하시던 일을 겸하여 내가 조석을 보전치 못하여 생전에 개간(開刊)을 보려던 일인데, 한 권을 채 박지 못하고 심환지 등의 상소 매우 망측하여 인역(印役)[80]을 정지시켜 버리니, 내가 연설(筵說) 반포한 것을 보니, 심골(心骨)이 놀라 서늘하고 간장이 찢어질 듯, 말없는 중에 선친을 무욕(誣辱)함은 말할 것도 없고, 자자 귀귀가 전혀 나를 무고

79) 原草本
80) 출판 업무

협박하고 능욕하는 말이매, 내 아무리 돌아갈 데 없는 신세로서 한 노궁인(老宮人) 같으나 선왕의 모친인데, 제 비록 기염과 권세가 일세에 진동한들 저도 선왕을 섬기던 신자가 아니냐. 선왕의 어미라 하고 욕함이 이러하니 고금 천지간에 이런 변괴가 어디 있으리오.

주상이 춘추 어리시고 국사의 위태로움이 한 터럭 같은데 인심과 세태가 갈수록 이러하여 필경 모르는 세상이 되기를 면치 못하게 하더니 종국(宗國)의 근심과 인륜의 멸망함을 통곡하고 싶도다. 선왕이 계실 적은 효양을 받을지 영화를 보는지 하는 대로 두었거니와, 지금 와서는 내가 상하에 당치 않고 궁중의 등한한 과부니, 내 몸에 조정 문안, 약방 승후(承候)가 당치 아니하고 같지 않아 숨이 지려고 하는 중이라도 매양 민망스럽더니, 이제 나를 협박하고 모욕하여 어서 죽기를 재촉하니, 외면으로 문안이라고 할 적에 심중에 더욱 미워할 것이니 이것은 점점 내가 욕을 받는 것이고, 선왕이 알음이 계시면 내 몸에 욕이 이렇게 미친 후는 그 문안을 받지 말고자 하올 것이니, 내가 결단을 내려 소위 조정 문안과 약방 문안을 받지 말아 저희 마음을 쾌하게 하고, 내 본분을 편히 하려고 생각하더라. 그러나 인산 전이기 때문에 주저하였더니, 인산 후에 낙파(樂波)와 서영(緖榮)[81]의 벼슬과 가자(加資) 일로 상소가 연하여 나서 '역적의 자손이니 못한다'고 떠들더라.

일찍이 한용귀(韓用龜)[82]가 수영을 역적의 씨라고 할 제 선왕께서 대단히 노하시고,

"손자는 일반이니, 진손(眞孫)이 역종(逆種)일제 외손(外孫)도 역종이겠다."

---

81) 洪樂倫의 아들 洪緖榮, 惠慶宮의 친정 조카
82) 당시의 벼슬은 掌令

하셨으니 서자(庶子)나 손자가 역종이면 친딸은 역종이 아니고 무엇이리오. 자고로 사책(史册)에도 이런 흉악한 변괴의 말이 있었는지 알 길이 없도다. 또 이어서 이안묵(李安默)[83]의 상소에 선친 무욕(誣辱)이 더욱 해괴망측하여 여지가 없더라. 내 형세가 잔약하여 조정이 다 나를 업신여길 것을 못 하게 할 길이 없으매, 심중에 만사를 끊어 버리고 알지 아니하고자, 졸곡 후에 폐인을 자처하고 선왕 계오시던 영춘헌(迎春軒)에 가서 누워 명을 마치기로 기약했더라. 내 사생이 꿈 같으니 무엇을 아껴 이 원분을 달갑게 여기고 견디리오.

동짓날〔至月〕 내가 하고자 하던 일을 하려고, 약방에 내가 문안받지 아니하는 사연으로 언문 편지를 써 내어 주었으며, 영춘헌으로 와서 선왕의 자취를 어루만지고 내 신세를 서러워하여 호천 통곡하고 혼절하여 누웠더니, 만고에 이런 광경, 이런 정리가 어디 있으리오. 가순궁(嘉順宮)도 처음은 말리더니 나중은 내 일을 참연(慘然)히 여기고 굳이 막지 아니하더라. 윗전〔王大妃〕께서 오셔 대로하시고 여러 가지로 꾸지람이 많으시고, 언문 편지도 못 내어 주게 하더라. 안으로서나 하는 일을 말리시는 것은 괴이치 아니하거니와 천만 뜻밖에 윗전께서,

'충동하는 놈이 있으니 그놈을 다스리려 한다'고 벼르시더니, 그달 이십칠일에 엄교가 내리셔, 숙제가 나를 꾀어 이런 행동을 한다고 하시고, 삼수(三水)로 멀리 귀양보내라 하시니, 이는 마치 나인들에게 죄가 있으면 제 오라비 잡아다가 옥에 가두거나 내사(內司)로 지적하는 모양이니, 나를 선왕의 어미라 하면서 이런 변이 어디 있으리오. 주상〔純祖〕이 비록 어린 나이시나 놀라시기 측량 없으시고, 박

---

83) 全州人 邦壽의 아들

판서[朴準源]도 공정한 뜻에서 놀라 주상께 자전(慈殿)에 여쭈어 그 언교(諺敎)를 내어 주지 못하게 하오시고, 거적을 희정당(熙政堂) 뜰에 깔고 아뢰기를,

"대전에 아뢰는 자교를 보오니, 차마 놀랍사오니 어찌된 과거(過擧)이오니까? 차마 내어 주지 못하고 대죄하옵나이다."

그 사람이 나를 위하여 귀한 몸을 추운 뜰에 거적을 깔고 아뢰오니, 선왕의 성효(誠孝)를 생각하고 자기 정성을 다함이매, 한심하며 감격함을 어찌 측량하리오.

그 전에 내가 영춘헌에 가서 자결하려고 할 제, 영춘헌에는 차마 못 오시고, 쓸쓸하고 냉기 도는 거려청(居廬廳)에서 나 오기를 기다리신다 하고 가순궁이 와서 돌아가자 하기에, 내 유약한 마음에 어리신 주상의 마음을 차마 상하게 하지 못하니, 마지못하여 끌려 갔더라. 그날 밤에 한 집 속에서 모르는 체하기가 어려워 윗전에 들어가서,

"어찌하여 엄교가 이 같사오니까?"

하고 묻자온즉, 윗전께서 하시는 말씀이,

"이번 행동이 제 뜻이 아니라 충동하는 이 있으니, 이 처분을 어찌 아니 하랴."

하시더라. 내 명도(命道)에 아니 겪고 아니 당한 일이 없으니, 선왕 계시면 감히 이런 일이 없을 것이매, 하늘을 우러러 깊이 탄식하고 피눈물이 흘러 가슴이 막힐 듯하더라. 억지로 참고서 '너무 그리 마오소서' 하고 강개하여 말씀하더니, 주상과 가순궁의 힘도 있고, 나를 보시니, 당신이 과하던 양하여 사색(辭色)도 나직하시고 언교(諺敎)를 거두시더라.

원래 이 일이 이번뿐 아니라, 선왕 계오실 때도 통분한 일을 보면 매양 자결할 생각이 있었으되, 만사를 다 선왕을 믿고 참고 지냈더

라. 지금 와서는 선왕이 아니 계시매, 내 비통이 하늘에 치받쳐서 죽을 곳을 얻고자 하는 차에 또 이런 변고를 당하여, 선친께 대한 무욕(誣辱) 외에 중상을 핍박함이 급하니, 내 일시나 살고 싶은 마음이 있으리오. 내 스스로 결심하고 한 일이니 내 집 사람이 누가 알기나 하며, 내 아무리 변변치 못하더라도 위친지심(爲親之心)은 남만 못지 않거늘 칠십 잔년(殘年)에 누구의 꾐을 듣고 그런 일을 할 리가 있으리오. 설사 누구의 말을 듣고 하였다 하더라도 내가 한 일을 내 동생에게 죄를 주니 나를 어느 지경에 가게 하는 일이며, 내 집의 형제 숙질이 여럿인데, 홀로 숙제의 죄로만 삼으려 하니 이런 일이 어디 있으리오. 그 후는 할 일이 없이 분함과 억울함을 참고 하는 수 없이 겨울날을 보냈더라. 내 언서(諺書)와 윗전에 상소하온 말씀이 다 저희들에게 용납치 못할 죄니, 나를 죽여서 분풀이를 못 하고, 숙제를 대신으로 죽이려 하였더라.

그리하여 문안 일로 비롯하여 충동하고 모해하여 필경 섣달 열여드렛날에 엄교가 내렸고, 숙제의 화색(禍色)이 날로 위급하여 피할 여지가 없게 되더라. 대신 이하가 들어와서 '죽여라' 하고 또 차자(劄子)하여 '역적의 소굴을 없이 하십시오' 하는 등, 이렇다는 죄명을 일컬을 것 없이 그저 억지 청으로 죽이자 하니 만고 천지간에 이런 허무맹랑한 일이 어디 있으리오. 자고로 원통히 화를 입는 일이 많더라도 벼슬을 하였거나, 권세를 썼거나, 사람의 생살을 하였거나, 세상의 왕래 의론을 하였으나, 무슨 얽힌 일이 있을 제, 비로소 죄라고 잡는다 말이지, 숙제가 이런 처지는 모두 누명을 벗어 제 진술과 선왕의 하교가 명백하여 다시 말할 것이 없고, 새로 잡는다 하는 죄목은 생판 까닭이 없는데 이끝 저끝 천불사 만부당한 것을 지향없이 죄목이라고 얽어 매었던 것이더라.

첫째로 '은언(恩言)을 위한다'는 것과 신묘(辛卯) 일로 일죄안(一罪案)을 삼았으니, 이는 선친의 연좌로 이른 말이 무함한 허언을 삼십 년 후에 아들에게 연좌시키는 것이니 세상에 이런 일 어디 있으랴. 선왕이 내 선친에게 누구시며 내 동생에게 누구신데, 선친과 동생, 선왕을 버리고 인(裀)이를 위한다는 말은 길을 막고 묻더라도, 조선(朝鮮)에야 인을 위하는 사람이 어디 있으리오. 인이와 함께 병기(並記)하여 화를 입으니, 고금에 다시 없는 지원(至冤)이라.

전례(典禮)를 하련다 하니, 숙제가 평일에 전례사(典禮事)는 구두(口頭)에 올린 적이 없었고, 집안 자제 데리고라도 수작한 일이 없더라. 누가 와서 전례 말을 수작하였거나 누가 들었거나 한 사실이 있으면 모르거니와 듣도 보도 못 한 일을 억지로 응당 그리 하였으리라 하니, 이런 일이 또 어디 있으리오. 비류(匪類)를 모아서 스스로 소굴이 된다 하나, 숙제가 집안 그릇 된 지 삼십 년 두문불출하여 사람과 서로 상통치 않은 것은 세상 다 아는 바이매, 이것 또한 전혀 사실 무근이로다. 심지어 사학(邪學)에까지 몰아넣으려 하나, 무망할 길이 없기 때문에 의해(疑害)하게 얽어 넣으니 천지간에 이런 무망이 또 어디 있으리오. 숙제는 본디 경술(經術)과 문장을 하는 고로 박람(博覽)을 일삼지 않아서 평일에 잡서(雜書)를 보지 아니하고 삼국지(三國志), 수호전(水滸傳) 같은 것도 본 일이 없었는데, 사서(邪書)를 보기는커녕 이름인들 어찌 들었으리오. 그 전에 사학이 세상에 있는 줄도 모르다가 신해 섣달에 형제 사적(私覿)할 제, 선왕께 비로소 대략을 듣고 그때 놀라 근심하고,

"그런 사학은 금하옵소서."

하고 아뢰던 말을 지금도 생각하게 되니, 소위 사학이란 것이 괴귀(怪鬼) 불령지도(不逞之徒)의 할 일이지, 권세가나 척리(戚里)붙

이 사람이야 할 리가 어이 있으며, 하물며 내 집 사람이 그런 책을 보기라도 할 리 있으리오. 그 사학에 남인(南人)이 많이 들었으니, 내 집에서 삼십 년래 사람을 모르는 중, 남인은 더욱 아는 이 없더라. 채제공(蔡濟恭)은 소식도 없고 이가환(李家煥)이는 숙제가 평생에 면목도 모르는 사람이라. 오석충(吳錫忠)이가 숙제에게 다녀 조상 오시수(吳始壽)의 복관작(復官爵)한 것을「숙제의 힘을 얻었다」고 초사하여 전 영의정 심환지 연주(筵奏)하였으니, 이 한 말로 허다한 말이 났으나, 모두 무고(誣告)한 것의 명증(明證)이더라. 오시수가 죄 입을 때에 내 고조(高祖)가 대사헌으로 복합(伏閤)하여 사흘을 다툰 끝에, 필경은 처분이 내 고조로 하여 된 셈이라, 오가(吳家)들이 우리 집을 대대혐가(代代嫌家)로 알더라 하매, 제 혐가인 우리 집에 아무리 왕래코자 한들 올 길이 어찌 있으며, 오시수의 복관작은 선왕이 숙제의 말을 듣고 해주셨으면 숙제의 권세가 장한 셈이니 제 삼촌은 왜 복관작을 못 하여 내었으리오. 모두 터무니없는 무근한 말이매, 다시 의론할 것이 못 되더라.

사람을 죽이는 일은 나라의 큰일이니, 하물며 숙제는 내 동기요, 선왕의 외삼촌이시니, 설사 그럴 듯한 죄상이 있다손 치더라도 가볍게 해치 못할 텐데, 소위 꾸며 낸 죄명으로 덮어 놓고 죽이고자만 하여 '정청(庭請)하네', '계사(啓辭)하네' 하여 필경 천리 해외에서 참화를 받게 하니, 천지간에 이런 지원극통(至冤極痛)한 일이 어디 있으리오.

내 칠십 노경에 선왕을 잃고 주야로 통곡하여 빨리 죽기만 원하는데, 동생이 백지(白地)에 아무런 죄도 없이 참화를 입되 내가 살아 앉아서 구하지 못하니 나같이 독버섯 같은 사람이 어디 있으리오. 주상이 그때 내 정경을 보시고 눈물을 머금고 가시더니 사람 없는 곳에서 많이 울으시더라 하니, 당신이 어려서 구하지 못하시나, 그 사람에게 죄 없는 것을 알으시고, 선왕이 평일에 잘 대접하오시던 일을 생각하시고, 또 내 정리를 슬퍼하오시던 것이매, 어찌 통탄하지 않으리오. 내 비록 망극 애통중이나 주상의 인효(仁孝)하신 마음에 장래를 바랄 것이고, 만일에 슬픔을 이기지 못하여 자결하면, 흉도들이 나 죽이려는 뜻을 이루었다고 좋아할까 해서 참고 살았으매, 원통하게 죽은 통생은 다시 살 길이 없고나. 내 기식(氣息)이 날로 쇠약하여 보전치 못할 듯하매, 이승에서 죽은 동생의 원통함을 풀어 주지 못하고 죽으면, 지하에 가서도 동생을 볼 낯이 없고, 천고(千古)에 유한이 맺힐 것이더라. 아아 하늘아 하늘아, 나를 살게 하여 두었다가 동생의 억울한 누명 씻는 것을 보고 죽게 하시도록 주야에 읍혈(泣血) 축수할 뿐이로다.

제 6 부

내 유시(幼時)에 입궐하여 거의 육십이라, 명운이 기구하고 경력이 무궁하여 만고소무지통(萬古所無至慟)[1]을 지낸 밖에, 억만 가지 창상전벽해(滄桑田碧海)의 변[2]을 겪고 살음직하지 않으나, 선왕의 지성스러운 효도로 차마 목숨을 끊지 못하고 오늘까지 이르렀으니, 하늘이 갈수록 나를 밉게 여기셔 차마 당치 못할 참혹한 화를 당하니, 곧 죽고 마는 것이 당연하나, 모진 목숨이 토목(土木) 같아서 자결을 못 하고, 어린 임금을 그리워하여 아직 한 오리 목숨을 지탱하매, 어찌 사람이 견딜 바리오.

여염집 필부로 일러도 칠십 노인이 독자를 굿겼으면[3] 동네 사람도 서로 조문하고 위로하여 불쌍히 여길 것이더라. 선왕을 여읜 뒤 수월(數月) 안으로 내 선친께서 해괴망측한 참욕(慘辱)을 당하고, 내가 처의(處義)[4]하려는 일로 숙제의 충동이라 하여 죄로 잡아서 칠, 팔 년에 걸쳐서 허무맹랑한 허언으로 얽어 절도(絶島)로 귀양 보내고,

---

1) 만고에 다시 없는 아픔
2) 桑田碧海의 기구한 사건
3) 잃었으면
4) 자결

이어서 참화를 받게 하더라. 이것이 내가 자결하려는 일로 죄를 숙제에게 옮긴 것이니, 숙제를 죽임이 아니라 실은 나를 죽인 것이더라.

흉도가 득세하여 선왕을 저버리고 어린 임금을 업신여겨 선왕의 어미를 이렇게 핍욕(逼辱)하매, 인륜이 끊어지고 신분(臣分)이 없음이 이때 같은 적이 어찌 있으리오. 내 주야로 가슴을 치고 피를 토하고 울며 선왕과 동생의 뒤를 따르고자 하나 그러지 못하고, 외로워 의지할 곳이 없고, 마음 놓고 살 곳이 없어서 살려고 하여도 살 길이 없고, 죽으려 하여도 죽을 수가 없더라. 이것이 모두 내 죄악이 무겁고 운수가 흉한 때문이니, 하늘에 호소하고 귀신을 원망할 뿐이로다. 내 지낸 바 일이 자고로 후비(后妃)에 없었던 일이요, 내 집 처지가 또한 자고로 인가(人家)에 없는 일이더라. 천도가 신명하고 주상이 인효(仁孝)하시매, 내 미처 보지 못하고 죽을지라도, 주상이 시비를 분간하여 내 지원(至冤)을 풀어 주실 날이 있을 줄 알으매, 허다한 사적을 내가 만일 기록하지 않으면 또한 자세히 아실 길이 없을 것이매, 소모한 정신을 거두고, 점점 쇠진하는 근력을 억지로 차려 선왕이 나를 섬기시던 성효(誠孝)와, 나와 수작하오시던 말씀을 따져 옮겨 쓰고, 그 나머지는 조건마다 따져 명백히 알렸으니, 내가 아니면 이런 일을 누가 자세히 알며 이런 말을 능히 하리오. 내 명이 조석을 모르니 이 쓴 것을 가순궁에게 맡겨서 나 없는 후라도 주상께 드려서 내 경력의 흉험함과 내 집 소조(所遭)의 원통함을 아셔, 삼십 년 적원(積冤)을 풀어 주시는 날이 있으면 내 돌아가 혼이라도 지하에서 선왕을 뵙고, 성자신손(聖子神孫)을 두어 뜻을 잇고 일을 알려 모자의 평생 한을 푼 것을 서로 위로할 것이니, 이것만 하늘에 빌 뿐이로다. 여기 내가 쓴 조건에 일호라도 꾸민 것이 있거나 과장한 것이 있으면, 이는 위로 선왕을 모함하고, 내 마음을 스스로 속여 신왕(新

王)⁵⁾을 속이고, 아래로 내 사친(私親)을 아호(阿好)함이니, 내 어찌 천앙(天殃)이 무섭지 않으리오. 내 평생에 경력이 무수하고 선왕과의 수작이 몇 마디인지 모르되, 나의 쇠모(衰暮)한 정신에 만에 하나를 생각지 못하고, 또 국가대사에 관계치 않은 것은 자세히 번거롭게 다 말하여 올리지 아니하더라. 큰 조건만 기록하나 오히려 자세치 못하더라.

세상에 뉘 모자지정이 없으리오마는 나와 선왕 같은 정리는 다시 없을 것이니, 선왕이 아니면 내 어찌 오늘날이 있으며, 내가 없으면 선왕이 어찌 보전하여 계셨으리오. 모자 두 사람이 조마조마하여 서로 의지하여 숱한 변란을 지내고 만년의 복록을 받아 나라의 끝없는 복을 보기 기다렸으나, 하늘이 무슨 뜻으로 중도에 선왕을 잃으셨으니, 고금 천하에 이런 참혹한 화가 어디 있으리오. 내 임오화변(壬午禍變)⁶⁾ 때 죽지 않은 것은, 선왕〔正祖〕을 보존하기 위함이더라. 무술⁷⁾에 선친이 흉무(兇誣)를 만나서 지원을 풀지 못하고 한을 품고 촉수(促壽)하오시니, 내가 결단하고 따라 죽으려 하였으나, 선왕의 효성에 감동하여 차마 마음을 이루지 못하였으니, 선왕을 잃고 또 이제 천만 무죄한 동생을 참화 입게 하니, 내 불렬(不烈), 부자(不慈), 불효(不孝), 불우(不友)한 사람이 되고 말더라. 천지간에 무슨 면목으로 하루라도 세상에 머무를 마음이 있으리오마는, 어린 임금을 그리워하여 모진 목숨이 쉽게 끊어지지 않아서 지금 구차하게 목숨을 붙이고 욕되게 살고 있으니, 나같이 어리석고 나약한 사람이 어디 있으리오.

---

5) 순조
6) 영조 38년, 思悼世子가 뒤주에 갇혀 7일 만에 餓死한 事件
7) 영조 47년

선왕이 천성이 지극히 효성스러우시고 근년은 효도가 더욱 지극하게 나를 섬기더라. 평일에 노모를 잊지 못하여 하는 마음을 받으셔서 성중동가(城中動駕)라 할지라도 궐내를 떠나시면 문안 편지가 계속되고, 원행(園行)⁸⁾은 으레 날이 오래 걸리기 때문에, 더욱 나를 그리는 마음을 생각하면 도로(道路)에서 역마를 세우고 두어 시(時)가 못 되어 소식을 듣게 하시더라. 그러시던 선왕을 이제 어디 가서 한 자의 서신인들 얻어 보리오.

원통하도다. 선왕 천질(天質)이 비범하오셔 융준용안(隆準龍顔)이시매, 기상이 높고 맑으시고, 체도(體度)가 특이하셔서 말을 배우며 글자를 알아서 어려서부터 부지런하여 침식시간 이외에는 책을 놓으신 일이 없었더라. 필경 성취하심이 선철왕(先哲王)에게 뛰어나셔 천만사(千萬事)에 모르실 것이 없더라. 삼대 이후로 여러 왕 가운데서 학문과 성덕 경륜이 우리 선왕 같은 분 누가 있으리오. 춘추 오십이 거의 되시고 만기(萬機)에 다사(多事)하시며, 매년 겨울이 되면 한 질의 책을 꼭 읽으시매, 기미⁹⁾ 겨울에 좌전(左傳)을 필독(畢讀)하시더라. 내 기쁜 뜻으로 어린 때에 책씻이¹⁰⁾하여 드리는 모양으로 탕병¹¹⁾을 약간 하여 드렸더니, 선왕이 노모의 뜻이라 기뻐하시고 여러 신하들과 더불어 많이 잡수시고, 글을 지어 기록하신 것이 어제 일같이 생각되더니, 인사의 변함이 어찌 이렇게 될 줄을 알았으리오.

선왕이 지인(至仁) 순효(純孝)하오셔, 영묘(英廟)께 뜻을 받들

---

8) 世子의 陵에 가는 일

9) 정조 23년(1822)

10) 책 한 권을 배워서 끝내면 축하하는 잔치

11) 국수나 만두 등

어 순종하심과 부모께 효성하심이 이루 다 기록할 수 없고 대략은 행
록(行錄)에 올려져 있더라. 임오 이전에 난처한 때가 많았으매, 선
왕이 소년시절이시되 근심할 줄을 아셔 더욱 몸을 닦으시니, 영묘께
서 한 번도 근심하신 일이 없더라. 보시면 매양 총명하고 덕성이 숙성
함을 칭찬하셨으니, 선왕의 지극한 효성과 덕행이 천심을 감동시켰
기 때문이더라.

어려서부터 나에게 모자간의 천륜 이상으로 지성이 각별하여, 내
가 먹으면 잡수시고, 초조하게 근심할 때가 많으시나, 어른처럼 마음
을 잘 쓰셔 사기(事機)에 힘입어 주선함이 많으시니 이 어찌 소년이
능히 할 수 있는 일이리오. 임오화변을 만나자 그때에 애원(哀冤) 망
극하심이 어른 같으셔, 슬퍼하는 거동과 우는 소리가 모든 사람을 감
동시켰으매 보고 듣는 자로 뉘 눈물을 흘리지 않았으리오. 외롭게 되
오신 후에 지통(至痛)을 품고서 어미 섬김이 극진하여 한때도 마음
을 놓지 못하더라. 나를 떠나면 잠을 이루시지 못하여 각각 대궐에 있
을 때는 일찍이 내 기별을 들으신 후에야 비로소 조반상을 받으시고,
내 몸이 조금만 불편하여도 꼭 무슨 약을 지어 보내셨으니, 그 효성은
하늘이 내신 것을 알 수 있을 것이더라.

슬프고 슬프도다. 차마 갑신의 일[12]을 어찌 말하리오. 그때 애통망
극하여 모자가 서로 잡고 죽을 바를 모르던 정경이야 어찌 다 기록하
리오. 만나 오신 지한지통이 제왕가(帝王家)에 없는 일이매, 비록
나라를 위하여 대위(大位)에 임하시나, 종신의 지통을 품으시고, 추
모하심이 해를 따라 깊으시고, 경모궁(景慕宮)에 일첨문(日瞻門)
과 월근문(月覲門)을 세워서, 매삭 참배하심이 한두 번이 아니시고,

---

12) 영조 40년, 世孫을 孝章世子의 養子로 封함

황황하신 추모로 조석에 문안드리듯 하시더라.

나를 봉양하오심이 천승지부(千乘之富)로 하오시되 오히려 부족히 여기시고, 온화한 빛과 기쁜 소리로 하루에 네다섯 번을 들어와 보시더라. 혹 내 뜻이 어떨까 마음을 놓지 못하시더라. 내 연래로 병이 잦아서, 기미 · 경신의 두 번 대병으로 선왕의 용려초심(用慮焦心)하심이 비할 데 없어서, 침수(寢睡)를 폐하시고 옷을 끄르지 않고 약을 달이시고, 고약을 붙이는 것을 손수 하시며, 남에게 맡기지 않으시더라. 내 비록 모자 사이라도 감격한 마음 어찌 측량하리오.

선왕이 천품이 검소하시고 만년에는 더욱 검약하오셔서, 상시 계신 집이 짧은 처마와 좁은 방에 단청(丹青)의 장식을 아니 하시고, 수리를 허락지 않으셔 숙연함이 한사(寒士)의 거처와 다름이 없더라. 의복도 곤룡포(袞龍袍) 이외에는 비단옷을 입지 아니하오시고 굵은 무명옷을 취하더라. 이불도 비단을 덮지 않으시고 조석 수라에는 반찬 서너 그릇 외에 더하지 않으시되, 그것도 작은 접시에 많이 담지 못하게 하시더라. 내가 혹 너무 지나치게 검소하다고 말씀드리면, 사치의 폐를 극력 주장하셔,

"검박을 숭상함은 재물을 아낌이 아니라, 복을 기르는 도리(道理)오이다."

하셔, 나를 도리어 면대하고 훈계할 때가 많아 감복하였더라.

선왕이 자경(子慶)이 늦어져 종국(宗國)을 위한 근심이 크다가, 임인에 문효(文孝)[13]를 얻으셔 처음으로 경사롭더니 병오 오월과 구월에 두 번 변을 당하오셔, 애척(哀戚)과 우려로 성체(聖體)가 손상하였으므로 내가 매우 송구스러워하였더라. 정미 봄에 가순궁(嘉

---

13) 정조의 장남으로 5세에 早死

順宮)을 간선하였더니 덕행이 인후하고 체모가 수려하여 고가(古家) 숙녀의 풍도(風度)가 있더라. 입궐 후에 나를 받드는 것이 지성지효(至孝)하매, 내 또한 친딸같이 정이 들고, 선왕 받드는 것이 진선 진미하여 한 가지도 성심에 어긴 일이 없더라. 선왕이 귀중히 여기고 기대하심이 각별하셔, 항상 곧 무슨 중한 부탁을 하실 듯하셨으매, 선왕이 알음이 계시던 모양이라. 아들 낳을 경사를 그 몸에 점지하셔서 바라던 마음이 간절하더니, 하늘이 도우시고 조종(祖宗)이 돌보셔, 경술 유월 십팔일 신시(申時)에, 내 머무는 건너 집에 대경(大慶)을 얻어 주상이 나시니, 비로소 종사(宗社) 억만 년 반태지경(盤泰之慶)이더라. 모자가 서로 하례하여 기쁨과 즐거움으로 세월을 보내는 중, 이상하게도 내 생일과 같은 날이므로 선왕이 항상,

"저 아이 생일이 마마 탄일과 같은 날인 것이 자고로 사첩(史牒)에도 없는 기이한 일이매, 아마 지성으로 애쓰신 덕분이니 천심(天心)이 우연치 않으신 일이오."

하셨으나, 내가 무슨 지성이 있으리오마는, 스스로 종사와 성궁(聖躬)을 위한 고심은 나에게 더할 이 없을 듯하도다. 하늘이 나를 어여삐 여기셔 같은 날이 되었는지 신기하기도 하도다. 경신 봄 관책(冠冊)[14] 두 가지 경례(慶禮)를 내어 덕문명가(德門名家)의 숙녀를 간선하여 그 해 겨울에 며느리 보시기를 손꼽아 기다리시니, 선왕이 어디 가오시고 나 혼자 머물러 볼 일이 더욱 슬프도다.

선왕이 매양 영우원(永祐園)[15]이 좋은 곳이 아닌 줄 아시고 병신 초(初)에 내 선친이 천봉(遷奉)하시도록 역설하시더라. 일이 중대하여 근심하오시다가, 기유에 수원 화산(花山) 신룡농지혈(神龍弄

---

14) 冠禮와 冊封
15) 思悼世子의 묘소

之穴)을 잡아서 이봉하오시고 원호(園號)를 고쳐서 현륭(顯隆)이
라 하더라. 그리고 선왕이 나에게,

"이 땅이 고인(古人)의 말에 천 리(千里)에 한 번 만나는 땅으
로, 효묘(孝廟) 모시려 하던 곳을 얻어 썼으매, 무슨 한이 있으리오.
현륭 두 자를 세상에서 내 뜻 깊은 것을 알 것이오."

하고, 그때 주야로 애쓰오시며 애모 망극하오시던 일을 어찌 다 기록
하리오. 원소(園所)를 옮겨 모신 후에 성효(聖孝)가 더욱 간절하셔
서 재전(齋殿)을 봉안하여 전성(展省)하시는 뜻을 붙이시고, 닷새
에 한 번씩 봉심하게 하시고, 매년 정월에 원행(園行)하셔 참배하시
더라. 그리고 춘추로 식목하여 장식하심이 친히 심으신 것이나 다름
없이 하더라. 또 구읍(舊邑)의 백성을 화성(華城)으로 옮기시고 원
소를 정성껏 보호하기 위하여 크게 성을 쌓고 행궁(行宮)을 장려하
게 지으시니, 을묘 중춘(仲春)에 나를 데리고 원소에 참배하시고 돌
아와서 봉수당(奉壽堂)[16]에서 잔치를 베푸시니, 이때 내외빈척(內
外賓戚)과 문무신료(文武臣僚)를 모아 밤을 이어 잘 대접하더라.
노인은 낙남헌(洛南軒)에서 술을 권하시고, 궁민(窮民)은 신망루
(新望樓)에서 쌀을 주어 환성과 기쁨이 화성으로부터 경도(京都)
에 미쳐서 넘치더라. 이것이 모두 다 노모를 위하신 효사(孝思)로 하
신 일이라 하여 일국의 신민이 뉘라서 흠송(欽頌) 찬양치 아니하였
으리오.

선왕이 비록 종사를 위하여 부지런히 힘써 위(位)에 계시나, 지통
이 마음에 계셨으니 남면(南面)[17]에 계심을 즐겨하지 아니하시고,
존호의 청을 굳이 막아 받지 아니하시고, 항상 천승(千乘)을 떠나실

16) 水原 所在
17) 王位에 있음

뜻이 있으시더라. 그러다가 성자(聖子)를 얻어서 종국(宗國)을 부탁할 사람이 있고, 화성을 크게 쌓아 경성(京城)의 버금 되게 하시고, 집 이름을 노래당(老來堂)과 미로한정(未老閒亭)이라 하시더니 나에게,

"위를 탁함이 아니라, 마지못하여 나라를 위하여 있었으나, 갑자에 원자의 나이 십오 세니, 족히 위를 전할 것이매, 처음에 뜻을 이루어 마마를 모시고 화성으로 가서, 평생에 경모궁 일에 손으로 행하지 못한 지한(至恨)을 이룰 것이옵니다. 이 일이 영묘(英廟)의 하교(下敎)를 받자와 행하지 못하는 것이 비록 지극히 원통하나 또한 나의 도리이옵고, 또 원자는 내 부탁을 받아 내 마음을 이루어서, 내가 행하지 못한 일을 대신하여 행하는 것이 또한 도리이매, 오늘날 제신은 나를 좋아하지 않는 것이 의리요, 다른 날 제신은 신왕을 좇아 받드는 것이 의리오이다. 의리가 일정한 것이 아니라 때에 따라서 의리가 되는 것이매, 우리 모자가 살았다가 자손의 효도로 영화와 효양을 받으면 어떠하겠나이까."

하고 말씀하시더라. 내 비록 왕의 뜻이 불쌍하신 줄 아나, 또한 그때 국사가 바쁜 일을 생각하셔, 매양 눈물을 흘리며 나와 함께 우시더라.

"이리하여 내가 하지 못한 일을 아들의 효도로 이루고, 돌아가서 지하에 뵈오면 무슨 한이 있으오리까."

하고, 또 아드님[純祖]을 가리켜 말씀하시더라.

"저 아이가 경모궁 일을 알려고 하는 것이 숙성하나, 나는 차마 말할 수 없으니, 제 외조더러 들려 주게 하소서."

하셨으니, 선친이 대략 가르쳤다 아뢰더라. 그러니 선왕은 또,

"이 아이는 경모궁을 위하여 그 일을 하려고 발원하여 난 아이니

또한 천의(天意)이옵니다."

하시더라. 그리고 을묘에 경모궁 존호하실 때 팔자존호(八字尊號)

하시고 나에게 말씀하시기를,

"그렇게 반대하던 김종수(金鍾秀)가 옥책금인(玉册金印)과 팔

자 존호를 하옵소서 하매, 이제 다 되고 한 글자만 남았으니 이는 다

른 날 신왕에게 기다리이다."

하셔, 이어 존호 글자를 외오시며,

"장륜륭범기명창휴(章倫隆範基命昌休)."

라고 하시더라. 내 무식한 여편네라 자세히 알아듣지 못하여,

"기명창효(基命昌孝)이옵니까?"

하였더니, 선왕이 웃으시며,

"효(孝) 자는 장래 무슨 효대왕(孝大王)이라 할 제 쓰겠기로 아

직 효도 효(孝)자는 두었으니 그러하매 아조열성(我朝列聖) 존호

에 효도 효 자는 쓰지 아니하나이다."

하시더니, 내게 금빛 줄을 두른 다홍빛 천이 있는 것을 보시고 부탁하

시더라.

"존호 때 중궁전(中宮殿)의 예복이 무거운 고로 그것으로 하려

하니 없애지 말고 잘 두소서. 장래 자식의 효도로 쓸 것이옵니다."

근년은 갑자 경영에 더욱 힘쓰오셔, 모든 일과 언어 수작에 아니 미

칠 것이 없으니 비록 놀라우나, 이는 실로 천고(千古) 임금의 성절

(盛節)이더라. 내 세상에 머무다가 희귀한 일을 친히 볼 수 있을까

하는 기다림이 없지 아니하더라.

내 집안이 경인 후로 세상의 질투와 핍박을 받았고, 병신에 이르러

서 흉무(兇誣)와 참화가 망극하여 가문이 전복되었으매, 나의 지원

(至冤) 지통을 어찌 다 형용하리오. 내 그때 하당에 내려서 주야 통

곡하고 목숨을 끊기로 기약하매, 선왕이 나를 지극히 위로하시더라.

내 생각하니, 선왕의 천품이 인효(仁孝)하오셔 신명에 통하시니, 한때 간신히 총명을 막음이 비록 하늘에 뜬구름 같으나, 일월의 광명한 빛은 변함이 없은즉, 내 선친의 충성과 삼촌의 원통을 필경 굽어 살피실 것이니, 내 편협한 마음으로 실오리 같은 목숨을 붙여 두지 못하면 선왕의 효성을 상할까 하여 억지로 욕되게 살고 있으니, 내 마음은 비록 귀신에게 물을 것이나 마음 깊이 생각하면 어찌 부끄럽지 아니하리오. 과연 요적(妖賊)을 물리치시고 천심이 회오하오셔 선친의 일에 대하여는 '내 과하게 하였다'고 많이 뉘우치시고 매양 말씀하시더라.

"외조부께서 뒤주를 들이지 아니하오신 것은 내가 목도하였다 해도, 그놈들이 종시 우겨서 죄라 하니 우습도다."

"그놈들이, 소주방(燒廚房)의 뒤주는 먼저 들여오고, 어영청(御營廳) 뒤주는 선친이 아뢰었다고 죄로 잡는다 하니, 그런 원통한 말이 어디 있으리오."

하니, 선왕이 내게 이르시되,

"저희 놈들이 무엇을 알리오. 어영청 뒤주도 외조부가 대궐에 들어가시기 전에 들여왔었더이다. 대체 소주방 뒤주를 쓰지 못한 후 문정전(文政殿)이 선인문(宣仁門) 안이요, 선인문 밖이 어영청 동영(東營)인데, 가까운 어영청 것을 들여왔더이다. 그 망극한 일을 신시(申時) 초 즈음에 나고, 아주 망극하여지기는 유시(酉時) 초쯤이었으니, 봉조하(奉朝賀)는 인정(人定)[18] 후에야 비로소 대궐에 들어오시는 것을 내가 목도하여, 자세히 아는 일인데, 뒤주를 두 번 들

---

18) 二更, 통행금지를 알리는 종

여 온 것이 봉조하게 무슨 관계가 있나이까? 그러하기에 정이환(鄭
履煥)의 상소에 대한 비답(批答)에 마지못하여 차마 말을 하여 발
명하여 드렸으매, 세상이 다 아옵나이다."

"그러면 무엇을 가지고 선친을 죄로 잡습니까?"

내가 거듭 물으매 선왕께오서,

"비유하면 최명길(崔鳴吉)[19] 같아서 극렬한 의론으로 나라 큰 일
에 그때 대신으로 죽지 못했다고 의론하면 모르거니와, 나를 보전하
여 내고 종사(宗社)를 붙들었으매, 후의 사람의 의론은 오히려 사직
에 공이 있다 하여야 마땅할 것이옵니다. 내가 앉아서 그때 일을 옳다
그르다 하여, 나를 보호하여 낸 일이 잘한 일이란 말이 인사상 못 할
것이므로, 지금은 저희 하는 대로 두어서, 비록 억울하신 처지가 저
러하신 것을 밝혀 드리지 못하옵니다. 그러나 후왕(後王) 때에야,
제 아비 보호하고 종사 붙든 충성을 어찌 찬양하지 아니하오리이
까?"

하오시고 원자(元子)를 가리키며 분명히 다짐하시더라.

"저 아이 때에 외조부 누명이 풀리시고, 마마께서 저 아이 효양을
내 때보다 더 낫게 받으실 것이옵니다."

신해 겨울부터 선친의 경륜 사업과 연주(筵奏) 상소를 선왕이 친
히 모아서, 주고(奏藁)라는 이름의 책으로 편찬하시고, 기미 섣달에
완성하여 십육여 편 팔주(八州)에 서문(序文)을 어제(御製)하셔
서 금상에게 읽혀 드리시고, 따라서 번역하여 전편을 보이시고 이르
시되,

"이제야 외조부의 공을 갚았으니 오늘이야 외손자 노릇을 하더라.

---

19) 仁祖反正 때의 靖社 第一功臣의 領議政

외조부의 충성과 공업(功業)이 유감 없이 포장(襃獎)하여 주공 (周公)에게 쓰는 문자(文字)도 쓰고, 한위공(韓魏公)[20]과 부필 (富弼)[21]이 되어서, 성인도 되고 현인되어 계시니, 이 글이 간행되면 후세에 길이 전할 것이매 지난 큰 액운이야 다시 거들어 무엇 하오리 이까?"

하고 나를 위로하셨던 것이더라. 그리고 경신 사월에는 주고총서(奏 藁叢書)와 문집서(文集書)를 지으시고, 숙제(叔弟)에게 친서로 '외조의 충성이 이것으로 더욱 나타난다' 하신 문적(文蹟)이 지금 집에 있더라. 또 나에게,

"그 중 일단 발휘할 일은 간행할제 다시 넣으려 하나이다."

하시니, 그것은 모년(某年)[22]에 당신을 보호하신 충성을 당신이 갑 자기 칭찬하지 못하여, 타일 크게 드러날 때를 기다리려고 하신 성의 (聖意)였을 것이매, 내가 전후의 서문(序文)을 보니 천포(天襃)가 융중 거룩하여 자손으로 하여금 지은들 어찌 이에 미치리오. 내가 손 을 모아 감사히 여기며,

"오늘날에야 임금 아드님 두었던 보람이 있고 구차하게 산 낯이 있 도다."

하고 칭송하나, 내 흉험하여 선왕을 잃은 설움 가운데 주고(奏藁) 일 로 또다시 화란이 비롯하더라. 심지어 장장편편(張張篇篇)마다에 든 어제(御製)를 없애고자 하였으니, 위로 선친께 모욕이 여지 없 고, 아래로 내 몸에 핍박함이 말이 못 되고, 선왕이 또한 업신여김을 받고 계시니, 비록 선왕이 안 계시나, 선왕 아드님을 임금이라 하면

---

20) 宋代의 反亂을 평정한 韓琦
21) 宋代의 賢相
22) 壬午 思悼世子의 禍變

서 이런 일을 행하니 만고에 이런 시절과 이런 세변(世變)이 또 어디 있으리오.

중부(仲父)를 처음 귀양보내실 적 전교(傳教)에,

'역심(逆心)과 이지(異志)는 없도다. 임오의 부필지(不必知)는 막수유(莫須有)와 같아서 속히 죄될 것이 없으매, 장래는 벗을 것이로다.'

하시고, 근래는 더욱 자주 말씀하오셔서 무죄한 사람과 다름이 없으셨고, 매양 외가의 일을 성의껏 관심하여 주셨더라.

"갑자에 큰 일을 이룬 후에는, 그와 함께 깨끗이 밝혀져서 모자의 지극한 원한이 풀릴 것이옵니다."

하시고, 경신에 또 전교하오셔,

"오늘 한 사람을 용서하고 내일 한 사람을 용서하여, 막힌 사람이 없고 폐한 집이 없게 하매, 태화원기(太和元氣) 가운데 있게 하라."

하시며, 모두 갑자까지 크게 풀자 하시기에 내가,

"그때에 내 나이 칠십이니, 내가 칠십까지 살기가 어렵고, 혹 살아 있더라도 오늘날 말씀을 어기시면 어찌하오."

하고 불만스럽게 말하매, 선왕이 화를 내시더라.

"설마 칠십 노친을 속이겠습니까."

내 갑자를 금석같이 기다렸는데, 내 흉한 독으로 말미암아 천백사(千百事) 경영을 다 이루지 못하고, 내 신세와 내 집의 혹화(酷禍)가 이 지경까지 이르렀으니, 이는 옛날 역사에도 없는 신왕이 춘추 비록 어리시나, 인효하심이 선왕 닮으셨으니 장성하시면 응당 부왕의 이루지 못한 뜻을 이루실 듯하여 주야로 축수하고 있도다.

갑자 국혼(國婚) 후에, 선친이 지체가 다르시므로 과거를 아니 보고자 하오시더니, 그때 유림(儒林) 학자들의 의론이,

'국구(國舅)의 경우는 그럴 필요가 없으니 폐과(廢科) 해서는 아니 된다'

하였으니, 부친이 갑자기 10월에 등과(登科)하시더라. 대조(大朝)[23]께서 기다리시다가 다행히 여기시고, 소조(小朝)[24]께오서 충년이시나 '장인이 과거하셨다'고 기뻐하더라. 그때 경은(慶恩)[25] 달성(達城)[26] 두 댁 사람이 문과한 사람이 없다가, 처음으로 척리(戚里)에서 과거한 것이더라. 인원(仁元) 정성(貞聖) 두 성모(聖母)께서 '사돈이 급제하였다' 하시고, 나를 불러서 특별히 치하하셨고, 정성 황후께서는 본댁(친정)이 신임화변(辛壬禍變)[27]을 당한고로, 노론(老論)을 두둔하시기가 각별하셔 선친의 과거를 기뻐하심이 당신 사친(私親)에 못지 아니하였으니, 그때 황송하게 감탄하던 일이 아직도 어제 같더라.

세상이 모르고서, 선친의 후대가 척련(戚聯)으로 말미암아 그런가 하지만, 실은 그렇지 아니하더라. 계해 봄에 선친이 관장의(館掌議)로 숭문당(崇文堂)에 입시하셔서, 주대진퇴(奏對進退)하시는 것을 보시고 영묘께서 크게 기이하게 여기셔서, 들어와 선희궁에게 말씀하시기를,

'오늘 세자를 위하여 정승 하나를 얻었소. 장의(掌議) 홍(洪) 아무개요. 이 사람을 위하여 뒤에 알성(謁聖)[28]을 보일 테니 혹 이 과거할까 기다린다.' 하시더라고 선희궁께서 나에게 전한 일이 있더라.

---

23) 영조
24) 사도세자
25) 肅宗의 國舅 慶恩府院君 金桂臣의 집
26) 英祖의 國舅 達成府院君 徐宗悌의 집
27) 景宗 1년과 2년에 있던 禍變
28) 謁聖文科

이것으로 보면 선친에 대하신 대우가 선비 적부터이며, 이미 정승으로 허하시고, 간택하실 때에도 바라시던 처녀가 있었던가 싶고, 내 비록 재상의 손녀나, 조부께오서 안 계오시고 한 선비의 딸이니, 간택에 뽑힌 것이 의외로되 성의가 나를 사랑하실 뿐 아니라 우리 선친을 대용(大用)할 신하로 아오셔, 내가 선친의 딸인 고로 더욱 완성시키신 일이더니, 선친이 비록 척리가 아니시더라도 당신의 지체와 물망과 재국(才局)을 겸하였기 때문에 대우가 이러하셨으니, 어찌 높은 벼슬을 못 하셨으리오.

특별히 나 때문에 일신을 자유롭게 못 하오시고 고금에 없는 정계(情界)를 다 겪으셔, 필경은 참언이 망극하고 처지가 망극하오셔 원한을 품으시고 촉수를 하셨으매, 척리 되신 효험은 적고, 척리 되신 해는 많으시매, 이것이 다 나를 두신 연고이니, 내 일생에 죄스럽고 지원(至冤)하는 바이니, 선친이 등과 후의 대우는 점점 융중(隆重)하시고 관위는 차차 올라가 전곡갑병(錢穀甲兵)과 묘모국사(廟謨國事)를 모두 맡기셨고, 선친이 지극히 공명한 혈성(血誠)과 재주와 지식의 통달로 일마다 성심에 맞고, 모든 규구(規矩)에 어김이 없어 이십여 년 장상(將相)에 있으면서, 백성의 이해와 팔도의 고락을 당신 몸의 일처럼 알아 내외의 병폐를 고치지 않으신 것이 없이 지금까지 준행하오시니, 비록 군신의 계합(契合)이 천고에 드물기 때문이더라. 당신의 충성과 재국이 사람에게 지나지 않으시면 이러하시리오. 당신 운수가 망극하여 참소가 무소부지(無所不至)하였으나 허망한 말 두어 가지를 실수하셨을 뿐이지, 삼십 년 나라 일을 하시되 일을 잘못하여 나라를 병들였다거나, 일을 잘못하여 백성에게 해롭게 하였다는 말은 지금까지 일호도 없으니 유식한 사부(士夫) 외에 도하(都下) 군민(軍民)이나 외방의 백성들까지 선친의 덕을 생각

하고 은혜에 감격하여 지금까지,

"홍승지가 아니더면 나라가 어찌 지탱하였으며 우리가 어찌 살아 났으랴."

하는 칭송이 자자하더니 이 한 사람의 사시 말이 아니라 삼척동자들을 잡고 물어도 반드시 근세의 현상(賢相)이라 할 것이매, 이 어찌 일시 권세 쓰던 사람이 얻을 바리오. 당신이 입조하신 후에 허다한 사적은 세상이 다 알 것이요, 또 선왕이 주고서문(奏藁序文)에 자주 올려서 칭찬하셨으니 더 기록하지 아니하며, 다만 당신 처지의 지원하신 대략만 거들고, 선친의 흉무 받으신 시종 곡절은 아래의 여러 조건에 각각 올랐으니 또다시 거들지 아닐지라.

대체로 만일 경모궁 병환이 말할 수 없는 형편이 아니시고, 영묘께서 모르시는데 선친이 괴이하여 영조께 아뢰어서 뒤주를 들여서 이리이리 처분하시라고 권하셨다면, 내 비록 부녀지간이나 소천(所天)은 아비보다 중하니, 내 아무리 무식한 여편네라도 그만 의리는 알 것이로다. 그때 내가 한 번 따라서 죽기를 어찌 결단하지 않았으며, 설사 결단치 못한다 하더라도 내 어찌 부녀의 정의를 보전하였으리오. 선왕이 또 신묘 언찰(諺札)을 하시며 상소비답(上疏批答)에, 영묘의 하교를 외어서 그렇지 아니한 것도 밝혀 계오시며, 또 천도(天道)가 알음이 있으면 선친인들 어찌 자손이 남았으며, 낸들 사십 년 세상에 머물러서 자손의 효양을 받았으리오. 그때의 국세가 호흡지간(呼吸之間)에 위태로웠는데, 만일 선친이 주선을 잘못하였으면 내 집이 망하는 것은 둘째요, 선왕이 어찌 보전하여 계시리오. 억울한 때를 만나 통곡 혈읍(血泣)하시며, 선왕을 구호하여 나라의 오늘이 있게 하였으니, 영묘께서 선친 믿으시고 의지하셨기 때문에 선왕을 보전하셨지, 그렇지 아니하면 영묘께서 대로하신 그때 아드님도 그런 끔

찍한 처분을 하시는데, 손자의 운명을 어찌 헤아리셨으리오. 만일 그
러하면 당일의 준론(峻論)과 후세의 공의가 어떠하였으리오. 그때
선친의 처지로 머리를 천폐(天陛)에 부딪쳐 보시고, 그와 동시에 세
손도 보전치 못함이 옳았던가. 할 수 없는 지경이시매, 세손이나 보
전하여 이 종사를 잇게 하는 것이 옳았던가는 식자를 기다리지 아니
하고도 알 것이더라. 선왕이 매양 말씀하시기를,

　"외조부의 충성이 고인(古人)에도 쉽지 아니하오시건마는, 세상
　놈의 욕이 무서워서 나는 차마 충(忠)이라 공(功)이라 못 하고,
　댈 데 없고 탓할 데 없어, 목전은 이렇게 흐린 사람처럼 지내어 가
　지만, 한유(韓鍮)29) 같은 괴이한 놈을 죄명을 없이 하였으니, 이
　것이 부득이한 일이요, 천백 세(千百歲) 진정한 의리가 아니니,
　내 아랫 대(代)부터는 외조부의 공렬(功烈)이 드러나실 것이니,
　시호(諡號)를 고쳐 충(忠)자로 하겠다."

고 천백 번 하시더라. 또 가순궁(嘉順宮)이 보고 들으신 말이니, 내
이제 선왕이 아니 계시다고 추호라도 과한 말을 차마 어찌 하리오. 성
의가 그러하신 고로 십 년 동안이나 주고(奏藁)를 만들어 그 수고를
잊으시고 주야로 친히 편찬하오시고 그 많은 서(書)를 지어 간행하
여 세인에게 보이려 하시니, 이것이 선친의 사업 경륜을 포양30) 하실
뿐 아니라 당신 외조부에게 향하신 성심과 외조부가 당신을 보호하여
종사를 평안케 한 충성과 공을 세상이 다 알게 하려 하신 일이니 친근
히 뫼셔 있던 신하들이야 뉘 모르리오. 모년사31)의 폭백(暴白)32)이

---

29) 金龜柱와 결탁하여 洪鳳漢을 없애려고 한 사람
30) 칭찬하고 권하고 더 힘쓰게 함
31) 壬午禍變
32) 원통함을 품음

더할까 매양 근심하시고 거기 손붙여 말하기가 어렵다 하시더니 연보
(年譜)를 손수 편찬하실 제 임오(壬午) 오월 십삼일 조건에 시각[33]
을 박으시고, 삼도감제조(三都監提調)로 초종상례(初終喪禮)까지
진충알성(盡忠謁誠)하였다고 만들어 놓으시더라.

"문집(文集)에 임오(壬午) 수차(袖剳)[34]가 왜 안 들었느냐?"
하고 물으시니, 동생들이 아뢰기를,

"임오의 일은 지금 공사문자(公事文字)에 거들지 못하는 때이오
매 올리지 못하옵니다."

"그러할 묘리가 없고, 본심과 사실이 수사(袖剳)에 있으니 올리
라."

고 여러 번 재촉하오시다가, 화변을 당하여 결단치 못하더라. 신묘
수찰(辛卯手札)[35]을 얻으신 후에 선왕이 동색(動色)하고 기뻐하오
셔 '춘저록(春邸錄)[36]에 올리라' 하여 연보(年譜)에 올리시고 나에
게도,

"내가 목도한 일로서 문자가 있어 한 장이 연보에 오르니 천고에
증신(證信)이 되어 한이 없게 되었더라."

하고 말씀하셨으니, 만일 임오의 일에 선친이 일호라도 관계하오셨
다면, 선왕이 차마한들 평일의 말씀이 그러하오시며, 이 주고(奏藁)
와 연보를 만들었을 리가 어찌 있으리오. 당신 손으로 하지 못한 일을
의리를 지켜 위친(爲親)한 일에도 오히려 미진한 것이 있으매, 진정
으로 의리에 어기면 어찌 외조부라 용서하시며, 용려(用慮)는 이르

---

33) 뒤주를 들인 시각
34) 임금께 직접 上疏하는 것
35) 영조 47년의 手書
36) 東宮日記

지 말고 이렇게 포양(襃揚)하셨으리오. 이 한 마디에 더욱 결단을 내려야 할 일이더라.

선친의 일이 갑신에 세 가지가 모두 누명을 썼었으니, 예사 사람으로 이르면 무고(誣告)였다고 하련마는 무슨 터무니없이 도리어 세상의 모욕을 받으니 웬일이더냐. 이것이 다른 죄가 아니라 갑진에 이미 씻어진 누명에 관한 것이매, 이런 일이 어디 있으리오.

대저 이런 일을 가지고 두 가지로 의론이 있더니, 한 의론은 모년 대처분을 하신 것이 공명정대하여 영묘(英廟)의 거룩하신 성덕 대업을 칭송하여 천지에 부끄럽지 아니하리라 하는 것이고, 또 하나의 의론은 경모궁이 병환이 아닌데 원통하게 그리 되셨다는 것이니, 위의 의론 같으면 경모궁께서 진실로 본심이 어떠시기에 죄가 있어 영묘의 처분이 마치 적국이나 평정한 것처럼 공업으로 일컫는 말이 되더라. 이러하면 경모궁께서 어떠한 몸이 되시며, 선왕께오서 또한 어떠하신 처지가 되시리오. 이것은 경모궁과 선왕께 망극한 말씀이고 또 다음 의론 같으면 영묘께서 참언을 들으시고 동궁을 그 지경에 이르도록 하셨다면, 경모궁 위하여 변명하노라 한 것이 영묘에게 어떠한 실덕이 되시리오. 이리 말하나 저리 말하나 삼조(三朝)께 망극하기는 같아 두 가지가 모두 실상이 아닌 것은 일반이니, 선친의 수차 말씀과 같이 경모궁께서 분명히 병환이셨으며, 비록 병이시나 성궁(聖躬)의 위태로우심과 종국(宗國)의 운명이 경각에 있으므로, 영묘께서 애통 망극하시나 만부득이 그런 처분을 하셨던 것이더라. 경모궁께도 본심(本心)이오시면 허물이 되시지만 천성을 잃으신 병환이시매 당신이 말하신 것조차 모르셨던 것이니 오직 병환드신 것이 망극하지, 경모궁께야 무슨 일호의 누덕(陋德)이 되시리오.

실상이 이러하니 이렇게 실상대로 말을 하여야 영묘의 처분도 만부득이한 일이 되오시고, 경모궁 당하신 일도 할 수 없는 터이시고, 선왕도 또한 애통과 의리가 각각이라고 말하여야 실상에도 어기지 아니하고 의리에 합당하게 되리라. 그런데 위의 두 가지 말이 영묘의 처분을 거룩하시다 하고 경모궁은 죄 있는 곳으로 돌아가오시게 하는 것과, 또 경모궁을 위한다고 영묘를 부자(不慈)하신 잘못이 계시다 한 것, 이 두 가지가 모두 삼조에 죄인이니, 한편 의론이 영묘의 처분은 옳으시다 하며, 선친만 죄를 잡으려 하여 저희가 알지도 못하고 뒤주를 들였다 하니, 이것이 영묘께 정성이 있단 말이냐. 이 일을 가지고 사람을 잡는 함정으로 만들려 하는 것이더라. 삼십 년 동안 지통 망극한 일이 저희들 사람 해치는 기계(奇計)와, 저희들 발명하는 계제가 되었으니, 통곡할 뿐이로다. 지금에 이르러서 선왕이 아니 계오신 후에 흉도들이 비로소 저희들의 뜻을 얻었으니, 나를 없애지 못함을 분하게 여겨, 내 동생에게 참화를 끼치고, 선친을 반교문(頒敎文) 머리에 올려 역적의 괴수로 만들었더라.

내 비록 역대 사기(史記)를 모르오나, 선왕의 어미를 앉혀 놓고 선왕의 외조를 역적이라고 반교문에 올려 팔방에 전하는 흉적은 아무리 망한 세상에도 없을 것이더라. 또 신유(辛酉) 유월에 계사(啓辭)[37]를 하는 데 있어서 숙제(叔弟)의 동기가 역적의 종자 아닌 것이 없다 하였으니, 숙제의 동기가 누구리오. 이것은 더욱 분명히 나를 역적의 종자라고 지목하는 말이니 세변(世變)이 이토록 극도에 달하고 신절(臣節)이 아주 망해 버린 것이더라. 옛 사람이 통곡하여도 부족하다는 말이 무색할 정도이니, 대저 선친이 불행이 험난한 때를 만나서 오래 조정에 계시니 비록 은우(恩遇)가 정중하시고 지체가 자별(自

---

37) 임금에게 論罪하는 上疏

別)하셔, 물러나실 마음이 주야로 간절하오시나, 종국(宗國)의 근심과 세손의 어리심을 염려하셔, 몸을 자유롭게 못 하오시고, 구차롭게 미봉하여 고인(古人)의 직절(直節)을 다 못 하셨던 것이라. 만일 조야(朝野)의 강직한 사람이 본심은 헤아리지 않고 대신의 단호한 충절이 없다고 시비하면, 당신도 마땅히 웃고 받으실 것이니, 낸들 어찌 마음에 품으랴. 내 집이 대대로 벼슬하는 집으로 문운(門運)이 형통한 때를 당하여 자제가 계속 등제(登弟)하여 문벌이 성만(盛滿)하고 권세가 과중하니, 사람이 시기하고 귀신이 꺼림은 괴이치 아니하더라. 이미 집안이 그릇된 후에 생각하면, 영화의 자취를 거두지 못하고 벼슬에 몸을 적신 것 천만 번 뉘우치고 한이 되나, 천만 뜻밖에 무함(誣陷)으로 이 지경에까지 되기는 실로 원통하매, 성쇠화복(盛衰禍福)이 고리 돌 듯하는구나. 이미 성하려다가 쇠하였으니 이 억울함을 풀어서 화를 복으로 삼을 때가 있을까 하고 피눈물로 울며 하늘에 축원하도다.

기묘대혼(己卯大婚)[38] 후에, 귀주(龜柱)의 집이 빈한한 선비로서 일조에 존귀하게 되매, 서먹서먹하고 위태로운 데가 많더라. 우리 선친이 딱하게 여기오시고,

"두 척리 집에서 서로 의가 좋아야 고락을 함께 하리라."

하오시고, 모든 일을 지도하고 주선하여 추졸(醜拙)이 나지 아니하도록 극진히 돌보아 주셨더니 처음은 고맙게 감격하더니, 저희의 세도가 짙어지고 점점 흉심(兇心)이 자라서 필경은 원수가 되었으매 이런 일이 어디 있으리오.

대저 귀주의 아비는 성품이 비루하고 음흉하고, 귀주는 더욱 독기

의 덩어리로서 흉악한 인물이고, 비로소 척리된 후 경은집〔慶恩府院
君〕처럼 몸을 가졌으면 누가 나무라리오마는, 저희 본디 충청도 사
람으로 호중(湖中)³⁹⁾의 오괴한 논자들과 친하고, 귀주의 당숙 한록
(漢綠)이는 관주(觀柱)의 아비로 남당(南塘)⁴⁰⁾인지 누군가의 제
자로 학자질 하노라 하니, 귀주네를 받들고 믿기를 신명같이 하여,
그것들의 소론에 따라 척리의 본색은 지키지 아니하고 배반하여 주제
넘고 어중되어, 못 된 것이 잘난 척하는 꼴이 아니꼬운 적이 많으매,
세상의 누가 웃지 아니하리오.

우리 집이 대대로 재상가요 먼저 된 척리이니, 행여 저희를 비웃는
가 모욕하는가 하는 자격지심으로 의심하고 노하더라. 그러던 중 경
진 신사에 동궁의 병환은 점점 여지없게 되시고, 영묘께서 저희를 새
사람으로 지나치게 친근히 하시니 귀주들의 흉심이 반동하더라.

"동궁의 실덕이 저리 하오시니, 할 수 없이 큰일이 날 것이니, 그러
할 제는 동궁의 아드님이 보전치 못하심은 당연하니, 그리 되면 나라
에 다른 왕자가 아니 계오시니, 필경 우리가 양자를 들여 우리가 외가
로 장래까지 부귀를 누리리라."

하고, 저희들의 흥겨운 의론이 무르익었던 것이더라.

특히 선친에 대한 대우가 거룩하시니 혹 세손이나 보전하면 저희
욕심대로 되지 못할까 염려하였던 것이니, 신사에 귀주 스물이 겨우
넘은 어린 몸으로 제 감히 영묘께 봉서(封書)를 아뢰어 선친을 해하
고, 정휘량(鄭輝良)⁴¹⁾까지 넣어 들이니, 영묘께서 놀라오셔, 그때
중궁전(中宮殿)께,

---

39) 충청도
40) 韓元震의 號, 湖論의 대표자
41) 鄭妻 남편의 叔父

"이리 못 하리라."

하시고 심하게 꾸중하더니, 이는 서행(西行)하신 일로 선친은 간하지 못하고, 정휘량은 대조(大朝)께 아뢰지 않는다고 얽은 말이니, 이 어찌 선친만 해할 의사리오. 소조(小朝)의 실덕을 대조(大朝)께 아시게 하는 일이니, 제 터에 이런 흉심이 어디 있으리오.

영묘께 승은(承恩)한 나인(內人) 이계흥(李啓興)의 누이 이 상궁이, 그때 항상 영묘를 모시고 부자님 사이를 조정하는 일이 많았는데, 그날 봉서를 보고 놀라고 분해서 중궁전께 아뢰기를,

"댁에서 감히 이런 일을 하실까 보니이까. 급히 그 봉서를 세초(洗草)⁴²⁾하소서."

그때부터 그놈의 흉악한 마음을 알아내셨던지 선친이 남모르게 고민하고 한탄하셨으니, 보는 데가 있어 동궁께도 이 말을 여쭌 일이 없더라. 내 집이 저희와 틀어지지 않고자 하던 뜻을 여기서 알 수 있을 것이니, 저희 마음에 저희는 국구(國舅)니 동궁의 장인에게 어찌 못 미치랴, 시기하는 생각과 제거할 계략이 날로 심하던 차에 마침 모년의 대처분이 났던 것이니, 저희 마음에 이제는 세손까지 보전 못 하고 양자를 정하여 저희가 외가 노릇하고 홍씨는 멸망시킬 줄 알았다가, 필경 세손은 동궁이 되시고 우리 집도 보전하여 선친이 재상 지위에 계오시매, 저희의 분함을 이기지 못하더라. 그제야 바로 천고에 없는 부도(不道)의 흉언(兇言)을 하여, 영묘의 성심을 의심하고 어지럽게 하여 세손을 보전치 못하게 하려는 간계를 내더라. 이 흉계를 저희는 감히 하였지만 나야 붓으로 차마 어찌 다 쓰리오마는, 분명히 쓰지 아니하오면 후인이 무슨 흉언인지 몰라 의혹할 듯싶어 마지못하여 쓰

---

42) 없애 버릴 文書 조각을 물에 풀어 씻어 버림

노라.

임오변란 후에 김한록(金漢祿)이가 홍주 김씨 모인 곳에서,

"세손이 죄인의 아들이니, 승통(承統)을 못 할 것이니, 태조의 자손이면 누구라도 될 수 있노라."

하는 말을 하였으니, 이것이 세상에 전하는 십육자흉언(十六字兇言)이더라. 그때 모든 김씨들이 다 듣고 풍설이 낭자하더니 끔찍한 말이라 차마 입에 올리지 못하였고, 나도 듣고 세손도 들으시고 흉악히 여겼으니, 오히려 신의상반(信疑相半)하더니, 근년에 선왕이 나에게 말씀하오시기를,

"한록과 귀주의 무리의 흉언은 시종 의아하더니, 이제 정말인 것을 알았나이다."

"어이 정말인지 아오리?"

하고 내가 물었더라.

"소문에 홍주 갈미 김씨의 좌중에서 그 말을 하였다 하기로 마침 옥당(玉堂) 다니는 김이성(金履成)[43]이가 번(番) 들었을 때, 그가 갈미 김씨에게 알 듯하여, 속이지 말고 바로 이르라고 달래고 얼러서 물었으매, 처음에는 서먹서먹해 하였으나, 내가 저 하나를 못 휘이겠나이까? 나중에는 실토하였는데, 한록이가 그 말하는 것을 제가 직접 듣고, 다른 김씨들도 많이 듣고 곧 저희 문장(門長) 김시걸(金時傑)[44]에게 이 말을 하니, 시걸이 듣고 대경 통분하여, 귀주·한록의 무리가 이제는 역절(逆節)이 분명하니, 자식들에게 경계하여 충역(忠逆)을 분간해 두라고 일렀다 하오. 한록의 말뿐 아니라 실은 귀주에게서 나온 의론이라 하매 이제는 명백한 증거를 잡았으니 정말이옵

---

43) 營建都監 承旨
44) 弘文館 副提學

니다. 이런 일이 어찌 있으며, 이를 말하면 어느 지경에 갈지 모르니 참고 이 앞을 볼 것이요, 지금은 그것들이 무서워서 아직 위안하고 달래서 급한 변과 깊은 원한을 부르지는 않을 것이옵니다. 임오변란 후에 누구를 양자로 정하려는 의망(擬望)[45]하던 것도 있다 하니, 그것이 모두 흉언에서 나온 계교이매, 그것이 한 나라에 군림하여 백료(百僚)를 엄대(嚴對)할지, 어찌 흉하지 않겠나이까? 생각할수록 그놈들의 역심과 흉언이 몸서리쳐지어이다."

하고, 통분해 하시더라.

관주를 동래 부사 시키실 때도,

"말 아니 된 중대하고 난처한 일을 한다."

고 나에게 말씀하셨으니, 이놈들이 흉역인 것을 선왕이 어찌 살피지 못하셨으리요. 선왕이 전부터 아시기 때문에 병신에 귀주를 처분하오실 제 하교(下敎)에 귀주의 죄를 다만 사소한 일로 말씀하오시고, 그 밖의 일은 불인설(不忍說)[46]이라 하셨으니, 불인설은 곧 이 흉언이로다. 병신(丙申) 전인들 모르시는 것이 아니로되 김이성의 말을 들으신 후에 더욱 증거를 얻으셨던 것이더라.

자고로 추대(推戴)[47]하는 역적과 국본(國本)을 뒤집는 역적이 많을 것이로되, 아조(我朝)에 이르러서는 효묘(孝廟)[48] 이후로 육대의 혈맥이 세손 하나뿐이신데, 저희가 그릇하여 한때 부귀할 욕심으로 육대 혈육을 없이하고 '태조의 자손입네' 하고 팔면부지(八面不知)의 것을 가져다가 세우고 나라를 오로지 차지하려 하였으매,

---

45) 三望의 후보자에 천거함
46) 차마 말씀하실 수 없다
47) 임금을 모셔 받듦
48) 孝宗

만고 천지간에 이런 극역(劇逆) 흉적이 또다시 어찌 있으리오.

내 집과 전전(輾轉)하여 선친을 꼭 해치려고 한 것도 이 흉언으로 말미암아 났던 것이고, 저희들 흉언이 차차 전파하여 온 세상이 다 알게 되니, 저희들 계교는 행하지 못하고, 이 흉언을 감출 길은 없게 되더라. 그제야 소위 선비 사귀어 사류(士類) 노릇하고, 사론(士論) 한다고 고난을 겪고 죽게 된 것들이, 서울 시골 없이 비문(非文) 비무(非武) 하고 떠들기나 좋아하는 무리를 모아 재물을 노리며 의기(義氣)로 사귀는 체하여 몸을 기울여 남을 끌어들였더라. 그것들이 시골의 미천한 괴귀(怪鬼) 불평배니, 제 일생에 부귀가(富貴家) 문정(門庭)인들 어찌 구경하였으리오.

좋은 음식과 두꺼운 의복을 후하게 대접하고, 돈 달라면 돈 주고 쌀 달라면 쌀 주고, 급한 병이 있다 하면 인삼 녹용을 주고, 혼상(婚喪) 하면 치상행혼(治喪行婚)을 조금도 아끼지 않아 주매, 그것들이 사생(死生)에 잊지 못할 은혜로 알아 도처에서 거룩한 사류척리(士類戚理)로 일컫더니, 탕화(湯火)를 피하지 아니하게 만드니, 이는 모두 왕망(王莽)[49]의 사람 거두는 흉계로다. 필경 귀주는 내 집을 쳐내려는 의사더라.

선왕이 이런 일을 항상 아시되, 봉조하(奉朝賀)께서 어영청(御營廳)에 봉상(捧上)된 동과 은을 누만 냥(累萬兩) 모아 두셨으니, 오흥(鰲興)[50]이 전부 내어서 귀주와 함께 흩어서 선친 죽이려 하는 모군(募軍) 값으로 탕진하였으니, 세상에 그런 우습고 원통한 일이 없더라. 그래서 친한 조신에게 이 말을 하니 명담(名談)이라고 하더라는 말씀을 하신 일도 있더라.

---

49) 漢代의 僭主
50) 영조 國舅 鰲興府院君 金漢耉

귀주 무리가 흉악한 마음으로 높은 벼슬을 하여 권세를 잡고 어떻게 하든지 내 집을 없애 버리려고 하니, 설사 선친이 잘못하신 일이 있다 하더라도 두 집 사이에 그리 못 할 터이더라. 그런데 제가 못 할 짓 하고 제게 불리하거나 서로 난처하거나 하면, 상정에 혹 미워할는지 모르나, 처음부터 우리 집은 저희에게 은혜가 있지 원은 털끝만치도 없으니, 아무리 생각하여도 어찌된 심술인지 알 수 없더라. 저희들 흉모 흉언으로 동궁을 동요시키려 하더라도, 영묘께서 세손에게 지극히 자애하오시고, 선친을 의지하여 대우가 한결 같으시고, 세손이 점점 장성하오셔 저위(儲位)[51]가 굳고 굳으셨기 때문에 망연 실망하더라.

그러다가 천만 뜻밖에 기축 별감사건이 났더라. 이때 선왕께서 소년의 마음으로 외조부와 노모가 당신께 애쓰는 정성은 미처 살피지 못하오시고 일시에 노염으로 외가에 대한 정이 변하오시고, 후겸이 가 내 집에 좋지 않으니 귀주가 이 두 마디를 잘 알고, 그제야 잘 되었다 하고 적반하장으로 도로 잡아서 저희가 동궁께 정성 있고, 선친은 인·진(裀禛)[52] 무리를 귀여워하여 동궁께 불리하게 하려 한다고, 동궁께도 거짓 고자질하고 세상에도 퍼뜨렸더라.

"홍가가 동궁께 불리하게 하고, 동궁이 홍가를 박대하오신다."

하고 공전도설(公傳道說)하더니, 세도가에 아첨하여 벼락 감투를 쓰려는 부류와, 이를 탐하고 때를 따르는 것들이 일시에 어울려 십학사니 무엇이니 하여 한 뭉치가 되어서 선친을 해치려고 꾀하더라.

경인 삼월에 청주놈 한유(韓鍮)란 것이 있었는데 시골서 토반(土

---

51) 왕세자의 지위
52) 恩彦君과 恩信君

班)[53] 반명(班名)도 변변치 못하고, 어리석고 흉악한 시골 우맹(愚民)이더라. 그때 영묘계서 송명흠(宋明欽)과 신경(甲暻)에게 격노하시고, 학자들이 당신 사십 년 고심으로 이루어 놓으신 탕평(蕩平)을 나무란다 하오시고, 송과 신을 죄 주셨으매《유곤록(裕昆錄)》[54]이라는 책을 만드오셔 학자의 당론이 나라를 그릇 만드니 후사왕(後嗣王)이 학자를 쓰지 말라 하신 말씀이니, 누가 우탄(憂嘆)하지 않으리오. 팔십 되신 임금이 과거(過擧)로 그러시니 비유컨대 인가(人家) 노친이 무정한 일로 걱정하면 자손들이 미봉하느라고 비는 모양처럼, 그때 선친의 처지로 성심 경노케 하올 터가 아니라, 본심은 누가 모를 것이 아니니, 청포(請佈)도 하고, 목전을 무사하게 하려 하시니, 이는 때를 어렵게 만나신 탓이지, 실은 당신의 힘으로 동궁만 보호하여 국본을 튼튼히 하심이요, 그 밖의 일은 노인네 일시의 과거를 어찌할 수 없으니 필경 바르게 할 때 있을 줄 아셨음이라. 근본인즉 모두 허물을 알면서 어질게 보신 것이요, 동궁을 위하신 고심이더라. 그때《유곤록》 문제로 상소하면 명론(名論)이라 하니, 한유(韓鍮) 놈을 누가 꾀었던 것이더라.

"네가《유곤록》에 대하여 상소하면 명인(名人)이 되고, 장래 벼슬하고 양반이 되리라."

이 우매한 놈이 그 말을 솔깃하게 듣고 짐짓 충성을 표하노라 하고, 팔 위에 글자를 새기고 서울로 와서《유곤록》 문제로 상소하려던 차에 그놈이 심의지(沈儀之)[55]와 친하여졌더라. 의지는 귀주가 사람을 얻지 못하여 애쓰는 때라 서로 의논하고 한유를 달래기를,

---

53) 여러 대를 그 지방에서 사는 양반
54) 古今黨論이 亡國한다는 英祖編冊
55) 青松人의 儒生

"지금 홍아무개가 오래 정승으로 권세를 많이 써서 상심(上心)이 염증을 내시고, 동궁에게도 죄를 겨서 탐탁히 여기지 아니하니, 세상이 다 치는 터이나, 아무도 앞장서서 상소코자 덤벅 못 하니, 네 만일 상소하여 홍가를 논박하면 벼슬이라도 할 것이요, 장한 공(功)이 될 것이로다."

이때 한유가 여관에 있었는데 귀주패들이 하인을 시켜서,

"여기 청주서 온 한 생원 있느냐? 영의정 대감께서 상소하여 일 낼 놈이니 잡아오라."

하더라.

한 놈이 얼러대자, 다른 놈이 또 인심쓰는 척하고,

"그 선비 어서 서울을 떠나서 화를 면하라."

이리 하기를 여러 번 하여 우패(愚悖)한 놈의 분을 돋우어 불쾌하게 하여 놓고, 의지가 그 중간에서 감언이설의 농간으로 꾀니,

"이럴 때에 네가 물의의 《유곤록》 문제로 상소하면 직절지사(直節之士)가 되고 몸에 영화로우리로다."

하고 달래서 상소문을 지어 주니, 이놈이 죽을둥 살둥 옳은지 그른지도 모를 그 흉소(兇疏)를 올리매, 정처가 그때 후겸의 말을 듣고, 우리 집을 제거하여야 제 모자가 내외로 권세가 중해질 줄 알고서 귀주와 합세하여 선친을 여지없이 참소하여 성심이 칠팔 분(七八分) 변하시더라. 경신 정월 대수롭지 않은 일로 삭직(削職)하여 계시다가, 서용(叙用) 영부사(領府事)를 하시나, 임시(任時)인즉 김치인(金致仁)이 대신하여 삼월까지 되었으매, 성권(聖眷)이 감쇠(減衰)하신 것을 짐작할 수 있더라. 이럴 때에 한유의 상소를 보시고 비록 놀라시기는 하였으나 좌우에서 해치는 말에 끌리오셔 한유는 가볍게 섬으로 귀양보내시고 선친에게는 그로 인하여 또다시 휴치를 명하

시더라. 비록 종시 보호하려 하시는 뜻이시나, 평일의 은총으로 일조에 이러하시기는 천만 의외더라.

이후도 내 집이 그릇되고 선친 몸이 조정에 계오시지 못하고, 귀주가 오로지 득세하여 안으로 후겸을 끼고 밖으로 여러 당류(黨類)와 더불어 주야 목의하여 선친을 해하려고 하니 그때 위풍하기를 어이다 기록하리오.

경인 겨울에 최익남(崔益男)[56]이,

"동궁이 지금 사도묘(思悼墓) 전배(展拜) 않는 것이 미안하다. 이것이 김치인의 죄라."

하고 상소하더라. 동궁께서 전배하십시오 하는 것은 옳은 말이나, 그 일이 신하로서는 청하지 못할 터이요, 하물며 지금 수상(首相)은 아랑곳 없는데 그런 상소를 하니 익남은 본디 행실 없고 경천(輕賤)하여 세상이 지목하는 인물이지만, 정처의 시집 관계로 불행히 내 집에 출입하여 면분(面分)이 있더라. 귀주네가 구상(具庠)을 놓아서 후겸에게 꾀이매, 홍가의 시킴이라 하고는 참소케 하더라. 그러자 성심에 모년 일로 선친이 당신을 허물로 만들고, 김치인을 제거하려고 익남을 시켜서 상소하였다는 참소를 곧이들으시고, 친히 엄한 문초를 하셔서 아무쪼록 홍가가 시켰다 하도록 여러 사람을 염행하시나, 홍씨는 진실로 모르는 일이겠으니, 익남이까지 곤장을 맞고 죽었으나, 필경 홍씨에게는 직접의 화는 닿지 아니하였으니, 성심이 종시 풀리지 아니하오시고, 저놈들의 살심(殺心)은 불 같아 음모를 쉬지 아니하더라.

겨우 수삭을 지난 신묘 이월에 인·진(䄄禛)의 일로 변란을 지어

---

56) 前史郞

내니라. 처음 갑술(甲戌)에 인(祵)이 나고, 을해(乙亥)에 진(禛)
이 나니 귀천 없이 내 여편네 인정에 어찌 좋으리요마는 그때 경모궁
의 병환은 점점 극도에 달하시고, 또 그 어미를 총애하오시는 것도 아
니더라. 이때 뜻밖에 그것들을 낳으니, 비록 질투를 한들 베풀 터 아
니요, 나의 인자 유약한 마음에 천한 그것들도 골육이니, 거두지 아
니할 수 없어 거두어 주었더라. 영묘께서 그것들이 화근이라는 엄교
(嚴敎)가 대단하시니, 내가 또 따라서 질투를 부리면 소조께서 더욱
난차하오실까 하여 참고 지냈더니, 영묘께서 내가 그것들을 심상히
보고 질투하지 아니한다고,

"인정이 아니라."

하는 꾸중도 들었더라. 모년 후는 그것들이 더욱 의지없고 측은하여,
적모(嫡母)의 도리로 당신 끼치신 골육이라 내가 심상히 무휼하여
길렀더니 저희들이 성인한 후에 밖으로 나가게 되니 영묘께서,

"저것들이 어떠하리."

하시고 근심하시더라. 선친이 일편 공심(公心)으로 경모궁 골육만
생각하오시고 영묘께 아뢰기를,

"저것들이 점점 자라 밖에 나가게 되니, 혈기미정(血氣未定)한
아이들이 만일 다른 데 반하거나 누구의 꾐을 듣고, 무슨 변고나 내지
아니하올지 모르오니 민망하옵니다. 신의 처지가 세손께 지근(至
近)하와 혐의 없사오니, 신이 살피고 가르쳐 저희들도 사람이 되고,
다른 데 반하지 아니하면, 저희들만 위한 것이 아니라, 나라의 복이
로소이다."

"경의 마음이 고맙고 감탄하니 그리 하라. 그것들이 경의 말을 잘
들을까 염려하노라."

하시고 영묘께서 기뻐하시나 내 집의 자제들이,

"잘못하신 일이옵니다. 그것이 도리어 화근이 되리니, 알은 체 마소서."

하셔 간하였더니 그것들이 들어오면, 내 집의 자제 소년들까지 피하고 보는 일이 없으니, 부친이,

"그는 회곡하고 당치 않은 근심이라. 그것들을 공심(公心)으로 가르쳐서 몹쓸 곳에 빠지지 아니하게만 하리라. 내 처지에 세손이 의심하시랴. 세상인들 누가 내 마음을 모르리."

하시고, 그것들을 가엾게 여기시더라. 만일에 선친이 말세의 인심을 헤아리지 않고 부질없는 일을 다하면 제자라도 간하던 말이지만, 이 일로 얽혀 대화(大禍)를 빚어 내기는 천만 몽상 밖이니, 만고에 이런 일이 어디 있으리오. 선친뿐 아니라 청원(淸原)이 혐의 없기로 사정을 보아 가마 등속을 만들어 주었으니 청원도 무슨 의심을 하랴. 그것들[57]이 궁궐에서 나간 후에 여러 번 꾸짖고 훈계하셔도, 저희들 자질이 못생겨 어리석고 패덕스러워 배우지 아니하고, 나라에 가깝다는 교대(驕大)한 마음만 먼저 내고, 궁중잡류(宮中雜類)들과 몹쓸 행동만 하고 가르치는 것을 하나도 받지 아니하더라. 그리고 그것들이 점점 어긋나가므로 종시 가르치지 못할 것을 알고, 도리어 원한을 살까 근심하오시더라.

기축부터 점점 소홀히 하오시다가 경인에 당신의 불우한 환경으로 교외에서 불안하게 지내시니, 자연 그것들이 절적(絶跡)하고, 당신도 다시는 알은 체하신 일이 없더라. 그러다가 신묘 정월 그믐께, 해마다 하는 예로 동산의 밤을 각 궁전에 드리고, 군주(君主)까지 주고, 인이 진에게 가니, 이 일로 시작하여 성노(聖怒)가 진첩(震疊)

하시니, 이월 초승에 창의궁(彰義宮)에 거둥하시고 급한 변이 날까
하여 궁성의 호위까지 하오시고, 그것을 제주도에 보내 가두어 두셨
으니, 선친 이하에 화색(禍色)이 절박해 있더라. 그때 세손은 수가
(隨駕)를 못 하시고 한기(漢耆)[58]와 후겸이만 들어가서 함께 입시
(入侍)하여 즉석에서 처분하시게 하려는 계교를 꾸미었는데 귀주는
상인(喪人)이라 제 아저씨를 시켜 이 일을 하여 내더라.

성심이 처음부터 내가 그것들을 심상히 보던 것도 꺼려하오시고,
선친이 그것을 알은 체하시던 것도 좋게 여기지 아니하오시매, 또 최
익남의 일로 내 집이 시켜 모년 사건을 당신께만 돌려보내려는 줄로
아오시고 대로하여 계오시더라. 그리고 귀주 편의 참언만 믿고 사랑
하시는 정처의 충동으로 이 거조(擧措)를 하시더라.

그때 선왕이 놀라시고 외가를 위하여 중궁전(中宮殿)[59]에게 가서
호소하시더라.

"봉조하[60]가 왕손 추대(王孫推戴)를 하신 자취가 없으니, 지금
추대한다 하여 죽이려 하니, 사람이 밉다고 모함으로 죽이려 함이 말
이 되겠나이까?"

하여 세손의 말씀으로 한기와 후겸이네가 줄어져 급한 화는 면하시
고, 선친을 청주로 귀양보내셨다가 수일 만에 풀으시고, 영묘께오서
환궁하오시더니 그 일이 사험과 모함으로 난 것을 깨달으시고 세손에
게,

"두 척리가 서로 치니 국가의 근심이 적지 아니하도다. 내 이놈들
에게 속지 아니할 도리를 생각하겠도다."

---

58) 鰲興府院君 金漢耆의 동생
59) 貞純 王后
60) 洪鳳漢, 作者의 父親

하시고 후회하시더라. 영묘의 성명으로 한때 속으셨다가 곧 그놈들의 정상과 그 사건의 허망함을 어찌 깨닫지 못하시리오. 세손께 이런 말씀을 하오시던 것이니, 그때는 세손의 힘으로 목전은 숙였으나, 그놈들의 흉심은 갈수록 더해져서 일을 저질러 놓았으니 이리 세력이 양립할 수 없게 되고 말더라. 만일 상대방을 죽이지 않으면 후환이 될까 염려하여, 한유를 이월에 선견(先見)이 있다 하여 특사하시니, 한유란 놈은 처음에 남의 꾐을 듣고 그 상소를 하고 벼슬이나 할까, 제 몸에 좋은 일이 있을까 믿었다가 형문(刑問)을 받고 절도배정(絕島配定)되니, 그제야 제 본심이 아니라고 자회문(自悔文)이란 것을 지었던 것이더라. 그때 김약행(金若行)[61]이 한유의 적소(謫所)에 먼저 있다가 한유와 만나서 상소한 곡절을 물으니,

"심의지·송환억(宋煥億)의 무리에게 속아 그런 상소를 올렸는데, 심의지의 무리는 김귀주의 꾐으로 나를 농락한 모양이지만, 나야 시골 선비로서 《유곤록》을 말하려 올라갔었으니, 그놈들의 곡절을 어찌 알았겠소. 이리로 귀양 온 후에 들으니, 내가 모두 속아서 그런 것을 깨닫고 후회 막급하기에 자회문이란 글을 지었노라."

하고, 김약행에게 그 글을 내어 보이니, 그 글이 세상에 전하여 내 집에까지 와서 나도 보았더라. 김약행의 생사는 지금 모르거니와 이것으로 귀주가 시킨 증험(證驗)이 명백해졌더라. 한유놈이 귀양에서 풀려 올라오니, 귀당이 또 꾀어,

"선견지명으로 너에게 특사를 하셨으니, 또 한 번 상소하면 아주 좋으리라."

하니, 속은 이놈이 팔월[62]에 다시 상소하였는데 여기서 비로소 일물

---

61) 벼슬은 正言
62) 영조 46년(1770)

(一物)[63] 문제를 말하여 '들여 권하였다'고 흉악한 모함을 하였더라. 영묘께서 그 일물의 문제를 들춘 죄로 충청 감영(忠淸監營)에 내리오셔 사형에 처하오시고, 심의지도 그때 잡혀 들어,

"일물이 무엇이뇨?"

하시고 물으시니, 그놈이 당돌하게도,

"전하가 일물을 진정 모르리이까?"

하고 반문하니, 범상대역(犯上大逆)이라고 대노하오시고 한유보다 가율(加律)하여 사형에 처하시고 처자를 모두 흩어서 귀양보내셨으니, 한유든지 심의지든지 일물(뒤주) 거둔 죄로 극형에 처하셨으니, 선친이 권하오셔 그리하셨을 리가 없고, 그놈들은 사형에 처하셨으매, 선친에게도 엄교(嚴敎)가 겹쳐 '봄부터 이번까지 임오(壬午)를 양성(釀成)함이 너이니 벼슬을 삭감하고 서인(庶人)으로 만드노라'고 명령하시더라.

여기서 '양성임오(釀成壬午)'란 말씀은 다름 아니라 최익남의 상소로 의심과 분노하시던 까닭이라. 그때의 성교(聖敎)가 '임오를 양성했도다' 하오시고, 또 '권성(勸成)했더라' 하여 계오시매, 한유의 상소를 꾸며 내어 선친이 일물(뒤주)을 가져다가 드리시며 '처분하소서' 한 것처럼 말을 하니, 상교(上敎)는 '권성했더라' 하시고, 한 쪽 사람들의 말이 상교를 따라서 그러하니, 이 의혹을 어찌 풀며, 이 발명을 누가 하여 내리오. 내 말도 오히려 사사로운 듯하나 한 가지 천고에 증신(證信)할 명증(明證)이 있더라.

신묘 구월에 선친이 죄를 입고 시골에 들어박혀 계실 제 문봉(文峰)이 계셨으니, 선왕이 세손으로서 선친께 보내신 편지에,

---

63) 뒤주

'대저 외조부의 나라 위한 혈심(血心)은 신명이 아실 것이요, 고인에게 부끄럽지 않음이 조손간(祖孫間)의 사사로운 말이 아니라, 스스로 일세의 공의(公議)와 백대의 공언(公言)이 있을 것이로되, 불행히 성총(聖聰)이 현혹하오셔, 이번 처분이 계시니, 외조의 정리가 실로 박액(薄厄)하시거니와, 나로서는 과연 외조의 말씀과 같아서 천기백괴(千奇百怪) 가경가악(可驚可愕)이 무한하옵니다. 궁극의 그 본심 따지면 나라요 공이니, 성교가 비록 의외의 일이시나, 외조부의 당일의 충성은 길이 만세에 말이 있을 것이니 무엇을 근심하겠나이까. 임오(壬午) 오월 십삼일 신시(申時)에 망극한 물건, 밖의 소주방(燒廚房)에 들이라 하신다 하기에 망극한 것도 있는 줄 알고, 문정전(文政殿)에 들어가니, 자상(自上)[64]께서 나가라 하오시기에 나와서, 왕자 재실(齋室) 처마 밑에 앉았더니, 그때 신시 지난지 오랜 후, 그제야 봉조하께서 궐하에 와서 기운이 막히시다 하기에, 내가 먹으려던 청심환(靑心丸)을 보내었으매, 일물(一物)은 자상께서 생각하신 일이요, 봉조하께서 여쭙지 않은 것이 이 시각의 전후로 보아도 명백하옵니다. 또 그날 처분이 자상으로서는 종사를 위하노라 하시는 성심 결단하여 계오셔 내 자식된 터에도 의리는 의리요, 애통은 애통인 고로 지금 살아 지탱하였지, 만일 봄의 하교같이 신하가 일물을 드리고 자상으로서 신하의 말을 들으시고 처분하여 계시면 성상의 덕이 부족한 것이 되실 뿐 아니라, 큰 의리가 또한 가리워질 것이매, 대의리가 가리워지면, 내가 세상에 살아 있는 것이 또한 의(義)가 없으니 이 아니 망극하지 아니하뇨!'

하셔, 이에 관하여는 '김한기(金漢耆)에게 일렀다'고 하시더라. 이

---

64) 영조

처럼 선왕 당신 묵도한 일로 시각의 전후를 인정하여 계시니, 이 편지 한 장이 있은 후는, 선친이 일물 드리지 아니한 것이 명백하더라. 일물을 안 드렸으면 무슨 일로 죄를 삼으리오. 시골 어리석은 백성들은 항상 뜬소문만 듣고 의심하는 것이 괴이치 않다 하려니와, 귀주네는 가까운 처지(處地)요, 한기에게 하신 예교(睿敎)65)가 이렇게 자세하오신데, 종시 진실을 알면서 모함하매, 귀주의 화심(禍心)이 아니면 어이 이대도록 하리오.

귀주가 아무리 제 지처(地處)라도 정처와 후겸을 끼치지 않았으면 여러 가지 변괴를 꾸며 내지는 못하였을 것이더라. 그러하매, 밖으로는 귀주가 제 도당을 데리고 계교를 꾸며 놓고, 안으로는 후겸이가 내응하여 표리합력(表裏合力)하더니, 내 집에서 부형의 참화를 구하려고 내가 숙제(叔弟)를 권하여 후겸을 사귀게 하였더라. 후겸의 본심은 홍씨를 제거하면 곧 제게 대권(大權)이 모두 돌아갈 것 같아서 귀주네 무리의 충동을 듣고 제 사혐도 약간 겸하여 공모하였지, 정말로 도륙(屠戮)하려고까지는 아니하던 듯하더라. 그리고 숙제가 자꾸 가서 애걸하니까 차차 안면도 두터워졌으며, 혼인도 정하여 놓고, 제 생각에도 우리 집이 동궁의 외가니 장래에 대한 염려도 없지 않았던 모양이더라. 정처는 조석으로 변심하는 성품이라 내가 극진히 굴어서 환심을 얻으매, 본디 깊은 원한이 없어서 점점 풀리고 임진 정월에는 선친의 죄명도 풀어 주더라. 또 후겸이가 귀주 편을 분명히 푸대접하게 되매 귀주가 내응을 잃고 분해서, 내킨 걸음으로 한 번 씨름을 하려고, 제 몸소 한록(漢祿)의 아들 관주(觀柱)를 데리고 칠월에 함께 상소하였던 것이매, 만고 천지간에 제 지처로 중궁전을 뵈

---

65) 왕세자의 下敎

온들 고식간(姑媳間)[66]에 이러한 흉악한 일을 하니, 이놈 놈내 집의 불공대천지수(不共戴天之讐)뿐 아니라, 나라에 역적이요, 선왕에 역적이요, 자전(慈殿)에 죄인이더라.

그 상소에 세 가지 조건인데, 하나는 병술 영묘 성후 때의 나삼(羅蔘) 말이요, 하나는 송절다(松節茶) 말이요, 하나는 여시여시(如是如是)하다는 말이더라. 병환 때 하루에 인삼을 두석 냥(兩) 쓰인 적이 많았는데, 그때 내국(內局)의 도제조(都提調)는 김치인(金致仁)이요, 선친은 영상(領相)이라. 어약(御藥)에 나삼과 공삼(貢蔘)을 반씩 넣어 썼는데, 귀주의 아비가 직숙처소(直宿處所)에서 의관을 불러다가,

"서후(聖候)이러하오신데, 왜 순 나삼으로만 아니 쓰느냐?"
하고 나무라듯이 말하오매, 선친은 그때 내국에 도제조와 함께 앉아 계시오시다가,

"지금 나삼 남은 것이 적으니, 만일 나삼만 순으로 쓰다가 떨어지면, 결국 공삼만 순으로 써야 할 지경이니, 그렇게 되면 더 아니 민망하랴. 내국(內局) 일은 국구(國舅)가 간여할 바 아니오."
하고 말씀하셨던 것이더라. 사실은 이것뿐인데, 내국 일에 국구가 간여한다는 말에 그 부자가 성을 내고, 저희는 충성이 있고 선친은 나삼을 쓰지 못하게 한 죄로 몰려고 하니, 그런 흉악한 마음이 어디 있으리오.

〈송절다〉라는 말은 더욱 상스럽고 맹랑한 말이니 형언할 필요조차 없더니, 〈여시여시〉의 말은 곡절이 있으매, 정해 무자 연간에 선친이 상중(喪中)에 계오실 적에 원청부원군이 와서 예의(睿意)로

---

66) 고부간, 作者와 貞純王后의 관계

장래 추승(追崇)[67]을 하실까 보더라고 말하였더라.

김시묵은 선친과 지친(至親)한 세교(世交)로서 무간(無間)할 뿐 아니라, 고락을 같이할 관계에 있으므로, 이것이 나라의 큰 문제이기 때문에 그런 걱정을 하였던 것이니, 선친이 탈상(脫喪) 후에 입대(入對)하시고, 세손과 함께 자세한 말씀을 하시다가 선친이 그 말씀을 앙문하시니,

"이 일은 곧 결단을 내리오셔 굳이 지키옵소서. 지금 세도(世道)와 인심이 위험하오니, 일은 의법(依法) 그리하셔야 옳사오나, 기사(己巳) 유얼(遺孽)이나 무신 여당(餘黨)들이 지금도 나라를 원망하고 나라의 틈을 엿보고 있는 유가 많사오니, 만일 이로 인연하여 그 흉도들이 장난하면 어찌할지 민망하오이다."

하고 아뢰더니, 세손께서도,

"과연 그런 염려가 많으니 답답하오."

하시고, 나도 그 뒤에, 먼 근심으로 상하의 셋이 앉아 그 수작을 하였더니, 그 말을 선왕이 소시라, 그때 중궁전에 하였으므로, 귀주가 듣고 무함을 하여 상소를 하였던 것이매, 이런 흉한 놈이 어디 있으리오.

설사 선친이 잘못하오신 말씀이라 하고, 제가 내간수작(內間酬酢)을 중궁전에게 듣고 영묘께 상소를 하였으니, 선왕 하교로서 영묘께서 만일 추궁수작을 하오시고 세손께 노하시면 화색(禍色)이 어느 지경에 미치리오. 이것이 선친을 모함할 뿐 아니라, 제 본디의 흉계대로 세손까지 해하려는 계교이니, 이런 음참흉역이 고금에 어디 있으리오.

---

67) 東宮의 뜻, 여기서는 王孫 正祖

대저 선친 지처로 선왕께 사사로이 만나실 제, 무슨 말을 못 하며, 설사 선친이 '추숭하소서' 권하고, '만일 아니 하시면 이러이러 하오리다' 하였더라도, 무식한 사람이 되는 데 불과하실 뿐이로되, 하물며 '추숭은 마소서. 할단(割斷) 고수하소서' 하시고, 말세 인심에 세변이 무궁하니, 깊고 멀리 근심하신 수작이 어이 죄가 되리오. 그러면 옛사람이 임금에게 고하기를 위망(危亡)이 조석간에 박두하였더라 하거나, 도적이 일어나리라 하거나, 하는 말들이 모두 임금을 위협하는 죄가 된다고 말하면 뉘 말할 이 있으며 세상에 그런 말이 어이 있으리오.

이 일은 조정 문적(文蹟)에 있고, 갑진 선친 소석(昭析)하시던 하교에 다 있으니 대략만 쓰도다. 그 후 병신에 정이환(鄭履煥)·송환억(宋煥億) 무리의 흉소(兇訴)도 다 귀주의 여론(餘論)을 주어 할 말이니, 다시 거들 것이 어이 있으리오.

도무지 신사 이후로 귀주가 우리 집을 해하려 하던 일을 세세히 추궁하면, 이것이 다 처음은 경모궁이 보전치 못하시면 세손까지 여지없이 될 것이니, 양자하여 저희가 외가 되기를 바라는 야심에서 나왔던 것이요, 둘째는 모년 처분(某年處分) 후 저희 마음과 같이 되지 아니하니, 한록이를 데리고 십육자흉언(十六字兇言)을 하여 성심을 의혹하고 대위(大位)를 요동케 하여, 또 양자와 외가를 경영하려는 계교였던 것이더라. 영묘 성심이 굳어지시고 세손은 장성하여 국본은 흔들기 쉽지 아니하고, 저희 흉언은 세상에 전파되어 가리울 수가 어렵게 되니, 그제야 동궁이 외가에 미안히 여기시는 줄 알고 저는 동궁께 충성이 장하고, 홍씨는 동궁께 불리하다고 모함하여, 홍가를 제거하고 동궁께 영합하며, 저희 흉언하던 것을 엄적(掩迹)한 일로 전전하여 이러하였으니, 이 흉언이 도무지 큰 근저이니, 시방 세상

사람도 옛 일을 본 이가 있을 것이니, 대략이야 어찌 모르리오마는 이처럼 자세히 아는 이야 또 누가 있으리오. 우리 선친이 풍증으로 정신을 잃지 아니하는 바에야 선왕께 불리하고 인·진을 위했단 말은 삼척동자도 속이지 못하리니, 귀주는 선왕께 충신이요, 홍가는 선왕께 역적이라 하면 삼척동자를 속임과 같으리니 모든 일이 인정과 천리(天理) 밖에 벗어난 일이 없으니, 귀주가 내 선친을 모함하던 일은 인정과 천리 밖이요, 식자(識者)를 기다리지 않고도 피차의 시비를 분간하며 충신과 역적을 징할 것이니, 귀주와 한록이의 종국을 망하게 하려던 흉언은 종시 드러나지 아니하여, 귀주가 충신 되고 일호반사(一毫半辭)도 방불 않은 내 집은 혹화(酷禍)가 갈수록 심하여 몹쓸 역적이 되니, 만고에 이런 세도와 이런 천리 어디 있으리오. 피를 토하고 고대 모르기를 판득치 못하는 줄만 한(恨)이로다.

——辛丑 2月 23日 未時 畢書 壺洞大房

옮긴이 약력

연세대학교 국문학과 졸업
동 대학원 수료
연세대학교 교수・문학박사
문교부 국어심의위원, 문학평론가협회간사, 시조작가협회이사

저 서
문학과 전통・한국고전문학의 이론・고려속요의 연구・고전과 현대・정
한의 미학・문학의 흐름・입문을 위한 국문학사・한국고전문대전집(編註)・
전규태전작집・시조집 '석유' 등

역 서
세계문학서설(게라르)・비교문학(기야드)・용사일기(이노)・
구운몽・논문 서포의 문학세계 외 다수

한중록 〈서문문고186〉

개정판 인쇄 / 1996년 4월 30일
개정판 발행 / 1996년 5월 5일
글쓴이 / 혜경궁 홍씨
옮긴이 / 전 규 태
펴낸이 / 최 석 로
펴낸곳 / 서 문 당
주소 / 서울시 마포구 성산1동 20—12호
전화 / 322—4916~8 팩스 / 322—9154
등록일자 / 1973. 10. 10
등록번호 / 제13-16

초판 발행 : 1975년 7월 5일 * 잘못된 책은 바꾸어 드립니다

서문문고 목록

001~303
◆ 번호 1의 단위는 국학
◆ 번호 홀수는 명저
◆ 번호 짝수는 문학